一 个 人 ， 遇 见 一 本 书

TopBook
饕书客

Dear and the dearest

亲爱的，和最亲爱的

〔美〕菲茨杰拉德
泽尔达 著
秦瞳 译

陕西新华出版传媒集团
陕西人民出版社

图书在版编目（CIP）数据

亲爱的，和最亲爱的 / (美)弗朗西斯・斯科特・基・菲茨杰拉德，(美)泽尔达・塞尔・菲茨杰拉德(ZeldaSayreFitzgerald)著; 秦瞳译.
—西安: 陕西人民出版社, 2017

ISBN 978-7-224-12216-9

Ⅰ.①亲…Ⅱ.①弗… ②泽… ③ 秦…Ⅲ.①书信集－美国－现代 Ⅳ.①I712.65

中国版本图书馆CIP数据核字(2017)第089075号

出 品 人｜惠西平
总 策 划｜宋亚萍
出版统筹｜关 宁
策划编辑｜韩 琳 张启阳
责任编辑｜王 倩 王 凌
整体设计｜哲 峰

亲爱的，和最亲爱的

作　　者　〔美〕菲茨杰拉德
　　　　　　泽尔达
译　　者　秦 瞳
出版发行　陕西新华出版传媒集团 陕西人民出版社
　　　　　（西安北大街147号 邮编：710003）
印　　刷　西安印刷包装产业基地发展有限公司
开　　本　787 mm×1092mm 32开 9.625印张
字　　数　185 千字
版　　次　2018年1月第1版 2018年1月第1次印刷
书　　号　ISBN 978-7-224-12216-9
定　　价　38.00元

人生若只如初见

泽尔达和菲茨杰拉德结婚20年，其中最后10年是分隔两地的，因为泽尔达进了精神病院。这期间他们密集地通信，说说柴米油盐，也说文学创作。偶尔会互相指责，但大部分时间都客客气气的，把强烈的情绪放在得体的礼貌里。

在恋爱的两年里，两个人也密集地通信，跟所有疯狂的爱人一样，说各种胡话，高烧不退，使小性子，闹分手，天崩地裂，魂飞魄散，然后又和好如初，非她不娶，非他不嫁。

这是一本汇集了他俩人生片段的书信集，说是情书，也不全然是甜言蜜语，绕过最初两年甜得发腻的情话，之后的破败、无奈、勇气和执着，才给我们展示了真实的菲茨杰拉德夫妇。

任何一对夫妇的婚姻，如果原封不动地剖开给我们看，都会让人唏嘘，因为我们太习惯简单的真相，习惯文艺化的概括，早就不适应，或者也不愿意承认，这世界上的爱恨总是交加，美丑总是纠缠，玫瑰的四周其实潜伏着计较和背叛。如果说有什么是生命的本质，那么复杂是其中之一。

这没有什么不好，不管是悲剧还是喜剧，人生其实都是主观的。

所以，如果曾经有过真实的爱情，婚姻就是有价值的。

1948 年，泽尔达死在精神病院里，之前，她在里面待得不算难受，护士们都很客气，医生也没有把她电得四处乱跑。她一日三餐吃得很饱，然后站在阴沉的大窗户前面画油画，外面刮大风，她就苦着脸给她丈夫写信说：我这里简直就是呼啸山庄。医院偶尔允许她去镇上溜达，于是她看电影，吃午饭，像个淑女一样买花，娇羞无比。

她过得还可以，是因为她丈夫菲茨杰拉德一直给医院寄钱，偶尔欠费，菲茨杰拉德就写好多信给医院，求赊账。他有时自己写，生病的时候就口授让秘书写。他心细如发，不肯草草，如果一封信口气不佳，他就不要了，团成一团，吩咐秘书小姐扔掉它。

泽尔达到了后期经济很拮据，主要是菲茨杰拉德的小说卖得太糟糕，《了不起的盖茨比》和《夜色温柔》都大量积压在仓库里，到死也没卖光，他的小说过于文艺，充满文学性，好莱坞让他写“小时代”或者“盗墓笔记”，说这样可以迎合市场，多筹些资本，他气绝，觉得侮辱了文学，饶是那么温和的人，也摔了电话骂了几句娘。

菲茨杰拉德的身体很糟糕，他常年酗酒，肺已经不行了。他中过一次风，眼睛因此失明了一段时间，之后又胸口疼。纽约的医生建议他至少要卧床三个月，但是菲茨杰拉德要飞回好莱坞挣钱。加州的医生明显草率一些，认为他只需要躺两个星期就好，至于胸口疼——现在来看，明显是心脏病的症状——医生说没事的，神经紧张而已。

1940年，菲茨杰拉德死于心脏病发作，刚刚44岁。

他人生的最后几年是在煎熬中度过的，身体垮了，精神垮了，经济也垮了，泽尔达这时在精神病院里待得还算舒坦，每回写信都是谈艺术，谈人文，满篇的形容词，高来高去飘在天上。倒是菲茨杰拉德的信简单利落——亲爱的，要省钱！要省钱！

菲茨杰拉德一生优柔，温润如玉，他年少成名，一直混上流社会，但是好日子只过了10年，后来他发现读者不买他的小说，评论家也开始讽刺他江郎才尽，他想用文字打败时间，结果发现时间很硬朗，自己反而熬不过去了。最恐怖的是，泽尔达有点儿不对头，喜怒无常，喝多了酒就在家里瞪着眼睛骂人，最厉害的时候天天披个白袍子号称是上帝的化身，菲茨杰拉德只好把她送到精神病院里去了。

但是菲茨杰拉德从没有想过要放弃泽尔达，在分隔两地的10年里，他们一直通信，以“亲爱的”相称，心情好的时候用“最亲爱的”，吵得再厉害，信结尾的时候一定要说“永远爱你”，虽然这只是一种习惯。

菲茨杰拉德后期主要在好莱坞讨生活，他也有红粉知己，是个八卦专栏的女作家，他们生活在一起，彼此精神上取暖，也互相照顾。但是他依然给精神病院的泽尔达寄钱，即使挣100，也分给她50。一有空就安排女儿去陪她，也带泽尔达去旅行。

这样过了一段时间，赚钱对菲茨杰拉德来说越来越困难，泽尔达已经变成一个非常大的负担，但是他好像咬着牙也挺过来了，从来不撒手，海明威因此觉得他很没有男子气概，朋友圈把他屏蔽了，还背后说他坏话，他万箭穿心，但也忍了。

他偶尔也有发脾气的时候，曾经写过一封很失态的信，控诉泽尔达她妈是个老巫婆，泽尔达是个臭名昭著的疯子，他痛痛快快地写了两页纸，把大姨子们也骂了，这一口气出得好不顺畅，最后气宇轩昂地说：泽尔达，我告诉你，我从来没爱过你！

可是这封信一直没有寄到泽尔达手中，因为第二天早上他情绪过去了，就又重写了一封：亲爱的，放心吧，我身体很好，下个星期就可以起床写稿了，钱的事不用担心，我来想办法，代问咱妈好，我爱你。

泽尔达未出阁时性格如火，貌美如花，身边的男孩子穿梭不已，她随便招招手就有人为她赴汤蹈火。况且她出身名门，聪明伶俐，有万人不及的动人之姿，所以年轻的菲茨杰拉德一见倾心，无法自拔。

20世纪70年代，传记作家去采访泽尔达的故乡，蒙哥马利火车站门口坐了些无所事事的老头，太阳晒在他们身上，好像给枯萎的树根上了一层包浆。

这些老人都记得泽尔达，一经提起不免激动，他们说：年轻时的泽尔达不晓得有多么迷人，她穿着泳衣坐在男孩子的车上，雪白的大腿跷得那么老高，路上的小伙子都冲她欢呼，她于是站起来，挥舞手臂说：你们好啊，我的小糖豆们！

老人们说：泽尔达就是点石成金的女王。

所以你很难说，泽尔达是否成就了菲茨杰拉德，因为这世上是有一种女人，能让人见天见地见自己，她完全不自知，她只负责美好，美好到一定程度便有了神性，于是，因为有美人，才有了英雄。

菲茨杰拉德临死还在努力写稿付账单，毫无征兆地，他心脏病发作死掉了。去世之后，泽尔达一直待在精神病院里，1948 年，医院发生火灾，她没有逃出来，烧死在里面，终年 48 岁。

人生本就说不明白，情感更加是一本糊涂账，但是岁月流过，有些人你知道躲不过。纠结一生，彼此蚕食，是棋逢对手，也是互相救赎。

我想，他们以一种独特的方式留恋着对方，也成全了对方。

在翻译本书的过程中得到了很多朋友的帮助，在此鸣谢，谢谢 Zoe 微雨和 ZS，她们被我逼着每天看 6000 字，替我审了最后一稿。谢谢我的编辑关宁，这是个有侠气的女子，三米之外就能感到她螺旋上升的气场。

因为能力有限，在翻译中一定存在一些失误与不当之处，还望方家指正。

最后祝大家阅读愉快。

第一章

关于爱情

1918 ~ 1920

只要有你的爱，万事皆有可能，我伫立于成功的沃土之上，唯一的信念与希望就是你与我同在。

——司各特致泽尔达，1919. 2. 22

我不要仅仅活着，我要爱，先有爱，然后活着才有意义。

——泽尔达致司各特，1919. 3

1918 年 7 月，司各特和泽尔达在阿拉巴马州的首府蒙哥马利认识了。

泽尔达要满 18 岁了，刚刚高中毕业，是镇上最受欢迎的女孩。司各特是普林斯顿大学的学生，因为战争的缘故，成为步兵中尉，他在这一年的秋天也要满 22 岁了。

命运把他送到了泽尔达——这个镇上最漂亮、最自信，追求者无数的姑娘身边。

泽尔达在自传体小说《最后的华尔兹》里记录了他们初次见面的情形，她说司各特穿着私人定制的西装，非常英俊，而且“闻起来充满欢愉的味道”，在他们跳舞的时候，她把头“靠在他的耳朵和笔挺的军装领子之间”。

两个月之后，司各特在他的日记里也记录了这件事：“7

号，我恋爱了。”

司各特虽然不谙世事，未露锋芒，但是他非常坚定地知道自己人生的方向——“要成为有史以来最伟大的文学家”，而他的爱人将是“最棒的姑娘”。

泽尔达更年轻，她有三个姐姐，都已经出嫁了，泽尔达小姐希望自己的生活永远都是南方公主式的，天天生活在聚光灯之下。

这时候，战争爆发了，更加滋生了小镇上的浪漫气息，镇上的年轻人把时间排得满满的，人人都急着要去恋爱。

塞尔法官家的门廊在当地非常有名，那里种满了鲜花，也种满了泽尔达的追求者。士兵们为了表达爱意，纷纷把自己的军章送给她，泽尔达不久就攒满了整整一手套盒子的军章。司各特很快也奉上了自己的。

美国决定参加第一次世界大战之后，在全美设立了 32 个空军训练营，其中泰勒训练营（Taylor Field）就设在蒙哥马利附近。年轻的飞行员们为了讨泽尔达的欢心，冒险驾驶着飞机在她家房子上空做特技表演。面对这样的炫技，司各特的招数是不停地跟泽尔达吹嘘他将来会成为多么著名的作家。

司各特最终没有参战，战争在司各特被准备送往法国的时候结束了。1919 年 2 月，司各特退伍了，他去了纽约，希望能找到一份工作，成为一名作家。他打算在报社工作，结果却成为一个广告公司的低薪职员。

他无与伦比地想念泽尔达，3 月 24 日那天，他给泽尔达寄去了一枚订婚戒指，这枚戒指是他母亲的。泽尔达被深深打动了。虽然她的来信充满了各种甜言蜜语，但她在蒙哥马利的生活却一如往昔，各种各样的社交活动飓风一般包围着她，她依然跟男孩子们约会，而且把这一切都写信告诉司各特。

司各特这边的生活却与他设想的格格不入。他讨厌他的工作，讨厌挣这么少的钱，讨厌穿的衣服一点儿也不体面。而且最糟糕的是，他的小说都卖不出去。

多年以后，他在回首往事时写道："——我极度地心神不宁——每天都在等泽尔达从阿拉巴马的来信，今天会有信吗？信里会说什么？——我的破烂西装，我的穷困潦倒，我的爱——我一败涂地，在广告界我根本就平庸无奇，我甚至没有办法开始我的作家梦想。"

虽然他在23岁的时候名满天下，但是那个时候，他默默无闻，成名遥不可及。

4月中旬，当司各特重新回到蒙哥马利去见泽尔达的时候，他已经落落寡合，毫无信心了。泽尔达一直都在信里给他鼓励，但是她也一样不落地汇报自己的夜夜笙歌。

1919年6月的时候，本来就脆弱的订婚越发摇摇欲坠，这期间泽尔达不小心把给其他追求者的信放在寄给司各特的信封里了，司各特看了以后勃然大怒，警告她再也不要跟这个人联系了。但是当收到泽尔达的解释之后，他又迫不及待地跑到蒙哥马利，乞求她马上嫁给他。泽尔达哭倒在他的怀里，但还是拒绝了他的求婚。

司各特伤心欲绝地回到纽约，心怀前所未有的挫败感

——不管是他的小说，还是他的爱人。他写信给一个朋友说："我一直以来都竭尽全力，但是全都失败了，这是个悲剧，我感觉没有活下去的意义了，除非能够娶她，否则我终身不娶。"

他辞去了工作，三个星期里天天酗酒，最后他回到圣保罗①他父母那里，开始着手修改1918年被斯克利伯纳出版公司退稿的小说《浪漫的自大狂》。这期间差不多有两个月的时间，他和泽尔达之间没有任何通信。

1919年9月的时候，出版公司接受了这本小说，并改名为《人间天堂》出版。司各特马上重新给泽尔达写信，并计划重返蒙哥马利，两个年轻人于是恢复了订婚。他们之间的通信越来越多，司各特去往蒙哥马利的次数也越来越多。1920年的4月，泽尔达和司各特结婚了，距离上次司各特寄订婚戒指给她刚刚一年。

在司各特的想法里，他不可避免地把物质上的胜利与赢得泽尔达这件事联系起来，从此爱与金钱成为他写作的两大主题。

而对泽尔达来说，爱情的魔力才是至高无上的。

虽然两个年轻人在《人间天堂》准备出版之后恢复了订婚，但是那个时候没有任何迹象表明这本书可以大获成功。当他们订婚的事敲定之后，泽尔达就迫不及待地要求前往纽约跟司各特会合，这种急迫是基于爱情。

---

① 圣保罗(St. Paul)，明尼苏达州的首府。

这一时期的信件除了尽可能呈现他们相爱的真相之外，也让我们看到一个 18 岁的泽尔达，那么鲁莽、迷人，生活中充满了朋友、派对和恶作剧。

这期间一些问题也慢慢浮出水面，并伴随这两个年轻人一生。嫉妒是其中一项，根据司各特的传记作家亚瑟·梅森的说法，当泽尔达和司各特刚刚开始恋爱的时候，一次泽尔达把她的另一个追求者拉进灯火通明的电话亭，热烈地亲吻，事后泽尔达说："司各特来了，我想让他嫉妒。"

等到司各特准备如法炮制，写信告诉泽尔达他发现了一个极其迷人的少女的时候，泽尔达轻描淡写地说你不过是在虚张声势，去追求她吧。于是司各特投降了，反而更加担心泽尔达会为此在蒙哥马利做出出格的事情来。

但是悖论却是，让两个人互相吸引的特质，在日后的生活中也同样会造成很多的矛盾和争吵。嫉妒在恋爱过程中制造了很多情调，但是在婚姻中却是摧毁性的。

另一个问题是酒精。司各特从那个时候就开始了对酒精的依赖，泽尔达也是，但明显比司各特要好一些。

酒精虽然在年轻时不过是生活的调剂品，但是它会变得越来越强大，让人无法摆脱，终其一生都深受其苦。

除了嫉妒和酒精之外，两个人的性格也有问题，他们都极具个性，具备双重性格，并经常自我抵触。

司各特的双重性格让他成为优秀的作家，但也让他成为 20 世纪 20 年代物质成功与道德堕落的象征人物。

泽尔达在自己的小说《最后的华尔兹》里曾经恰如其分

地描述过自己性格中的矛盾之处："怎么才能同时成为两个人呢？又随心所欲，又无辜可爱。"

虽然这是泽尔达年过三十之后对自己年少岁月的回顾，但是从她 18 岁的信件中，你依然可以看出这个小姑娘在独立与依赖之间的摇摆不定，看到这个年轻的、朝气蓬勃的、任性的姑娘在充满激情地表达自己的爱情宣言时，是多么渴望与自己的爱人尽可能地相知相守。

遗憾的是，这期间司各特的很多信件没有保留下来，这里只列出了一些他的紧急电报（泽尔达把这些电报剪贴在自己的笔记本里了），这些电报可以表露出一个迫切的、一有时间就前往蒙哥马利的年轻人的心，那么不顾一切，生怕自己不在身边，心爱之人就被抢走了。

司各特在 1920 年 2 月给朋友的信里也提到了她，"朋友们都直言不讳地劝我不要娶泽尔达这样小野猫一样的女生，他们说得我耳朵都起茧子了"。接着，司各特在同一封信里表达了自己的心意：

像泽尔达这样个性强烈的姑娘，是不可能不饱受争议的。但是我知道我爱她的勇气，爱她的真诚，爱她如火般的自尊。而这些都是我在这世间最看重的东西，即使整个世界都在疯狂地质疑她，我也珍视她。

当然，真实的原因是，我爱她。这就是事实的全部。

虽然损失了司各特的信件非常可惜，但这会让我们更加关注泽尔达本身。

长久以来泽尔达都是以一个文化标签的面孔出现，扮演司各特情绪不稳的妻子：一开始是个脾气暴躁的南方佳人，后来又成为20年代的上流淑女，最后的结局是一个被关进医院的疯女人。

但是在这一章的信件里，您会看到一个活泼俏丽、口齿伶俐的妙龄女了，她有趣，迷人，有话要说。

1. 致泽尔达（1919.2.22，电报）

泽尔达·塞尔小姐：

我的爱，人生是场游戏，野心、荣耀、热情都在等我命名，只要有你的爱，万事皆有可能，我伫立于成功的沃土之上，唯一的信念与希望就是你与我同在。

2. 致司各特（1919. 2）

爱人：

早上我去学校了，跟大家聊起诗人布朗尼①，不由得多说了些，我当然有些夸大其词，我才读过他两首诗，但是大家都觉得我说得妙极了。

我只关心与你有关的事情，除此之外都好无聊，我知道你也一样在思念我，你也一样过得不好，啊，讨厌的学校一点儿意思也没有。

我想你已经知道了，你母亲给我写了一封信，收到它我

---

① 泽尔达此处所提的布朗尼，应该是指英国诗人罗伯特·布朗尼（Robert Browning），生于1812年，1889年去世，英国诗人，剧作家，主要作品有《戏剧抒情诗》《环与书》。

好开心，好可爱，无法用言语表达，她亲昵地称呼我泽尔达呢。

甜心，请不要太担心我，我不想成为你的负担，你知道，我的全部都属于你，我全心全意地爱着你。

我虽然一直觉得自己身材不错，但是我还是希望自己能有五尺四寸，也许我要多游泳了。明天我就去，虽然冬天还没有完全过去，小冰溜子还没化呢，但是小溪清澈欢快，我和天气一样越来越热。

昨天晚上一些即将入学的新生和老生们互搞恶作剧，有些人决定玩大的，往全国各地乱发电报，我拦在中间，他们只好放过了纽约，因为你在那里啊。哈哈，不必谢我，他们可能觉得这很好玩，但是我觉得有些无聊。

亲爱的爱人，你懂我。

泽尔达

3. 致司各特（1919.3）

亲爱的：

你寄来的睡衣太漂亮了，好像月光一样迷人，穿上它我就跟时尚杂志封面上的姑娘没什么两样了。

可以把你放在我兜里吗？你在里面吃午饭，我兜里总放着饼干，还有黄油哦。

今天我去了塞尔玛①，一回家就看到你寄的睡衣了，它那

① 塞尔玛(Salma)，阿拉巴马州的城市。

么安静，漂亮得像梦，柔软得像云，谢谢你，亲爱的。

纽约有几个男孩子老希望我过去，我可能会11日左右过去，这样就可以看到你了，我身边可能会围着好多人，但是一旦见到我的亲爱的，那些人就会不见了，而我也会化掉，化掉在你的怀里，然后我们就可以幸福地生活在一起，无所谓在哪里。

《我的军中女孩》在塞尔玛上演了，陪我去的那个男孩领着我去看彩排了，我还教她们合唱的时候怎么发出颤音呢，感谢给我们行方便的剧院经理。但是，我经常去的那个游泳池关门了。

是不是生无趣
只有死
是不是食无趣
只有糠
是不是吻无趣
只有说
是不是了无生趣
啊，归何处

你不能再说我短发也很漂亮了，我最近好像住在发蜡里一样，头发都变深了，我会让它们变长的，我知道你喜欢长发，只是它们都长得好慢。所以，你要做好心理准备喽。

头发短了，脖子后面不知道有多舒服，我想起《波菲利雅的情人》① 里的句子：在诗篇和头发之间，我保持着某种清醒。

亲爱的，我猜，妈妈是知道的，她知道我们总有一天要结婚。最近她总是偷偷地把各种年轻作家的书放在我枕头上。我在想，你是不是应该给我父亲写封信，最好在我出发之前，天哪，真希望没父母亲戚管着。我不是怕他们，我只是担心，如果一意孤行，他们会伤心的。

但是你知道我们注定是要在一起的，我的甜心，快些准备好吧，我要你迈着轻快的脚步，浑身披着阳光来到我的门前，你用最甜蜜的拥抱把我搂在怀里，搂得紧紧的，让我皱皱巴巴的，我就要那样的拥抱。

啊，我要给你那么那么多的爱，直到你承受不住。

4. 致泽尔达（1919.3，电报）

泽尔达·塞尔小姐：

甜心，我最近忙得晕头转向，但是你知道的，我每一分每一秒都在想念你。明天我会写信详细跟你说。收到你的信件了，你永远都给我信心，你是我的希望，祈祷我们尽快在一起，晚安，亲爱的。

5. 致泽尔达（1919.3.22，电报）

泽尔达·塞尔小姐：

---

① 《波菲利雅的情人》(*Porphyria's Lover*)，罗伯特·布朗尼的诗作。

宝贝，星期五我寄给你的只是个小礼物，戒指①刚到，我星期一就寄给你。我爱你爱你，这个礼拜六见面的时候我要告诉你我到底多爱你。希望你家别被我的礼物吓到。

司各特

6. 致泽尔达（1919. 3. 24）

亲爱的，我收到戒指就寄给你了，希望它大小合适，真希望我能亲自给你戴上，我是那么那么的爱你，没有你的每一分钟都痛不欲生，一定要每天给我写信啊，再见，我亲爱的妻子。

7. 致司各特（1919. 3）

包裹收到，二姐帮我拆开的，好漂亮啊，她说希望二姐夫也送她一个类似的。亲爱的，我太喜欢这个戒指了。每次看着它戴在我手指上，都会吓一跳。我从来不戴戒指，戒指一直跟我不怎么搭，但是我爱你送的这个，那么漂亮那么闪亮，就像我们的爱。而且它好像在说很快我们就可以在一起了，我每天都开心地唱着歌。

谢天谢地，时装秀终于结束了，穿500美金的礼服走秀是我这辈子最辛苦的活了，到处都是衣服。

如果我从火车上下来面容憔悴，邋里邋遢，你会开心吗？不过，我觉得，我只要穿粉色和蓝色你就满意了。

---

① 司各特送给泽尔达的订婚戒指是他母亲的。

奥本大学①今年军训搞得很糟糕，差不多有60个小伙子都跑到蒙哥马利来谈恋爱。男孩子们花了几个月的时间学跳“机械舞”，在纽约餐馆里如果跳成那样，是不是会被扔出去?每天晚上我都玩得很尽兴，大喊大叫，快活极了，我希望你也能这样，不要老让我一个人显得像个孩子。

亲爱的，这一年我长大了不少，我不知道自己是否喜欢这样，但是如果你喜欢，我就喜欢。你的老同学皮皮回来了，在你所有的朋友里，我最喜欢他了。

你那么喜欢我的脚，可是最近它出事了，右脚又开始疼了。去看了医生，医生在给我治，但是它看起来好难看啊，如果能用我一半的生命去换漂亮的小脚指头我也乐意，只要你看了会开心，甜心，我是那么的爱你呵。

汉克·杨昨天来了，正赶上我穿着漂亮的皮草在街上游行，他说你要在就好了，会为我感到骄傲，然后梅儿就把他拖走了。

泽尔达

8. 致司各特（1919.3）

最最亲爱的司各特：

我看了你给爸爸写的信了，我觉得很好，我鼓足勇气交给了他，他一直不知道我们的事，可能要吓一跳，但是除此之外别无他法。你简直太棒了，我不明白你怎么能写出这么

---

① 奥本大学(Auburn University)，位于阿拉巴马州的奥本大学城，是该州最大的大学，奥本大学是南部的老牌名校。

漂亮的家书，真的，你母亲也表达了你的心意，我真希望她能喜欢我，我会尽量乖巧懂事让她爱我的。但是我好担心啊，我不是那种乖巧可人的姑娘，她会喜欢吗？

埃莉娜和我成立了一个小组织，叫“亲密朋友”，好多大学男生加入进来，我们身边的小伙子比所罗门拥有的妻子还多。我觉得这特别好玩，在没有你的日子里，尽量让自己开心些。

我总是被阳刚之气吸引，喜欢跟这些男孩子在一起，他们总是那么阳光，让我不自觉地就开心起来。我做了好多与众不同的事，昨天，我们去车站送那些男生走，约翰·赛勒斯用轮椅推着我，直接闯进人群中，一边还喊“可怜哦，这位小姐五年不能走路了”，“上帝保佑穷人”。声音在巨大的车站回响，又刺激又好玩。我们玩得好开心，直到有人粗暴地制止了我们。事实上，我们正给这座城市增加色彩呢，只是开心的事情好像给我带来了坏名声。

埃德·海尔去奥本大学了，他准备好好学习天天向上，他把那辆破老爷车留给了我们。当然，我们这样下去好像不大靠谱，我妈都快要担心死了，但是我和埃莉娜都乐在其中，乐此不疲。

看到我歪歪扭扭的字体你一定猜到了吧，我们这里又冷了。我刚刚完成一个阳光灿烂的剧本，写的时候很投入，都忘了我手指几乎要冻坏了。

炉火又燃起了，我们常坐的长椅上空空荡荡，好孤单，好难熬。如果我不是那么确定我们一定会拥有彼此，我一定会伤心欲绝的。我现在似乎就能感受到你的温柔的臂膀，我要把你光滑的头发搞乱，我就喜欢那样。

晚安，甜心。

9. 致司各特（1919.3）

宝贝宝贝，我那么爱你。

今天感觉像是复活节，多么希望我们能在一起，漫步在阳光下，裹在教堂拥出的人群里。一切都那么美好，温暖，充满令人愉悦的味道。你的戒指在太阳下闪闪发光，一片雪白，好像清雾中的百合花。这样的春天就是为我们的爱而存在的啊，多希望你在这里。

你无法想象你的戒指造成多大的轰动，昨天晚上我们根本没办法跳舞，所有人都跑过来看，大家都说戒指太漂亮了。能成为你的女孩，我感到非常骄傲，我愿意每个人都知道我们彼此相爱，一想到你爱着我就心花怒放，而且我也愿意让所有人都知道我们不久就要在一起了，永不分开。

俄亥俄的军队要来了，蒙哥马利的女孩们不停地收到来自情人们的信，据我所知整个第三十七师5月份要来，小蝴蝶又要满天飞了。不过我倒有些想看看，到时候那些乱七八糟的关系他们怎么处理。

我最近一定是太累了，脑子都不转了，甜心啊，我那么爱你，我爱你比世界上任何一个人都多，我想马上结婚，马上，马上，以后不许说我没有热情，爱人，你懂我的。

10. 致泽尔达（1919.4，电报）

泽尔达·塞尔小姐：

你三姐克洛蒂尔德在纽约找到了一个特别棒的公寓，价钱也公道，我已经把它租下来了，从26日开始，她也搬进同一栋大楼，5月初我会写信给令尊。别紧张，如果不想写信就不必逼自己写，有我呢，一切会好的，我爱你。

我的爱。

11. 致司各特（1919.4）

最亲爱的：

看了你的信感觉一切又都近了一步，你一直说我害怕，其实我一点儿也不害怕，我是那么爱你，而且4月也要来了。

我很高兴你去见三姐了，我猜你们相见愉快，她已经写信跟妈妈说了她要搬家，还说她的窗户外面一棵树都没有，这让她非常想家。我们这一边呢，全家人只好坐在那里听着小猫喵喵的声音。三姐走了之后爸爸又回到以前牢骚满腹的样子，我猜等我也走了，他们会非常寂寞的。

二姐一个星期后也要走了，这两天她大呼小叫的，让家里人不得安宁。我羡慕笃定自信的人，讨厌那些咋咋呼呼的人，她们热衷于夸大自己的苦楚，让自己显得特别可怜，如果能因为这个就让别人，尤其是男人感到不安，她们就开心了，全不管别人会为此而痛苦，这就是她们的行事原则。

吻我吧，爱人，一个最最甜蜜的吻，我多么需要你。

泽尔达

12. 致泽尔达（1919.4，电报）

泽尔达·塞尔小姐：公寓租了，就在三姐的楼下，爱你，司各特。

13. 致司各特（1919.4）

司各特，我的爱，一切看上去那么美那么顺利，就像这里漂亮的黄昏。我永远都会是你的，你拥有我，没有什么可以把我们分开，得知这一切我多么开心，过去一个月里的焦躁与紧张都值得了。真庆幸你回来了，就像夏天，当我需要你的时候，你出现了，带我走吧。

等待也不那么难熬了，我又充满勇气了，我爱你甜心。

这次回来你为什么要偷偷去小旅店买杜松子酒？我宁可你买上十美分别的好东西。我知道你喜欢那香甜的味道，我也是，我爱味道胜过画与好书，那种幽谧花园的味道，飞蛾蒙蒙的味道，对我来说那么性感，总是能让我颤抖，那些神秘的、梦幻的，如苍白的月亮和花影的味道。

今天我在墓地待了一整天，并不是要去参加葬礼，墓地门上有把生锈的锁，我花了点儿时间把它打开。墓地并不脏乱，长满了伤感的蓝色花朵，好像从那些死去的人眼睛里长出来的一样，虽然水汪汪的，但总是感觉怪异，令人不想去触碰。

那些男孩子们想试试我的胆量，我才不怕，我倒是想摸摸“威廉·伍浮德，1864”那块碑。为什么坟墓让人徒增空虚之感？大家都说得言之凿凿，但是我却感觉不到惶恐和无助，那些破碎的墓碑，攥紧的手，白鸽还有天使，故事累累。100年后，我希望有年轻人路过我的坟墓，猜测我的眼睛是棕色或者蓝的，但是我打赌他们都猜错，我愿我的墓碑给人无尽沧桑，道尽百年故事。现在说这个是不是很有趣？死去的士兵里，会不会总有那么几个让你想起逝去的恋人和尘封的爱情？即使他们看起来跟其他人没有两样，如黄色的苔藓一般①。岁月终老，安然辞世，这一切多美，多么多么美，我的甜心，我们必将一起终老，我知道的。

14. 致司各特（1919.4）

这些羽毛太美了，是世界上最美最美的东西，那么柔软，好像毛茸茸的小鸡，那么粉红，好像新生的篝火。每次打开它，我都感觉自己无比迷人，每次用它遮住脸颊，心中都升起无比的得意。亲爱的，这真是这天下最最可爱的礼物，你多么有心，而且颜色也是我爱的，恰到好处②。

甜心，不要再要求我对你有信心了，我爱你就像爱生命，你每一次的到来都坚定了我的信心，我爱你，信任你。只是当你鲁莽行事的时候我会担心，我宁可自己死了也不愿看到你不开心。

---

① 司各特采用了墓地这段浪漫的描述，几乎将之逐字逐句地用在了自己的小说《人间天堂》里，作为主角的内心独白。

② 司各特为泽尔达上一封信而打动，寄来了一柄羽毛扇，泽尔达非常欢喜。

我想去意大利，亲爱的，和你一起，意大利给我的感觉是黄色的，平淡醇厚的黄，那是你的颜色，让我忘了世间一切，除了你和我。

妈妈和二姐写的小剧《神秘》① 就要彩排了，我觉得我穿上芭蕾舞裙一定特别好看。

我爱你，司各特，用尽我的全心全意。

15. 致司各特（1919. 5）

星期二的时候阿拉巴马第四军团②回来了，整个镇子像狂欢节。佩里街到处都是旗帜和彩纸屑，围着政府的三个街区的房子全都开放，每个人都兴高采烈地穿上旧制服还有面具，上帝啊，天气热死了。

康梅街被装点得好像长廊，罗斯蒙特花园的花房整个儿打开，满坑满谷的鲜花。我真希望你能亲眼看到这一切。大家都在街上睡，所有的事情都被搁置了，人人都开心不已。

史密斯少校要带领他的队伍游行，缺了 23 个小伙子③——要不是我在嚼口香糖，只怕就哭出来了，不停地嚼，以前你不许我，我忍住了，可是最近我又开始了啊。

明天有人过来给我照相，我要穿着演出用的芭蕾舞裙子，照片出来后我当然会给你寄过去。妈妈最近费了好多心思在她的玫瑰上，照片要在她的玫瑰花园里拍，我到时候可能要

---

① 泽尔达的妈妈和姐姐编排的一个芭蕾小剧。

② 这支军团在法国服役。

③ 23 人在法国阵亡。

坐在刺儿上面。她嘱咐我一定转告你那些玫瑰有多漂亮，完全忘了你面对麦金尼夫人的玫瑰园子时表现得多么无动于衷。

我最近手脚也受伤了，从一个像月亮那么高的沙堆上跳下来——好吧，几乎那么高——落在一堆乱石里，好痛啊，恨不能截肢。年轻的小伙子们让我这个老人家吃不消了，亲爱的，真高兴你又要来了。

你是20号来吗？或者等到6月初再来，因为我要去参加乔治亚理工学院的毕业典礼，这样你走的时候，我可以一直陪你到亚特兰大。家里说，今年7月的时候，要去北卡罗来纳州的阿什维尔①，如果你需要休息的话，过来跟我们一起待一两个星期岂不是很好？我个人非常讨厌生病的大人和发烧的小孩，但是很不幸，在我们这个社交圈子里这两种人很难避免。

我爱你，亲爱的，我想了很久，但没有什么可以替代这样的表达，我爱你，我爱你，我爱你，我爱你，我的甜心。

16. 致司各特（1919.5）

金色的小猫是不错，但是我可不想拿我的猫来换，就算给我两只也不行，我的猫会吃了它们的。

我把梳子和镜子忘到科布的福特车上了，如果有可能，我想要个镶着粉色花朵的镜子，算了，只要你能来就好，亲爱的。

---

① 具有讽刺意味的是，泽尔达后来待的精神病院——高地医院就在北卡罗来纳州的阿什维尔，泽尔达1948年死于该医院的一场大火。

你还记得那位号称能通灵的弗朗西斯卡夫人吗？她从来没有听说过你，但是她说我们注定要结婚，因为我们是灵魂伴侣，她说她的手指一碰到通灵板就看到了。从来没有人这么说过我们，除了她。

按照通灵人的看法，灵魂伴侣不仅仅是在一起那么简单，是真的水乳交融，从人类还是双性恋的时候就是这样了。你看，我们是“灵魂伴侣”这件事并不是《故事会》① 一样的陈词滥调。

我什么都看不到，但是通灵的过程让我莫名感动，虽然它也一直在说“死亡，死亡”。后来我有点儿害怕，就退出了，但这一切很棒。你又要嗤之以鼻了吗？但是我希望你不要，因为这是显而易见的啊，放心地去相信也是智慧之一种。

7 月份我们要去阿什维尔了，但是到时候可能会阴天，我担心会有好几天看不到月亮了。但是，甜心，我们要在一起整整待一个月啊，有没有月光又有什么要紧呢？

我打算剪短我的头发，大家可能会吓一跳，真希望你能告诉我你怎么想的，每个人都不赞成，但是我觉得短发游泳会很舒服，只是我到时候可能会很难看。

昨天晚上有个红脸膛小伙子说我是他见过的最粉嫩的美人儿，我一高兴就在他腿上睡着了，亲爱的，你一定不会介意的，因为我跟他只是哥们儿，而且周围还有其他三个姑娘呢。

---

① 原文是 Snappy Storyish，即《斯纳皮故事会》，一个流行杂志，双月刊，主要刊载公式化的短篇小说、文章、漫画和影评。

亲爱的，司各特，快来吧，我那么爱你，见到你将会多么多么高兴啊。20日的时候我们要再演一场，你来了就能看到我了，我们的节目被排在中间，节目单被重新修改了，他们可能不让我唱歌了，真是的，其实我觉得我唱得蛮不错的。

啊，我的甜心。

17. 致司各特（1919.6）①

你不让我再写信给你了，但是我必须要解释，上次那封信是我退还佩里·阿代尔的胸章时的小字条。佩里知道这件事了，他说如果你需要的话，他可以写封信去解释这一切。那张字条，是退还定情之物用的。仅此。

我很抱歉，司各特，如果你还想要照片的话，我寄给你。

泽尔达

18. 致司各特（1919年秋天）

我给你写信的纸漂亮吗？很多人不喜欢，但是我小心翼翼生怕它们给用光了，因为我要谢谢你啊，写好多谢谢你的话，我喜欢你寄过来的“两个小帆船”，但是令人苦恼的是，

① 泽尔达去亚特兰大的乔治亚理工学院的时候，她和高尔夫球手佩里·阿代尔产生了暧昧之情，但是当泽尔达回到家的时候，她后悔了，并退回了佩里给的定情之物。但是不经意间，她把本该给司各特的信寄给了佩里，把给佩里的一封情意绵绵的信寄给了司各特。司各特收到信勃然大怒，他要求泽尔达不要再写信给他了。泽尔达没有听从他，写了这封简短的信解释和道歉。司各特收到信后，疯狂地赶往蒙哥马利，试图修补与泽尔达的关系，并恳求泽尔达马上嫁给他，但她拒绝了他，并中止了他们之间的订婚关系。于是直到秋季再次通信之前，两个人之间再无只字片语。

我找不到地方挂啊，所以我准备把它粘在什么地方，可能是户外。请不要被我吓着，只是随便说说。我很喜欢它，你知道我就喜欢跟别人不一样的东西，而且上面的流苏简直让我心花怒放。

昨天我差点儿起意写一本书，或者一个中篇，我还没决定，但是女主角出场两页纸之后，她还没露出人物性格，我总不能永远写她如何迷人吧，所以我放弃了。

这个故事的名字叫《放荡的罗密欧》，要有一个男人出现，但是这个故事目前还没有什么情节，所以我可能要求助于你，他们应该做些什么呢？妈妈让我多看看欧·亨利的小说，找找灵感，我才不，他从来没有塑造过人物，只是相同的人，发生不同的事，最后有个意想不到的结局罢了。

我希望女主角都像电影明星康丝·塔尔梅奇一样，所有的男主角都坚强、沉默，或者都是大学生。也许我的女主角也蛮不错的，你看她野心勃勃，两页纸就领着她的罗密欧离我而去了。

司各特你看啊，我什么也做不好，因为我太懒了，根本不在乎一件事是不是已经完成了，而且我不想出名，我只想永远年轻、无拘无束、肆意妄为，快乐地生活，任性地死去，就过自己的人生。

司各特，亲爱的，不要老是说我们年纪大了，最好的东西已经没了。我们还不曾拥有过呢，还记得你跟我说过的那个圣保罗的女孩吗？因为全世界都说她错，于是她就没有勇气去说自己对，那么懦弱。

所有的热情和甜美都会不断地增长，所有的感情也是，因为我们充满理性和智慧，我们的爱是坚实的城堡。虽然我们曾经一度放弃，但是这反而会让我们格外珍惜失而复得的情感。就好像肥皂水里的泡泡，一个泡泡破了，但是更多的漂亮泡泡出来了，她们不停地升起，直到肥皂水没有了为止，我们就是这样。

不要无限感叹我们曾经的小得可怜的插曲，更多美好的时光在前面等着我们呢，因为我知道，我爱你，1 月份你回来，我要听你亲口这么说，不要担心，我们一定会好的。

泽尔达

19. 致泽尔达（1920. 1 ，电报）

买不到周五之前的票，很可能要拖到周六晚才走，所以大概 11 日或 12 日才能到，一买到票就电报你。《晚间邮报》又采用了我的两篇文章。爱你。

20. 致泽尔达（1920. 1. 19，电报）①

把《放荡的罗密欧》的草稿发给我吧，爱你。

司各特

① 冬天的时候司各特从圣保罗搬到新奥尔良居住，除了可以安心写作外，也为了躲避冬天的结核传染病。在这期间他两次前往蒙哥马利，两个人很可能是在这段时间第一次发生了亲密关系。2 月份的时候司各特搬回纽约，2 月底，他回到普林斯顿，在那里等待他的《人间天堂》的出版。

21. 致泽尔达（1920. 1. 29，电报）

周末前往，如若不便，电报告知。

司各特

22. 致泽尔达（1920. 2. 24，电报）

我把《头颈之间》的电影版权卖给了米高梅公司，2500美金。我爱你，最最亲爱的姑娘。

23. 致司各特（1920. 2）

亲爱的爱人，我们的恋爱终于要步入婚姻了，我们要永远幸福地生活在一起，就好像关在塔里的心事重重的公主，终于等到她的爱人，这个公主脾气不大好，我一直为这个操碎了心。我心里很愧疚，我本该可以对你更好些，可以让我们在一起的时间更甜蜜，我本该可以更好，因为你那么好，值得一切美好。

过去的四天多么美妙，我觉得我们的婚姻也会如此。我真的想嫁给你，你说我害怕婚姻，不要这样想我，我不害怕。惧怕的人要么是个懦夫，要么就是伟人，我都不是。

我知道，你会把我照顾得非常好，只要和你在一起，我会非常非常快活，除了每个星期我们都可能吵一小架，即使这样我也欢喜，我喜欢冷静，喜欢自我掌控，而你就可以放心地情绪化和生气，不知道你这么想吗？我反正是这样想的。

最近收拾床底下又发现了我的好几张照片，我们可敬的老妈自以为有道理地把它们扔了。但是我很喜欢自己纤细的四肢，所以征求你的意见，上次去用蜡护理，差点儿毁了皮肤。

甜心啊，我多么想你，我多么爱你，下一次我要跟你一起回去，没有你，我就是个布娃娃，你就是我的必需品和奢侈品，珍贵的情人啊，你要成为我的丈夫，我要成为你的妻子。

24. 致司各特（1920. 2）

噢，司各特，它简直太漂亮了①。它的背面更漂亮，我没一会儿就要反过来看后面你刻的字“司各特致泽尔达”。

我喜欢烦琐精致的感觉，但是我太开心了，除了幸福什么都感觉不到。我感觉自己好像一个泡泡，飘起来，越过众人头顶，飞到一个没有人迹的香甜所在。你就是我心中最爱最爱的甜心，每天我都这样想着入睡，我爱你，此刻你送的这个小东西就在我手腕上叮当作响，噢，我爱你。

包裹是妈妈送进来的，我没让她走，她就坐在床边上看我拆包裹，我告诉她，我们要结婚了。她希望我去纽约，她说你可能想在圣帕特里克节②结婚，现在她知道了，我们都计划好了，美好而坚定，我毫不动摇也不害怕。

我们两个都是那种恣意出众的人，不拘小节，有时可能

---

① 当司各特把小说的电影版权卖了 2500 美金之后，就用其中的 600 美金为泽尔达买了一块白金镶钻的手表。

② 圣帕特里克节，爱尔兰节日，在每年的 3 月 17 日。

会过分，但是我知道我们是天作之合，我们的色彩会融入对方，在人生路途上，找不到比我们更适合对方的人了。（我是真这么想的）

我好爱你啊，睡觉之前我要读《麦克提格》①，希望读完之后你不会发现你的新婚妻子变成一具僵尸。我发现这本小说的开头一点儿也不好看，一个没有门牙的姑娘怎么可能好看呢？而且我也无法忍受，一个女人嘴里还塞着牙医器具的时候接受一个男人的求婚。很多作家都觉得事情越丑陋就越现实主义了，太可怕了，我希望你永远都不要成为那样的作家——那些觉得丑陋是无法避免的作家。

婚礼定在什么时候？写信告诉我。或者你希望我早些过去？我跟妈妈说我可能突然出现给你一个惊喜呢，妈妈说等新郎发现婚礼成了新娘的独角戏才会倍感惊讶呢——不过，我就是觉得这是我的婚礼啊。

爱你，直到死亡把我们分开。

25. 致司各特（1920.3）

最亲爱的：

我本来想听你的话，我知道你是对的，如果不赶紧处理的话，事情将会多么难以控制。但是我就是没有办法吃掉那

---

① 《麦克提格》(*McTeague*)，弗兰克·诺里斯的小说。弗兰克·诺里斯属于自然主义小说家，这本小说的主人公是个牙医，他爱上了他的病人翠娜，在帮翠娜治好牙齿之后，两人结婚了，然后他谋杀了翠娜。泽尔达很明显不喜欢太自然主义的小说，认为它缺乏娱乐性。

些药丸①，我只能把它扔了，我宁可吃石炭酸。

你看，只要我能做主，我多半不会在意会发生什么后果。我宁可牺牲自己的自尊也希望有一个家庭。如果真的吃下那些药，我会感觉自己是个该死的坏女孩。

司各特，你一定要理解我，真的，亲爱的，这个时候请做你认为最应该做的事情，但是做任何决定之前一定要通知我，我坚信，上帝，或者别的什么神自有安排，一切都会好起来的。

我爱你，司各特，你也爱我，让我们彼此感恩，请理解我。

（谢谢你寄的书，我不喜欢它）

泽尔达

26. 致泽尔达（1920.3.23，电报）

早上好，泽尔达，亲爱的，我懂。

司各特

27. 致泽尔达（1920.3，电报）

泽尔达·塞尔小姐：

亲爱的，刚刚收到你的信，我本来以为你30日离开蒙哥马利，但是如果你想提早到20日过来，我求之不得，尽快电报我。你的照片还没收到。

---

① 泽尔达误以为自己怀孕了。

28. 致泽尔达（1920. 3，电报）

照片收到，跟你本人一样可爱。

29. 致泽尔达（1920. 3. 28）

泽尔达·塞尔小姐：

电报今晚收到，我已在巴尔的摩订下房间，周五或者周六我去接你，电报告知我准确时间，明天我会电话你二姐。小说大卖①，爱你。

30. 致泽尔达（1920. 3. 30）

泽尔达·塞尔小姐：

和你二姐及约翰·帕尔默②商量了，我们认为最好是星期六中午结婚。忙活完了我们可以有个周末休息一下。第一版书全面售罄。星期四之前，信件请寄茅舍编辑部，之后给斯克利伯纳出版公司。

爱你。

司各特

---

① 《人间天堂》在1920年3月26日出版。

② 约翰·帕尔默是泽尔达的三姐夫。司各特的婚礼很明显得到泽尔达二姐夫和三姐夫的帮忙，泽尔达的大姐护送泽尔达前往纽约。泽尔达的父母没有参加这次婚礼。参加这个小型婚礼的有泽尔达的三个姐姐、二姐夫和三姐夫，以及司各特的伴郎勒德·洛福勒，他是司各特在普林斯顿的朋友。司各特显然很紧张，在三姐夫一家到来之前他就开始仪式了。

第二章

结婚十年

1920 ~1929

你走了，实际上，整个夏天我几乎不记得你出现过。你只是不喜欢我、不关心我的人中的一个而已。我甚至都不愿意想起你，你不需要我，只有在酒杯满的时候我们才有可能交谈。

——司各特致泽尔达，1930年夏

你越来越多地抛下我，老是抱怨，什么都不能让你满意，公寓、仆人还有我。但是真正为了什么原因，你心知肚明，因为你写不出来，你之所以写不出来是因为你总是半夜才回来，你酗酒，你身体垮了。

——泽尔达致司各特，1930.9

《人间天堂》一经面世就大获成功，初版的3000册在3天内售罄，到1921年底的时候，这本书一共再版12次，售出49000多本。

20世纪20年代被称为咆哮的年代，而在这场狂欢里，纽约是当之无愧的中心，这对新婚夫妇发现他们成为这个城市里的名人。司各特说：出乎我的意料，公众不认为我是一个来自中西部小城的人，也不认为我是一个冷眼旁观者，他们把我看成纽约的标志性人物。

纽约需要一对富有吸引力的夫妇，司各特和泽尔达就是这样的夫妇，他们畅饮，欢宴，没完没了，他们热衷于恶作剧，跳进喷水池，在剧院里放浪形骸，和警察争吵，他们的所作所为马上填满了纽约的八卦专栏。

“我们就好像孩子，”司各特接着写道，“置身于一个明亮的、充满新奇的世界里。”“我们乘着出租车在高大的建筑之间穿行，天空是玫瑰紫色的，我感觉想要的一切都有了，我开始大声咒骂，胡言乱语，以后再也不会这么快活了。”

在纽约的时候，小两口一直借住在酒店里，但是因为过于扰民，他们被酒店驱逐。1920 年春天的时候，菲茨杰拉德夫妇在康涅狄格州①的西港租了一栋房子。司各特此时专心写一些短篇，也在着手准备自己的第二本小说。

9 月的时候，斯克利伯纳出版了司各特的短篇集《轻佻美人和哲学家》。虽然这本书毁誉参半，评论不一，但是它卖得非常好，也可能是因为《人间天堂》为菲茨杰拉德赢得了人气。

但是这个时候菲茨杰拉德夫妇已经开始吵架了，他们经常喝醉之后吵得不可开交。

在这段时间里，他们夫妇之间只留下三封信，其中一封就是争吵之后，泽尔达写的。

1921 年的 2 月，泽尔达发现自己怀孕了。他们决定前往欧洲旅行，出发前，司各特把《漂亮冤家》的第一稿寄给了自己的编辑哈罗德·奥博。

在伦敦的时候，菲茨杰拉德夫妇结交了当地文学界的名流，并与丘吉尔勋爵夫人共进午餐，当时一起的还有她的儿子，日后的英国首相温斯顿·丘吉尔。

---

① 康涅狄格州，毗邻纽约东部的一个州。

接着，他们去了巴黎、威尼斯和罗马，之后再回到伦敦，7 月，他们启程回美国。第一次去欧洲并没有打动菲茨杰拉德夫妇，司各特在写给他大学同学的信里强调说：

该死的欧洲大陆，只是个出土文物，罗马还带着古巴比伦的味道，法国也让我不舒服，装腔作势，很奇怪它还有什么理由存在下去。我觉得英国和美国应该让德国人接手欧洲，这可能是唯一拯救这艘破船的办法。

回国后，司各特和泽尔达住在圣保罗，这是泽尔达第一次见到司各特的父母。司各特用一整个秋天修改他的《漂亮冤家》，1921 年 10 月 26 日，他们的女儿佛朗西斯・司各特・菲茨杰拉德出生了，泽尔达见到宝宝时说：我希望她又漂亮又憨傻，是的，我希望她是个漂亮的小傻瓜。司各特后来把这句话送给了《了不起的盖茨比》里的黛西・布坎南。

1922 年 3 月，菲茨杰拉德夫妇回到纽约，《漂亮冤家》出版了。虽然读者们给出的评价并不热烈，他们可能在期待着另外一本《人间天堂》，但是《漂亮冤家》卖得很好。

夏天的时候，菲茨杰拉德夫妇住在圣保罗城外的白熊游艇俱乐部里，司各特在这里整理他的第二本短篇小说集《爵士时代》，这本集子在 9 月份出版，几乎同时，他们在纽约长岛的大湾区租了一栋小房子。

1922 年的春天和夏天，泽尔达开始在报纸和杂志上发表幽默小品文，1923 年秋天的时候，《巴尔的摩太阳报》的记者采访她，问到她是否想成为一个作家的时候，她说：并不刻意，也许有这个可能，但是我不想属于某一群人，也不需要有个头衔管着我，我不是个工匠，我只想做我自己，享受生活。

在大湾居住的时候，菲茨杰拉德夫妇结交了各种人物，有作家、演艺经纪人、社会名流和私酒贩子，他们最后都以各种名目出现在司各特的第三本小说里。

那时有很多人参加菲茨杰拉德家的派对，在司各特的小说《一年花掉三万六》里他说：对那些厌世的纽约人来说，周末跑到城郊的菲茨杰拉德家打发时间成了一种惯例。

因为挥霍无度，司各特欠了出版商和经纪人大笔的债务，于是他只好折回去写他的小说。在1923年底与1924年春天之间，他写了10个短篇，挣到的钱可以支撑他写一个夏天的新小说了。

1923年一年，除了短篇小说的收入之外，他进账28000美元，这在当时是了不起的收入，但是对菲茨杰拉德夫妇来说，要持续这样的生活方式，付完账单之后，手里就不剩什么钱了。

长岛大湾的奢华生活让两口子越来越感到吃力，1924年4月的时候，司各特和泽尔达决定前往欧洲，他们选择住在法国的里维埃拉，其时，法郎与美金的汇率是1美金兑换19法郎。

之前司各特靠撰写短篇已经存下了7000美金，他打算用这笔钱来支持他写完下一部小说。当他沉浸在自己的写作中时，1924年7月，泽尔达与一名英俊年轻的法国飞行员有了暧昧之情。

菲茨杰拉德夫妇都把这段情事写在小说里，泽尔达把它放入《最后的华尔兹》，司各特放入他的众多短篇小说、《了不起的盖茨比》（1925 年）还有《夜色温柔》（1934 年）中，但是司各特明显为此所困扰，他后来在笔记中写道，“我知道有些事情发生了，再也回不去从前了”。

但是不管到底发生了什么，这段浪漫史促成了司各特下一部小说的情节和氛围，这就是 1924 年 10 月完成的《了不起的盖茨比》，这是一部堪称杰作的小说。1924 年 8 月，司各特写信给他的朋友时曾说，“对这个时代来说，只要某样东西充满奇幻色彩，有助于时代的不朽，人们就不关心它是否真实还是虚假，但是这些东西终将逝去，我这本书就想说这个。”

也是在里维埃拉，1924 年夏天，菲茨杰拉德结交了美国社会名流杰拉德·墨菲和莎拉·墨菲夫妇，他们第一次见面是 1924 年的 5 月，在巴黎。墨菲夫妇接着把他引介进巴黎的作家圈子，在那里，他们结识了很多作家、作曲家和艺术家，其中包括毕加索、科尔·波特、阿奇博尔德·麦柯利什、费尔南·莱热、菲利普·巴里、鲁道夫·瓦伦提诺、多萝西帕克和罗伯特·本奇立。

也是在这一时期，司各特第一次遇到了海明威的作品，海明威的短篇小说集《我们的时代》刚刚在巴黎出版，司各特一见之下，大为倾心，他把海明威推荐给了自己的编辑麦克斯韦·帕金斯。

即使法郎这么有利的汇率也无法支撑司各特和泽尔达的生活，10 月，司各特把《了不起的盖茨比》的书稿交给出版社之后，他们决定在罗马和卡普里度过冬天（意大利的汇率比法国还低）。

司各特不喜欢意大利，而且泽尔达还得了肠炎，夫妇俩总是在吵架，除此之外就是派对和美酒，这期间他对《了不起的盖茨比》做了大的修改，几乎改变了整个小说的基调。

尽管他的婚姻生活如此紧张，他依然在给朋友的信里说："就算吵成这样，我和泽尔达依然深爱对方，我们的生活是和谐的。"

1925 年 4 月，《了不起的盖茨比》出版那天，菲茨杰拉德夫妇回到巴黎。这本书上市后，得到的评价是他所有书里最好的，但是销售却令人非常失望，第一版的 2 万册用了几个月才全部卖掉，第二版卖的速度更缓慢，到了 1940 年的时候，还有 3000 册堆放在斯克利伯纳出版社的仓库里。

《了不起的盖茨比》出版之后，司各特在巴黎的酒吧里第一次见到了海明威。之后，他们一起前往里昂去取司各特停在那里正在修理的车子。对此事唯一的记载来自海明威死后出版的回忆录《流动的盛宴》。

据海明威讲，"司各特有漂亮的鬈发，高额头，兴奋和友善的眼睛，还有细腻的爱尔兰嘴唇，这张嘴如果长在一个姑娘脸上，将是美丽的。"他还很唐突地问他："你和你太太结婚之前睡过吗？"

在《流动的盛宴》里，海明威对泽尔达很不客气，他说"她对司各特的才华充满妒忌"，而且故意让司各特对"其他女性失去兴趣"。说到司各特，海明威也直言不讳，说他"永远醉醺醺，对满足女性的性欲毫无信心”，他曾经说，司各特告诉他，“泽尔达说，我这个样子是不可能让任何女人开心的”。海明威虽然毫不留情，但是司各特在他的一生一直支持海明威，虽然他也承认和海明威的关系一直是扭曲和复杂的。

海明威介绍司各特认识了很多当时待在巴黎的美国人，有声名赫赫的格特鲁德·斯坦因，还有塞维亚·碧奇。塞维亚是大名鼎鼎的莎士比亚书店的老板，她的书店是当时巴黎最领先的文学阵地，也是当地文人的聚会所在。但司各特和泽尔达对文学沙龙的兴趣远没有对酒吧和夜间小酒馆的兴趣大。他们的放荡行为几乎与1920年在纽约时如出一辙，后来，司各特把1925年的巴黎描绘成“1000个派对，什么正事也不做”。

1925年，司各特开始构思他的下一部小说，泽尔达开始跟俄国芭蕾舞女演员卢波芙·伊格洛娃学习芭蕾。

司各特大部分时间和海明威在一起，海明威以前的出版商拒绝出版他的新作《春潮》，司各特说服斯克利伯纳成为海明威的出版商。

1926年2月，司各特第三本短篇小说集《悲伤的年轻人》出版，口碑销售双丰收，之后司各特和泽尔达回到里维埃拉，在那里度过春天和夏天。6月的时候，司各特读到海明威的手稿《太阳照常升起》，并提出了大量的修改意见，包括裁掉整个前两章，海明威采纳了。

1926年的那个夏天，菲茨杰拉德夫妇的酗酒问题和放荡行为变本加厉，渐渐地远离了墨菲夫妇那个圈子。

一天晚宴上，司各特和泽尔达认识了伊莎朵拉·邓肯，这位著名的舞蹈演员马上和司各特打得火热。泽尔达怒火中烧，故意从石阶上摔下。

接近年底的时候，司各特的小说毫无进展，家里的经济状况又雪上加霜，他们的酗酒问题正在摧毁他们的健康，也让他们与朋友们渐渐疏远。

1926 年 12 月的时候，司各特和泽尔达回到美国，在蒙哥马利度过圣诞节，之后他们去了好莱坞，1927 年的 1 月份和 2 月份，司各特待在那里搞一个剧本《口红》，讲一个交际花的故事，出演的是年轻明星康斯坦斯·塔尔梅奇。

在好莱坞的时候，司各特迷上了 17 岁的女演员路易丝·莫兰，后者显然对他没什么兴趣，而泽尔达的反应是把司各特的衣服在酒店的浴缸里烧成了灰，又在回东部的路上，把司各特 1920 年给她的定情礼物白金手表从火车车窗里扔了出去。

回到东部后，菲茨杰拉德夫妇租住在威尔明顿郊外的艾勒斯利，这是特拉华河畔的一栋 19 世纪希腊复兴风格的豪宅。泽尔达依然无法对司各特迷恋路易丝·莫兰的事情释怀，她重新开始了她的芭蕾训练，也重新开始给报纸期刊撰写幽默小文。到 1927 年底，她共卖出三篇文章，其中一篇署名司各特，后来她很多散文和小故事都联合署名，因为杂志希望借用她丈夫的名望。

一开始泽尔达并不在意，但是后来，她颇为不满，转而对丈夫产生竞争心理，而司各特此时正在为动笔两年的小说得不到任何进展而苦恼不已，两下夹击，无疑对夫妻生活产生了恶劣影响。

在1928年头几个月，泽尔达的芭蕾舞学习强度增加了，4月的时候，夫妻俩去欧洲避暑，他们住在巴黎，以便泽尔达和俄罗斯老师学习芭蕾。在《最后的华尔兹》里泽尔达是这样描述他们的旅程的："他们启程去了巴黎，不知道旅行或者换一个环境，能否成为治疗心病的灵丹妙药，他们只是逃也似的离开。"

那个夏天泽尔达如此沉迷芭蕾，司各特因此倍感孤独，曾因为酒后躁狂被抓进监狱两次。

10月份回到美国后，他们继续住在艾勒斯利，他的小说依然没什么进展。1928年秋天他们回到特拉华州，并在那里度过冬天。

泽尔达对芭蕾的迷恋持续发酵，他们的朋友杰拉德·墨菲曾经评论："到了一定的年纪再学芭蕾就会有局限性，泽尔达很显然开始得太晚了。"但是泽尔达对芭蕾的迷恋自有其独特的原因，她在《最后的华尔兹》里说："给自己设定一个目标并为之不停努力，就能压制住体内那个老是出来捣蛋的小恶魔，而在证明自己的过程中，她也就此找到了内心的安宁，舞蹈让她可以控制自己的情绪，召唤爱怜与幸福，舞蹈就好像为她提供了一个平台，她想要的一切都可以通过这个平台一一实现。"

司各特的新小说依然进展不大，后来他在《爵士时代的回声》里提到，周围的种种迹象表明，他的才华和美国的好日子一起，就要结束了。

1929 年的春天，艾勒斯利两年的租约到期后，他们回到巴黎。泽尔达继续跟随她的芭蕾老师伊格洛娃学习芭蕾，继续写作。她开始小说创作，她创作了一个短篇系列，讲六个年轻女人的生活，其中五篇都以夫妇联名的形式发表了，这意味着泽尔达正式进入写作这个领域，与司各特形成竞争关系。

司各特的小说创作依然不顺利，写作与舞蹈的双重压力，对泽尔达 28 岁的身体造成伤害，也影响了她的精神状态，司各特开始有种被抛弃的感觉，他在一封给海明威的信里不无悲伤地说：

我现在的状况是 11 点左右开始崩溃，眼睛充满泪水，一直喝酒，直到酒从身体里满出来。在这个世界上我一个朋友也没有，也没有关心的人，包括泽尔达，然后我就迷糊过去了，等醒来的时候发现自己躺在陌生的地方陌生的房间。其他时间里，我一人独处，或者写作，或者试图写作，或者沉思，或者阅读侦探小说，然后才想起，刚才见到我丑态的人都是大舌头，会四处说我的坏话。

夏末秋初，夫妇俩回到里维埃拉，司各特完成他新小说的两章（《夜色温柔》一共修改了 17 稿，直到 1934 年才发表），泽尔达第一次作为专业芭蕾舞演员在尼斯和戛纳演出。

但是，在 10 月份他们开车回巴黎的路上，泽尔达突然去抓方向盘，试图让车子坠下悬崖。在接下来的 1929 年秋天到

1930 年冬天，她的精神状态都表现得极为不稳定，她自己也说："我们和朋友去一些迷人的地方，大家都衣冠楚楚，只有我邋里邋遢，但是我毫不在乎。"

1930 年 2 月的时候，他们前往北非，司各特试图把泽尔达从疯狂的芭蕾训练中解脱出来，让她休息，但是并没有成功。

他们回到巴黎后，泽尔达继续学习芭蕾，她病态地依赖她的老师伊格洛娃，整个人身心俱疲。

4 月的时候，她前往巴黎郊外的麦梅森诊所，根据诊所的报告，入院时她不停地重复说："这是可怕的，太可怕了，什么才是我，我必须去跳舞，也许我再也不会跳了，我要死了，但我必须跳，我是治不好的，让我走。"她的话事后都被一针见血地验证了：此后，她确实再也没有被治愈，虽然她后期被允许离开医院，但是她再也没有回到正常的生活状态。当泽尔达走进麦梅森诊所的时候，距离她 1920 年 4 月 3 日结婚刚刚 10 年。

在麦梅森诊所待了不到一个月，泽尔达回到她巴黎的家。她重新开始芭蕾训练，这期间她经历了幻觉，也试图自杀过。后来她去了瑞士格里昂的远山诊所，那是 1930 年 6 月初，奥斯卡·弗勒尔医生接待的她，后来弗勒尔医生把她转去了他在尼翁的诊所，诊所就在日内瓦湖边上。进入那里不久，菲茨杰拉德夫妇有两封非常长的信。但是司各特写好了之后，斟酌再三，没有寄出。

31. 致司各特（1920.9）

我盯着小路看，发现你回来了，你穿着皱巴巴的裤子，穿过晨曦和薄雾回来了。

亲爱的亲爱的，没有你，我将如何看、如何听、如何思考、如何感觉？我那么爱你，我再也不想让我们分离，像昨晚那样，不可以，一个晚上也不行。

没有你在身边，那感觉好像在独自祈求风暴的垂怜，独自面对岁月无情。我想亲吻你，顺着你后背和胸膛的细小毛发。我爱你，我想让你知道我有多爱你，没有你，我不要独活。亲爱的，你要懂得，要懂得没有你我就毫无生气。

我想你，快回来吧，快回来，没有你我不行。即使你讨厌我，即使你是浑身长满恶疮的麻风病人，即使你跟别的女人走了，即使你饿着我打着我，我还是会想你。

爱人，爱人，亲爱的，

你的妻子

32. 致泽尔达（1930 年夏天）

（这封信写在泽尔达离家去医院时，但从来未被寄出。）

当我们从卡普里一路北上的时候，我感到非常幸福，接着你生病了，于是家里便没了温暖。

我已经不开心很长一段时间了，我那么辛苦地写作，一年里 12 篇短篇，1 本小说，4 篇散文，我这么辛苦地工作，身边却没有可以信任的人，甚至没有人，除了你。

年底，那件事发生了，你的心背叛了我，我真的很孤独，周围的人没有一个我喜欢的。在罗马，我们的关系几乎可以用惨淡来形容，即使这样我依然努力工作，我写了3篇小说，在卡普里，你又病倒了，这个世界我看来看去，已经没有什么开心的地方了。

然后我们去了巴黎，我突然发现，我付出的辛苦都没有白费，我是成功的，几乎是当代最好的作家，每个人都倾慕我，我为自己的成就感到骄傲。我遇到了杰拉德和莎拉，他们是我的良师益友，我遇到了海明威，他跟我是一类人，都是理想主义者，我跟他在左岸咖啡馆喝得酩酊大醉，我和杰拉德还有玛莎在他们家的花园喝得大醉，这时你在没完没了地生病，家里空荡荡的，已经了无生趣。

我们去了昂蒂布，我很开心，但是你在生病，秋天、冬天、春天你都在生病，你在医院，我独自一人，无人理睬，只有酒能让我好受些，但是每次大醉之后反而更加痛苦。

后来你去了朱安雷滨，身体慢慢好转，大笔的稿酬也进来了。这时候我犯了一个文人常犯的错误，我以为自己是世界之王，我以为人人都爱我，都仰慕我，但是我只爱一些人，我爱海明威，我爱查尔斯·麦克阿瑟①，我爱杰拉德和莎拉。这样的日子过得飞快，我渐渐有种错觉，好像这些东西是轻易得来的，我渐渐忘了当初是怎么一点一点把我的盖茨比写出来的，那种煎熬和痛苦。

---

① 查尔斯·麦克阿瑟，美国剧作家，后来成为编剧，他是演员海伦·海斯的丈夫。司各特1926年在里维埃拉度假时与他结识。

我在好莱坞醒来，感觉不是自己，是穿着漂亮衣服的海明威，是得心应手的杰拉德，是有着辉煌历史的查尔斯·麦克阿瑟。任何人只要能给我这种感觉——比方路易丝·莫兰——对我来说都是珍宝。

住在艾勒斯利的时候，身边的人都试图来关心我。我被人喜欢、被人信任，是因为我是这个时代的名人，而不是因为我有点儿小才华。几乎同时，我知道这都是无稽之谈。

现在你又回归你自己的世界了，就像四年前我们在圣拉斐尔，你缺乏耐心，对所有事情不满。我们的公寓乱七八糟，（“好吧，如果你想要好公寓，干吗不多挣些钱?”）女佣你也不管理，（“好吧，如果你觉得她们不好，就把小斯科蒂送学校吧。”）你不喜欢我的编剧朋友维多，你对乔伊斯那么冷漠，我都理解，但是你对芭蕾越来越疯狂的迷恋我无法理解。

我感觉自己被利用了，不是被你，而是被一种我非常反感的不幸福感。家里再也找不到过去的感觉，你在家像个幽灵，魂不守舍，跟家庭教师说法语。

在极度疲倦的家庭生活中，我前往凡尔赛，前往兰斯，前往拉波勒①。我一遍遍问自己，家里搞得一团糟，我这么辛苦的工作就是为了这个?我慢慢变了，在绝望中，我越来越孤立自己，常常在里兹酒店的吧台上逡巡，待上半个小时，寻找自尊，或者只跟陌生人厮混。

晚上的时候，你和我坐在出租车里去布瓦酒吧。每过一

---

① 兰斯、拉波勒，法国城市。

段时间，我都喜欢去利拉斯咖啡馆坐坐，独自坐在那里，想想两年前我和海明威夫妇、哈德利、多萝西·帕克还有本奇利曾经在那里度过的美好时光。

我并没有埋怨任何人，除了我自己，我恨自己无能为力，但是我毕竟不是红衣主教，我是靠工作在养家糊口的，我越来越厌烦我的工作，创作越来越难，小说像一个梦，离我越来越远了。

艾勒斯利的日子虽然时好时坏，但是只要每天都保持清醒，不开心似乎也没有那么尖锐了，但是经济上的压力一直在，9 月我们离开巴黎，3 月我们到达尼斯，这期间我们的生活费用高达一年 4 万美金。

但是我还是感到开心，有所期盼，也许下一个春天，我可以看到海明威了，我一早就知道他会成功的，杰拉德和莎拉通过我的经纪人准备在好莱坞尝试新电影。生活似乎要不那么单调了，会有热闹的派对，会遇到有意思的朋友，可以游泳，晒黑，变年轻，面向大海。

那段日子是美好的，不是吗？虽然我们没有见到杰拉德和莎拉，但是我见到了海明威，他比以前更焦躁了，很不情愿地告诉我他的住处，生怕我的出现会危及他的租约。

重逢旧友依然没有让我感觉自在些，当我们来到美丽的里维埃拉的时候，我的自卑感越发强烈，我没有办法见任何人，除非不得已，我在那里努力写作，两相夹击，我的肺越来越糟糕。

你走了，实际上，整个夏天我几乎不记得你出现过。你只是不喜欢我、不关心我的人中的一个而已。我甚至都不愿意想起你，你不需要我，只有在酒杯满的时候我们才有可能交谈。

当你终于肯跟我去看医生时，我特别高兴，那是一个下午。

之后我们又回到巴黎，刚刚待了一个星期，我就知道这生活不该这样下去了，一切还是老样子，公寓越来越脏乱，女佣越来越懒惰，我眼前是没完没了的芭蕾。

你越来越疯，觉得芭蕾是你的灵魂，猜疑我要毁了它。每个人都只能远远地看着我们，看我们激烈地争吵，于是猜测你狂妄自大，猜测我喝酒放纵，到了最后一切都无所谓了。

最近一次我差点儿离开你，是因为你跑过来跟我说，你觉得我是童话里的恶魔，但是现在，我明白了，无论你说什么，都不过是为了给自己找点儿同情罢了。

对你卓越的观察力和敏锐的智慧，我早已洞悉，甚至不需要证据，我就可以清楚地知道什么时候你要发作。我希望《漂亮冤家》可以写得更成熟更丰满一些，因为这就是我们的故事。

我们亲手毁掉了生活，我从来没有像今天这样诚实，是的，我们亲手毁了对方。

33. 致司各特（1930.9）

亲爱的司各特：

我写信给二姐夫了，让他过来。你说你一直在回忆过去，这几个星期以来，我每天只睡眠三四个小时，浑身裹着绷带，也没有办法阅读，所以我把想要说的话写给你。

又陌生又兴奋的纽约、记者、令人窒息的酒店大厅，还有玻璃窗上的阳光，灰尘中都带刺的晚春，你那富有感染力的同学弗勒，那么多的舞会，还有我在普林斯顿的古怪行为。

汤森的蓝眼睛，勒德的橡胶套鞋，和一个散发着香料和棉花糖味道的箱子。勒德、汤森、亚历克斯、比尔·麦基①总是和我们在一起。我们不喜欢别的女孩加入，我们很开心。

编辑乔治的公寓，和他掺了苦艾酒的鸡尾酒，露丝·芬德利的梳子上绕着她的金发，我们还去看《精巧时代》和《名利场》编辑部，当年一群大学生的文学爱好者，就这样占领了纽约的报纸。到处都是鲜花和夜间派对，后来勒德建议我们搬到乡下去住。

住在康州西港小镇的时候，我们为了道德争吵过一次，当时我们走在殖民地风格的高墙边，四处都是丁香花的味道。我们一晚上没睡，讨论你的新小说，在路边有栋小房子，我们在那里偷偷买杜松子酒。还有凯特·希克斯和毛里斯夫妇，还有黑麦海滩俱乐部的明亮灯光。

没有和乔治闹翻之前，我们三个一起在深夜里游泳，去百老汇，参加制片人约翰·威廉姆斯的派对，派对上有一喝醉就说法语的女演员。乔治在钢琴上演奏了《靠近我拥抱我》。

---

① 勒德、汤森、亚历克斯、比尔·麦基，都是司各特在普林斯顿时的朋友。

我的白色短裤，让康州的小山丘都失色了。海滩、男人，我们沿着邮政路一路疯狂驶向纽约。晚上我们从来不待在酒店房间了，那个时候我们多么年轻啊。

我那么喜欢汤森，他后来去了大溪地。接着基妮·班克黑德还有米瑞加入我们的圈子。我们买了那辆老旧的马蒙车，然后穿过弗吉尼亚阴森的沼泽一路南下，乔治亚州的红色山丘，阿拉巴马州的柔情小溪，都在身边蝴蝶一样飞过。

我们爬上一架飞机的翅膀，坐在上面喝玉米酒，月光让一切那么朦胧，我们去乡村俱乐部跳舞，之后回家。我有一条飘扬在空中的粉色裙子，还有一条银色的，穿上马上变身女主角。

后来我们搬到纽约59街去住，有次我们吵得好凶，你砸了洗手间的门，弄伤了我的眼睛。

我们经常去剧院，去了太多次，票钱都可以省税了，有时跳完舞，我们就踏着白雪在中央公园散步。

我有次因为玩游戏跟秀伊吵架，吵完架一起出去给大卫·贝拉斯科①买外套。我们买了波旁酒、芥末火腿在欧文铭②那里过圣诞节，都把肚子吃圆了 。

情人节的时候我们和汤姆·史密斯还有门肯一起过的，你还记得他们家的墙纸吗？我一个晚上都在和亚历克斯跳舞，接着我们去莫勒特餐厅和你大学同学约翰吃饭。我还滑了冰。接着我怀孕了，你写了《漂亮冤家》，我们去了欧洲，我开始

① 大卫·贝拉斯科(David Belasco)，百老汇剧作家。

② 欧文铭(Lynne Overman)，百老汇演员。

生病，没完没了地抱怨。

后来，我们去了伦敦，见到山恩·赖斯里①，我们去了伦道夫·丘吉尔夫人家，她们家的草莓好大，像西红柿。在那里我们见到装着木腿的埃文斯，一脸愁容的鲍勃·汉德利。

接着，来到巴黎，热，融化不了的冰激淋，我们一起买衣服。

然后罗马，你英国大使馆的朋友们跑过来跟我们厮混，你一直喝啊喝啊，最后我们回美国了。

又可以跟汤森、亚历克斯和约翰一起吃午饭了，席间你写了一首《小狗》的歌，阿拉巴马州那么热，让人受不了，我们还差点儿买了一栋房子。然后我们去了圣保罗，电话响个不停，至少有好几百人要和我们打招呼。

门廊上能看到远处的森林和月光，我身子越来越沉，整天担心暴风雨。后来斯科蒂出生了，我们参加了所有的圣诞派对。

下雪了，四周白茫茫的，我们得了流感，我老是在你小时候的朋友克曼家里玩，斯科蒂越长越结实。

约瑟夫来了，我们周六的时候一起去大学俱乐部。我们还去了游艇俱乐部，我们的异性缘都不错。约瑟夫开始不喜欢我了，我一直打高尔夫球，晒得黑乎乎的。

克曼差点儿死了，我们都那么喜欢他。我们去了趟纽约，在那里租了一栋房子，见了好些朋友，还看了医生，吃了小

---

① 山恩·赖斯里(Shane Leslie)，爱尔兰评论家，司各特还是个年轻人时，他们就认识了，正是在他的建议下，《人间天堂》发表了。

药丸。

当我们坐火车往家走的时候，我们好像又吵起来了，我不记得是为了什么。后来我领着小斯科蒂回纽约了。她圆圆的，穿着一件粉红色的裙子，戴着苏格兰小帽子，非常可爱，你还去车站接我们。

住在大湾的时候，我们老是争吵，有时是为了海鸥俱乐部，有时是为了福克斯夫妇，有时是为了佩吉·韦伯①，任何事我们都能吵起来。后来我们去了罗慕斯②家里，还去玛吉斯家里，我们遇到以斯帖、格伦·亨特还有吉波特·塞德斯。

我们也举办了好多派对，最大的一个是为丽贝卡·韦斯特开的。我们喝了好多啤酒，不在家喝，就在酒馆里喝。那时候西德尼·霍华德和我们厮混在一起，周末的时候比尔·摩特也来了，我们不停地喝酒，家里是川流不息的人，终于我们逃到法国。在船上，邦妮·伯吉斯差点儿出了丑闻。我们找到一个保姆，然后一起去了榔尔。花园里尘埃累累，到处长着西班牙剑兰和三角梅，斯科蒂和我都生病了。

我们去了圣拉斐尔，你写作，空闲的时候我们去尼斯和蒙特卡洛。没有别人来打扰，就我们了，偶尔我们会为法国飞行员们办派对，然后乔森③出现了，你当然要生气。

我们只好去了罗马，在卡斯泰里餐厅吃饭，酒店的床单

---

① 佩吉·韦伯(Peggy Weber)，美国女演员。

② 罗慕斯(Charles Cary Rumsey)，美国同时代艺术家。

③ 乔森(Edouard Jozan)，法国飞行员，1924年7月的时候泽尔达与他发生了暧昧之情。

总是湿乎乎的。四处都是圣诞节留下的味道，我们不停地散步，还见到了教皇，我们哭了。那些竖琴的影子和士兵们闪闪发亮的靴子。

我们去了弗拉斯卡迪还有蒂沃利①。你在那里因为喝酒闹事进了监狱。我们去了丽兹大酒店，认识了哈尔·罗德，我不想去参加电影的酒会，就让亨格里·考克斯把我送回家了。

我想再要一个孩子，结果反而因此生病了，病得很严重，你没有在乎，等我身体好一些的时候，我们回到了巴黎。我们并肩坐在马赛，感叹法国真好。我们住在蒂尔西特大街，一个红色的豪华公寓里，泰迪过来找我们喝茶，我们和墨菲夫妇一起去逛市场。

威廉姆斯、玛丽·海，还有伊娃，我们傍晚的时候一起飙车，到了晚上就在丽兹酒店玩抢椅子的游戏。我们和朋友去马尔特山过夜，我们去昂蒂布，那时我总是生病，吃了好多镇静剂。墨菲夫妇住在杜凯普酒店，我们常常见面。回到巴黎后，我开始学芭蕾了，因为无所事事。

到了圣诞节的时候，麦克·赖斯来了，我又生病了。格罗斯医生说，我的卵巢可能保不住了。我一直生病，一直打针，你自然离我越来越远。

你在巴黎的咖啡馆里遇到了海明威，格罗斯医生把我送到萨里－德贝阿恩疗养院，你对此很恼火。在那里我一直病着，莎拉来看我，带来了礼物，我们一起和杰拉德的父亲吃

---

① 弗拉斯卡迪、蒂沃利，意大利城市。

午饭。我们去了戛纳，一起听拉奎尔·米勒唱歌，一边吃饭一边看烟火。

你的房间乱七八糟，你无法写作，你还跟墨菲夫妇吵架。我们只好搬到一个更大的房子里去，我回到了巴黎，做了阑尾切除手术。你一直醉醺醺的，有人打电话给医院，说你酒后闹事。

我们回到家，我喜欢朱安雷滨，盼着你跟我去游泳，但是你更喜欢盖尔，那时我们在盖如普酒店和汉密尔顿、墨菲夫妇还有麦克·赖斯一起，后来你认识了格丽丝·摩尔还有露丝和查理，一个接一个派对，夏天就这样过去了。

我们因为德怀特·威曼①吵架，你撇下我一个人跑掉了。每天都有那么多的人那么多的事，我们的房子总是人满为患。认识了杰拉德和海明威之后，你经常不回家。我有天早上下楼，发现楼下睡了一群陌生的英国人。

鲍勃、穆里尔、沃克、安妮娜·娄思，各种人，来来去去。

爱丽丝和泰德跟我们一起去里维埃拉的圣保，你遇到了那个伊莎朵拉·邓肯，她跟你眉来眼去，还给你写的小字条。乡村在一片阴霾和墓地中一划而过。

这是你的夏天。我跟着你出门，心里并不情愿。没有你的时候，我和斯科蒂一起游泳。接着我在热那亚得了哮喘，差点儿死了，我们只好回到美国。

---

① 德怀特·威曼(Dwight Wiman，1895～1951)，默片时代男演员，话剧导演，剧作家，好莱坞制片人。

在加利福尼亚的时候，虽然你不允许我单独出去，但是你却让自己陷入和一个小姑娘①的感情中。你说你再也不期盼我什么了，接着你又要求我和贝蒂·康普生还有卡尔一起吃饭。

我们回到东部，我开始整理艾勒斯利，让这个老旧的房子越来越舒适。

我们开了这个房子里的第一个派对，你和路易丝，我能怎么办呢？心里空荡荡的，只好又开始跳芭蕾。舞蹈让我快乐，但是你却因此不快乐。你不喜欢没完没了的彩排，没完没了的训练。

你跑到纽约去见路易丝，我在一个派对上认识了迪克·奈特。虽然你自己在感情上纠葛不清，但是你却对迪克很生气，你看到迪克给我写的信，禁止我们见面。在回来的船上，你对我漠不关心，但又极度敏感，不允许我跟任何一个男人有接触。

发生在我生命中最耻辱和最野蛮的事情，是一件你可能都不大记得的事。

在热那亚，我们住在瓦格拉酒店，你不停地喝酒，也不写作，每一天都是被出租车司机深夜送回来。

有一天晚上，你指责我：都是你的错，整天跳舞。

可是这一切跟我有什么关系？你每天中午才起床，根本不搭理我，只会抱怨我，说我冷漠。你那个夏天几乎无时无

---

① 指路易丝·莫兰。

刻不在喝酒，我的哮喘犯了，晚上根本没有办法睡觉。

因为我不能跟你去马尔特山，你非常生气。你还会带一些喝得醉醺醺的大学生回家，我对他们不热情，你也会生气。

我开始喜欢我的舞蹈老师伊格洛娃，我跟你说过的，在我们回去的船上，我说我担心这是不正常的情感，你却哈哈大笑起来，你根本没有帮我的意思。你把那个法国出租车司机带回美国，说是要给我们当司机，他对我一点儿也不尊重，你却不肯解雇他 。

我只好更努力地跳舞，除了这个什么也不想。你躲得远远的，只留下我一个人。我们回到帕朗坦街，你醉醺醺地跟我说了很多，我懵懵懂懂，忘记了大半。但是我还是跟你去海明威家里吃晚饭，我只是不知道这有什么重要的。

你越来越多地抛下我，老是抱怨，什么都不能让你满意，公寓、仆人还有我。但是真正为了什么原因，你心知肚明，因为你写不出来，你之所以写不出来是因为你总是半夜才回来，你酗酒，你身体垮了。

我们去了戛纳，我继续跳舞，你脾气越来越糟糕 。我要解雇我和斯科蒂都讨厌的那个护士，你不许。你在巴里①的宴会上出尽洋相，在蒙特卡洛的游艇上，与杰拉德和多萝西去赌场的时候也好不到哪里去。

很多时候你夜不归宿，整个夏天，你只进了我房间一次，但是我不在乎，我清晨去海边游泳，下午去舞蹈室训练，傍

---

① 巴里(Philip Barry)，美国剧作家。

晚散步，我每天都很紧张，身体也不大好，但是我不知道这到底碍你什么事了。

我只是知道，我对别人的容忍度越来越低，我想回巴黎。

我们在墨菲家吃午饭的时候，杰拉德好几次坦率地告诉我，那个著名的芭蕾舞女演员，诺曼池娃，就在昂蒂布。不过我当时傻乎乎的没有明白他的意思。

我们回到巴黎，你的肺病犯了，你已经浪费了整个夏天，但是你还是在继续喝。我一直在练舞，而且我越来越依赖伊格洛娃，如果不是因为要去跳舞，我几乎都不想走在大街上。

我没有办法打理家务，因为我根本不想和佣人们说话，我的情绪起伏很大，我甚至都不愿意走进商店去买衣服。

2月份的时候，我的支气管炎犯了，整整两个星期我都在发烧和放血。我必须跳舞，因为在这世界上，离开舞蹈我无法独活。可是我还是不明白，我到底在做什么，我到底想要什么。

接着我们去了非洲，当我们回来的时候，我想我终于明白了，我虽然病得厉害，但是我依然能看出来，你不想要我了。有两次，你从我床上下来说：我做不到，你怎么不明白？

我是不明白，接着出现了那个迷茫的哈佛毕业生，当我想让你跟我一起回家时，你告诉我，自己回去跟那个黑炭男人睡吧。

在南希家的晚宴上，我万念俱灰，整个人半死不活，我只能跳舞。

舞蹈室的露西安娜走了，我一无所知，一定是我做错了什么，但是我不知道。我只是不停地跳。不久，露西安娜回来，然后又走了，事情结束了。

我跑去马尔梅松①，你不想帮助我，我到现在也不埋怨你。但是如果你能早一点儿告诉我，我会理解，因为对我来说，我只想跳舞。

你忙得不行，你喝酒、你打网球，我们互不关心，我总是劝你少喝点儿，你为此更加讨厌我。

舞蹈室换了一个女孩跟我一起跳，但是我不喜欢她。

我依然相信爱情，斯科蒂一直在我心里，还有你，你一直给我钱花，我都知道。

在维蒙特，我头疼欲裂，你给我了一枝花，卡片上写着“我们是朋友”，你又把它拿走了。我的病越来越厉害，舞蹈室没有人教我。这就是现在的我，经历了五个月的痛苦和绝望，肝肠寸断。

我很高兴你又找到了新的短篇小说集的素材，我也很高兴你想去运动。

现在，我常常思绪纷纷，根本无法睡觉。我似乎已经习惯一个人了，好像以后孤独终生也是可以的。但是如果是斯科蒂，我不会希望她经历同样的痛苦。如果我是上帝，我根本找不到一个理由让这件事合理，也许这根本就是错的，我本来该爱你，而不是去爱我的舞蹈老师，但是那个值得爱的司各特在哪里？我找不到。

---

① 马尔梅松（Malmaison），巴黎西郊的小城。

我渐渐意识到，原来在关系中，性和感情并不互为条件。

去年冬天的时候，我找过你两次，希望你能重新开始我们的关系，因为我觉得自己好像在陷入一场不合适的感情，我爱我的舞蹈老师，而且越来越深。

上次我拖着病体过来找你，但是你却一直让我等着。

你不关心，我只好独自继续我的舞蹈。不管发生了什么，我知道我的心还在跳动，它被神遗弃，卑微迷茫，但是爱恋如此痛苦，所有的都是。

那些苦苦乞求情感的人们，最后只是得到麻木的回应。

第三章

别离

1930 ~1938

Ⅰ. 第一次别离

瑞士普朗然河畔医院，

1930 年 6 月至 1931 年 8 月

Ⅱ. 第二次别离

马里兰，约翰·霍普金斯大学，

亨利·菲普斯精神病诊所，

1932 年 2 月至 4 月

Ⅲ. 第三次别离

格瑞克疗养院，贝肯，纽约，

1934 年 3 月至 5 月

我常常疑惑，我们以前为什么那么开心，现在怎么会变成这样？很久之前，我们拥有彼此，世界都是温暖的，我们能回去吗？想想也好。

——泽尔达致司各特，1930年秋天

忘记过去，尽量忘记吧，掉转头，回到我身边吧，这是你永远的避风港，虽然它有时黑乎乎的，好像点了火把的山洞，但这是最好的港湾，永远为你敞开大门，优雅地转身吧，划开水波，回到我身边吧。

——司各特致泽尔达，1934.4.26

结婚十年，菲茨杰拉德夫妇的婚姻生活已经经历了各种崩溃。泽尔达严格的芭蕾训练几乎耗尽了她的生命，她无法从事任何工作，精力和体力都已被耗尽，青春与美貌也慢慢流逝。

司各特的声誉也在经受挑战，公众一直期待着他的下一本小说，但似乎遥遥无期，而他，已经习惯跟出版社预支薪水了。对菲茨杰拉德来说，另一个困扰是写作，他越来越感觉难以下笔，这个困扰从此伴随他终生。

司各特这时仅仅 34 岁，但是长期酗酒的严重后果慢慢找上他了；泽尔达只有 30 岁，百病缠身，看起来也不大像有复原的可能了。

带着这些问题与痛苦，菲茨杰拉德夫妇进入了他们婚姻的第三阶段。20 世纪 30 年代对美国来说也是一个富有挑战性的阶段，人生不存在什么豁免权，人人都开始为自己曾经的放纵负责了。

第一次别离

瑞士普朗然河畔医院，1930 年 6 月至 1931 年 8 月

下面这些信都是泽尔达在普朗然河畔医院时写的。泽尔达刚住院的时候，司各特无法探视，直到治疗开始之后才被允许。

但是司各特还是希望能离泽尔达近一些，当时他们的女儿斯科蒂还在巴黎和家庭教师读书，于是他来往于巴黎和瑞士之间，每次来了就住在附近小镇的酒店里。

他询问泽尔达的医生，是否可以每隔一天给泽尔达寄些花，是否可以“给她写一些小信函，我保证不提以前日子，也不提她的病”。

这期间司各特因为泽尔达的事情给医生和家人写了不少信，从这些信里可以看到司各特当时的状态，当时的烦恼，虽然他一如既往地在经济上支持泽尔达，但他深深为金钱和写作所困扰。

在给司各特的信里，泽尔达摇摆不定，时而是最温柔的爱，时而是最不屑的轻蔑；时而感恩他的善良和宽容，时而指责他把她扔下不管，甚至还一度提到了离婚。

到了秋天，她的病情恶化，身体越糟糕，她就越把这一切都推在司各特头上，企求出院。医院对她来说，越来越像

是个折磨人的监狱。无论哪种方式，司各特都是这个时期她生命中的核心人物，也几乎是唯一的人物。

34. 致司各特（1930.6）

亲爱的司各特：

时至今日，我的生命已经失去太多东西了，几乎没剩下什么。在生活这个令人悲伤的学校，我学到了很多，但是我始终没有应用它们的能力，这真让我沮丧。

你可以给伊格洛娃夫人写封信吗？问问她我跳得到底怎么样，我将感激不尽。

但是，你要知道，这一切都不是她的错。这个秋天如果有可能的话，我也愿意去纽约跳舞，但是我在医院耗费的这几个月呢？上哪儿再去找回来呢？这一切值得吗？

我以前是个多么骄傲的舞者啊，我不可能到舞台上去表演僵尸。但是我的腿已经松软了，我可能很快就会跟安达·麦克利①一样了，成为一个角斗场里的女猎手。

只是，我想，如果我忙于舞蹈，我们之间就更没有办法沟通了，那就会造成更大的麻烦。

别人中年开始学艺的时候，你能那么支持，为什么到了我这里就变了？我多么希望你能像支持别人那样支持我，不是像支持孩子那样，而是平等对待。

我希望你让我离开这里，你是在浪费时间、精力和金钱

---

① 安达·麦克利，司各特朋友的太太，后来成为一名歌唱家。

啊，这些我们都所剩无几了。

如果你觉得你这样做就能让我回阿拉巴马，那么你就错了。如果你觉得我会在余生不眠不休地从一个医院咆哮到另一个医院，没有舞蹈没有乐趣，那么你也错了。

两匹病马也好过一匹好马啊，当然，如果你宁可我待在这里足足浪费上六个月的时间，那么我也不瞎，我可以自己找点儿事做，至少我还可以看看这个世界。但是这里没有人是开心的，大家都疲惫不堪，而我一直头疼得好像要裂开一样。

你就不能写一封善解人意的信给我吗？就像你给朋友写的一样。每天每天，思考越来越难，活着都不是一件容易的事，我真的不明白为什么一定要把我关在这里，多么浪费，而且我那么痛苦。

泽尔达

请立即给我巴黎的舞蹈老师写信。我愿意去写，但是我觉得你亲自收到回信会更好。你可以亲眼看看我老师怎么说，我是个什么样的舞者，我可以到达什么样的高度，我是不是为时过晚。当然，如果伊格洛娃老师说我不够好，我可以放弃，去其他学校。

谢谢

司各特确实给伊格洛娃夫人写信了，她回信说，泽尔达是不错的舞者，但是她开始得太晚了，只能出演一些配角，如果她要以此为职业的话，她可能终生碌碌无名。这封信将会对泽尔达造成巨大打击，但是司各特和医生都认为，正是对芭蕾的过分痴迷才造成泽尔达的病，隐瞒真相只会对她的康复不利，于是司各特在和医生商量之后，把这封来自她最信任的老师的信交给了她。

虽然司各特不鼓励泽尔达学习芭蕾，但是他对她表现出来的文字天赋却赞赏有加。7 月的时候，他试图把她推荐给他的出版社，司各特写信给帕金斯，盛赞她的短篇小说。

35. 致司各特（1930 年夏天）

亲爱的司各特：

每一天我都感到绝望和痛苦。在巴黎的时候，那时我还没有生病，一切都新奇有趣，马路、站台、拔地而起的大楼，颜色是空气的一部分，填满整个世界，物体的线条没有界限，就这么延伸出去，看不到尽头。

在我的脑海里总是有音乐响起，还有一些音乐抛物线一样进入我的身体，有一些像舒曼一样安静舒缓，有一些像肖邦一样柔软，有一些听起来那么不真实，有一些不停旋转，像李斯特那么决绝。

然后世界在非洲缩成一个婴儿，话语都成为多余。阿拉伯人在浩瀚天地中发酵，眼睛充满好奇，四处有蚂蚁的味道。我离这俗世如此遥远，好像躲在了面纱的另外一边。那个小小的无畏感觉，那么好，可惜复活节结束的时候，我生病了，身体垮掉了，即使这样，也比我现在待在这个愚蠢、模糊不清的套子里强。

我好害怕，害怕你来了却发现这里除了混乱和虚空，什么都没有。我不知道对一个30岁的人来说，该做什么，不该做什么，我想这可能是因为我已经被掏空，每一个纤维都被过分拉长，力量从各种方向而来，我只是徒劳地想要去满足它们。

我这么说话你介意吗？不要担心，我没有疯。我只是在寻找，你必须要重新给我方向，你以前老给我书看，告诉我很多事情。我以前从来不知道自己是多么多么依赖你。弗勒尔医生说我再也不能跟以前一样了。

如果你能让我清醒起来该多好，问题一定会迎刃而解的。

我希望自己尽快好起来，现在对你来说，我一定是个令人厌烦的包袱。

为什么你从来不写信告诉我你在做什么、想什么，独自一人是个什么滋味呢？

我无法详细描述这种沉闷的感觉，因为我分辨不出到底有多少是必然的，有多少是偶然的，我分辨不出多少是造化弄人，多少是自作自受。但是如果允许我悔过，我喜欢你能原谅我。

爱你

亲爱的

你什么时候来啊。

36. 致司各特（1930年夏天）

亲爱的司各特：

对我来说写信真是徒劳的，因为往往我刚写下一件事，脑子里就出现另外一件事。我想见你，不知道为什么，我有不好的预感。对我来说，这真的很残忍，你不肯接受我的解释，又不告诉我为什么。

你知道的，我是个人，或者曾经是个人，我有理解能力的，即使已经很小了，但是让我了解事实真相吧，总是有助于我更好地解决问题。

现在，我只是在黑暗中跌倒，我没办法专心写作，也没办法专心阅读，我充满无力感，根本没有办法逃离。

我不想发疯。但是我不知道怎么才能表达自己，我觉得有两件事对我影响很大，一开始是腹膜炎让我整整病了两年①，接着是这件事。你不可以来见我吗？

但是无论如何，有一点你已经达到了，我已经被彻底地羞辱了，也被彻底地摧毁了，如果这就是你想要的，恭喜你，你的目的达到了，这就是我想告诉你的。

泽尔达

37. 致司各特（1930.6）

亲爱的司各特：

你信里的问题一点儿也不难回答，因为这段时间以来，我什么都没干，光在脑子里翻来覆去地想我们之间的事情。

---

① 1926年的时候，泽尔达做了阑尾切除手术，但是她很快就恢复了。不过她一直认为这次手术导致了她无法怀上第二个孩子，所以在此处，她把这件事列为重大事件之一。

还有，你信里的描述充满诗意，只是它跟现实一点儿关系没有。

你说你工作是为了家庭团聚，我跳舞是为了家庭分裂，如果你继续保持这种状态，把你那点儿可怜的辛苦夸大成了家庭幸福，为了我们的未来鞠躬尽瘁，那么我建议你还是省省吧。

有的时候真佩服你，口若悬河，可以把任何东西都扭曲来迎合你一贯的逻辑正确。

你总是告诉我，都是你在养我，所以我没有权利抱怨，那么，把你觉得合适的东西拿走吧，继续待在你自我架构的辩解里面吧。

而且，我也能理解你，枯竭的灵感，艰难的创作，这些东西不眠不休地折磨你，让你一次次怀疑自己，我理解，是因为我也曾经历。很多时候，即使某样事情形同鸡肋，既不能激发任何美感，也无做下去的必要，但是，我依然可以继续，因为别无选择，只能继续。

我写这些不是为了攻击你，而是希望你能明白，为什么总有些往事在脑海里挥之不去，给我带来末世之感。

我现在困身此地，是因为别无选择，我必须调动全身的力气，尽量体面地去面对，但是我们之间的差异那么大，你一定也注意到了，我们一开始就急匆匆地在一起了，甚至都没发现，我们无益于对方，完全满足不了彼此。也许最好的办法是分开。你不如马上着手离婚的事吧。

在巴黎的时候，我病了，你知道我好几天没有吃东西，你知道我病得没有办法管理仆人，但是你做什么了？你坐在浴室里唱“到后院玩去吧”。不巧我们住的地方根本没有后院。

你把我介绍给南希·霍伊特，你让我坐在多莉·王尔德①身边，是你让我们认识的，但是讨厌她们、羞辱她们的也是你，她们是我不多的几个朋友，至少我的心情她们能懂。所有的大道理都冲着我来了，我永远都无法正常了似的，而不正常就是我的原罪，海明威不就是这么告诉你的吗？

没有我，你依然可以得到你想要的东西，我就不同了，你可以找到其他女孩，她们都是好姑娘，我在乎的事情，她们不在乎，你可能会更开心。

对我们来说，试图修补没有丝毫用处，虽然我觉得你其实一丁点要修补的意思都没有。

重新再看你这个人，我好像找不出你有什么适合婚姻的地方了，除了你长得好看之外，但就算如此也没什么了不起的，长得好看的多了，巴黎街头那些服务生多好看，要不是我病了之后记忆也跟着减退，只怕还能记起更多。

对不起，在巴黎的时候，我一度希望你带着斯科蒂离开这个热腾腾的城市，但是现在她都毕业了。

泽尔达

① 奥斯卡·王尔德的侄女，一个女同性恋者，1929 年的夏天，她试图勾引泽尔达，这让司各特很生气。

38. 致泽尔达（1930.7）

我看着护照上你的照片，那么忧伤，我的难过你可以想象。

但是当我按照你希望的那样去看时，我看到了那张曾经熟知和深爱的脸，而不是在过去两年给我带来痛苦的女人。

当斯科蒂离开我去找你的时候，她说“我爱你胜过世界上任何一个人，我比爱妈妈更爱你”。（说实话，我不大喜欢这种比较。）但是当她跟你在一起的时候，她又说“我讨厌离开亲爱的妈妈，比任何事情都讨厌”。

这张照片就是我的所有，它陪伴着我从与你的噩梦中醒来，直到晚上我想着你，想着死亡入睡。

那些你写给我的年代久远的信，都被我放在字母Z的文件夹里了。

我真想写一封公开信给《巴黎先驱报》，看看除了你和罗伯特·麦克艾蒙，谁还会觉得我是个同性恋。自从瓦尔蒙特那件事之后，整整三个星期我走在街上都不敢看男人的眼神，这都是拜你所赐啊，你那些恶毒的指控和暗讽都将不再发生了，我不会让它们再来影响我了。但是，如果你选择继续和空气摔跤，我真是连围观的兴趣都没有啊①。

我硬起心肠这么粗鲁地给你写信，因为你从来都是被爱

---

① 泽尔达的一个症状就是强迫焦虑症，她老觉得自己对伊格洛娃夫人有同性爱恋之情。她把自己的焦虑转移到司各特身上，毫无根据地指责他也是个同性恋，这对司各特造成非常大的伤害，把他仅存的一点自信心也打没了。

环绕着，那么多求爱的信，你一直都有无上的权威，可以随便地心血来潮，如果我知道这一切都是虚假的，我也会早早保护好自己的，不让自己搞到今天身心俱疲。

我现在如此孤单，你觉得很有趣吗？你觉得当回忆起我们曾经在深夜里拥抱取暖，抵挡人生的孤单不令人心碎吗？我愿意为所有的不幸负责，但是，对那些我够不着的地方，你让我如何掌控？

我只能把手里仅有的希望给你，除了这个，我再无希望。在与不可估量的事情斗争里，我是个倒霉的绅士。如果我放弃了你，是不是因为，你先放弃了我？（我没有办法再写下去了，我仿佛看到你又开始咬文嚼字，影射我是个同性恋了。）

我依然全心全意地爱你，因为你是我的女人，这就是我所知道的。

39. 致司各特（1930年秋天）

最亲爱的，我的爱：

没有你，我活着只是行尸走肉，是一张死亡的皮。

7点钟的时候，我洗了个澡，如果你在的话，这就是精神上的一次洗礼。

8点钟的时候，我去锻炼身体，如果你在的话，任何一个动作都是秋天田野里的微风。

9点钟的时候，我去上编织课，一个穿着白布罩衫的老人在那里喋喋不休，如果你在的话，他的咒骂会变成教堂里的祷告。

中午的时候，我和弗勒尔医生打桥牌，看着他的侧影把天空划成一块一块。

下午的时候，我在雨中写字，每个字都湿乎乎的，我的内心也是一片潮湿。我一直在想你，如果能够沿着你高高的额头一直亲吻到你的嘴，就好像汉尼拔翻越阿尔卑斯山脉来到美丽的河谷。我爱你，宝贝，别人走入生活，像一个人走在暴风雨里，而你，是一个不食人间烟火的精灵，小心翼翼行走在这人间。

你是一个宝贝，像我这样老是试图侵扰你的内心，一定让你饱受折磨。

晚安，我甜甜的爱。

泽尔达

40. 致司各特（1930 年秋天）

亲爱的司各特：

真希望能见到你，我都快忘了头脑清楚是个什么状态了。看到你寄来的明信片了，上面还写着你在科镇的日子，真让人喜欢。但是你的信，太漫不经心了，那些不置可否的措辞写给斯科蒂还差不多，根本无助于我摆脱现在混乱的状况。

我每天都在仔细观察护士对我的态度，也偷偷查看弗勒尔医生的笔记，亲爱的，为什么我对周边小事不感兴趣，他们就认为我心智不健全像个孩子？我一直就对这些小事毫无兴趣的啊。我知道我见风就是雨，对任何事情都一知半解，但是这并不说明我脑子不好啊。

留声机坏了，斯特拉文斯基的音乐听起来好奇怪，我对他很抱歉，但是确实有不一样的味道。普罗科菲耶夫的音乐好些，说到他，他的那几张唱片你还有吗？我很想听。我喜欢有视觉感觉的音乐，这可能是为什么我喜欢歌剧。抽象的东西太情绪化了，无论从哪个方面来说，都让人难以承受。

我不知道怎么才能够翻转时间回到从前，不管多么努力，我无法让自己回到过去。很多时候，我回想以前的日子，觉得还是让它们过去得好，但是要给我一个差不多的解释啊，哪怕骗骗我也好。

跟我说说你最近的情况吧，你好吗？在做什么，科镇有意思吗？

爱你的泽尔达

41. 致司各特（1930 年秋天）

我的宝贝，今天是不是很开心的一天啊？我早上起来，阳光摊在我的床上，好像生日礼物，我把它打开，美好的事情就一一飘浮到空中：我们以前那么喜欢腻歪在一起，好像校园里两个偷情的小情侣，感受彼此凉凉的皮肤。然后你打电话过来，说你刚写了一些东西，只为了让我开心。天哪，这些事情如此遥远，我都不记得自己这么开心过了。

月亮滑进群山之间，好像一枚光溜溜的银币，田野黑黑的，有杂草的味道，我多么希望你就在身边，我们一起触摸秋天的寂静，里面还有一丝夏日的余威。天边的残阳如血，映照着乡间小路一片猩红，而你，就在不远处，但是我闻不到干爽的微风中你头发的味道。

亲爱的，我爱这天鹅绒一样的夜晚，我从来分不清夜晚到底是什么？是不共戴天的仇人？还是温暖的靠山？我也一直分不清，你什么时候最令我爱恋，是在太阳即将离去的半明半暗里？还是月光敲打风扇散发的光影里？

无论如何，我爱你，最爱你，而且你还打电话给我了，就因为你的电话，我在电话之后两个小时里，抱着你的爱，像抱着一把太阳伞，生怕一撒手就摔倒了。我的爱。

知道你的小说写完了，真高兴，星期五能拿来给我看吗？到时候不要再跟我分房睡了，我会非常难过的。

亲爱的，当你写完小说之后，你是不是感觉茫然无助，很容易受惊，宁可听到批评的意见，也不愿大家对它视而不见？就好像你费尽了心思把自己的军队整理好，藏起来，但是却发现你的敌人不打算进攻了。

我觉得你好像一个可爱的小男孩，手里拿着一个礼物，是的，是这样的，我都能看到，你把事情打理清楚之后，静静等待的样子。

我爱你，爱你本来的样子。

亲爱的

晚安

亲爱的，亲爱的，亲爱的，亲爱的，亲爱的

亲爱的，亲爱的，亲爱的，亲爱的，亲爱的

42. 致司各特（1930年11月底）

亲爱的司各特：

你的来信让我大吃一惊，一个月零两个星期了，我只走出我的房间三次。五个月以来，陪伴我的是对死的渴望。如果你想过来，看到一个正在康复的我，那么我建议你再等一年吧，我看看能不能用这一年的时间逃离此处。

我们的雄辩家弗勒尔医生曾经宣称，再过半年，他就可以把我身体内不安分的因素弄掉，但是我不那么乐观，虽然据他说成功的案例很多，但是我知道，不成功的案例也不少。

我想离开这里，我不想在一个不许我走出房间的地方待那么久。我已经30岁了，完全可以为自己负责。无论是你还是弗勒尔医生都无权把我禁锢在这里，如果你愿意，我可以让二姐夫来签署文件。

我已经好了，我的态度很简单，我不认为待在这个可疑的地方是值得的，完全是浪费时间，如果你想跟我父亲谈谈，或者任何一个病理学专家，随便你，你有这个权利。

你想做出任何其他决定，你就做吧，不要再说我是欣然同意的。我是绝对不打算再在这里待下去了，你如果一意孤行，那么法庭上见了，这对谁都不好。

另外，这次见到你好开心，我一直都在思念你，无时无刻。

诚挚的

泽尔达

司各特和弗勒尔医生询问了精神分裂症的权威专家保罗·尤金·布鲁勒医生。尽管有经济上的压力，司各特依然坚持让泽尔达接受最好的治疗。12 月1 日，司各特从巴黎写了一封长信给泽尔达的父母，告知了泽尔达的近况和所接受的治疗，并告知二老，根据医生的建议，泽尔达最好留在普朗然接受治疗。他还详细地告知了泽尔达的治疗方案，下面这封信来自司各特，当他感觉泽尔达的父母似乎在指责他的时候，他试图说服他们，使他们继续信任他：

我知道你们一直对我性格中软弱的一面不以为然，我本人也并不想这样：身处这样的悲剧当中，还要承受二位对我正直的人品做出的模糊或者不清晰的怀疑。布鲁勒医生跟我说："泽尔达的问题是大约五年前就开始了，我们只能希望这次的发作是阶段性的，可以自我调节。不要指责自己，你也许可以延缓它的发生，但是你不能制止它。"

我的计划是这样的，我会待在日内瓦湖畔，一直待在那儿，即使我只能两个星期看她一次，我要待在那儿，我认为对她来说，最重要的是我在附近。

43. 致司各特（1930. 12）

亲爱的司各特：

你曾经说过，如果需要什么就写信告诉你，那么，我可能需要你帮我选一些书看。如果说你可以送我一个礼物的话，我想要一个银戒指，戴在小手指上。要那种沉甸甸的，有阳刚之气的，上面镶嵌红色的石头——可以用红宝石或者石榴石，或者随便什么都好。我还需要衣服，太需要了，但是不着急，等春天再说吧，那时也许我的病好些了，天气也明亮了，我们就可以一起回家了。

我听从你的建议，给斯科蒂买了一个圣诞树上的小挂件，这么久了，真是很想再见到她，我猜我都要认不出她来了。

不用说，假期没有以前显得那么令人兴奋了，没有什么值得让人期待的，虽然随着岁月的流逝，对生命的看法会发生变化，我倒希望生命的真相如此，因为我有时觉得，继续下去也没什么意思。

一定要写信给我，我那么寂寞。

诚挚的

泽尔达

1931年1月，司各特的父亲去世，他在启程回美国之前去看望了泽尔达，把这个消息告诉了她。这个时候弗勒尔医生正在致力于寻找泽尔达不稳定的情绪和越来越严重的湿疹之间的关系。在回美之前，急于帮忙的司各特写了七页的信给弗勒尔医生，详细叙述了泽尔达的情况，回忆了任何可能跟湿疹有关的细节。司各特还告诉弗勒尔医生，泽尔达听到他父亲的死讯后“非常震惊，也为我的悲伤深表同情，她紧紧抱着我，足足一个小时，然后她就变成了另外一个人，在午餐的时候对我态度极度恶劣，午餐之后，她又变回那个和蔼可亲的温柔淑女了”。更加证实了，跟她的信一样，她本人也是喜怒无常的。司各特最后跟医生说，他准备在美国待三到四个星期，这期间他希望医生能每一个星期都电报他泽尔达的情况。

泽尔达得知司各特要回美国奔丧之后，写了下面这封信来安慰他。

44. 致司各特（1931. 1）

亲爱的司各特：

你走了我才反应过来，我本应该做得更好，在你这么需要同情的时候，我本可以更加温柔，所以我赶紧写了这封信，希望你在登船之前能收到它。

等到了美国之后，你的悲伤一定会比现在还要强烈，我希望你能节哀顺变。在这种情况下，追忆自己的童年也会很痛苦，如果我能提供一点儿安慰，那么我想说，当我接近你的时候，我完全能感觉到你的内心，和它思及逝者时散发出来的善良柔软。

你父亲走的时候应该是安详的，他喜欢华盛顿，还有他酒店的那些朋友，而且他也完成了自己的心愿：一直在为联邦政府出力。你一定不要太悲伤，中年时的失败让他无法东山再起，但是他也老了累了，生活给他的日子不多了。

幸运的是，他的经济状况一直不错，无须为了在这纷扰的世界里占有一席之地而努力拼搏。在晚年的时候，能在一个朦胧的梦里度过最后的日子，无论如何是幸运的。

不要担心我们，有家庭教师小姐呢，她一直很棒，有什么事也会跟我沟通。

我应该和你一起回去的，但是在一个悲伤的时刻出现一个疯子不是件好事，于事无补只会添乱，所以我只好寄上自己最深沉的同情。

泽尔达

回到欧洲之前，司各特去蒙哥马利拜访了泽尔达的父母，告知他们，泽尔达正在接受最好的治疗。

2 月底回到瑞士，司各特惊喜地发现，泽尔达的病情有了明显的好转。司各特开始一系列短篇小说的创作，不同于他 20 岁时旺盛轻快的风格，也受他最近的遭遇影响，他开始写比较成熟庄重的故事。

泽尔达越来越好了，似乎转机都在前方。这个冬天，她可以滑雪了，还可以到附近镇上溜达。到了 4 月，她已经康复到可以和司各特到日内瓦度假了。这个春天和夏天的她写给他的信，显然是情书了，充满了活泼的调子，好像回到了他们热恋的时候。

45. 致司各特（1931 年春天）

亲爱的司各特：

我想读些书，非常想，最好是吸引人的、新奇的书，不要让我一边读一边胡思乱想，或者看了上句知道下句。你能寄给我《西方的没落》和《编剧的技巧》吗？你答应过的，这样我就可以把我的那些潜意识，或者不管什么，放回到角落里，让它们乖乖的，我要安静地，愉快地，阅读了。

我以前喜欢读乔伊斯①，但以我目前的状态来说，再读他简直是噩梦。

一进书店我的脑子就不够用了，所以还是麻烦你来寄书吧。但是不要法语书哦，我现在的情况，读英文书都足够艰难了，也不要劳伦斯、伍尔夫或者其他喜欢一头扎进文学史里写作的书。

谢谢，十分感谢你。

泽尔达

46. 致司各特（1931 年春天）

亲爱的司各特：

你可以把这个寄给莎拉吗？我好像把她地址搞丢了，我昨天跟你说了好多胡言乱语，我也不知道为什么，你也可以选择相信或者不信，因为我自己也不确定。

我一直想起普罗旺斯，那些消瘦的浅棕色人，慢慢陷在浓重的绿色之中，还有乡间的尘埃，和夏日里的耀眼炫光，它色彩斑斓，一直旋转，成为往昔。

真想重新回去啊。此时的阿维尼翁一定完美无瑕，罗纳河宽广安静，阿尔勒参天大树下那些嗡嗡作响的小咖啡馆，我还想吃我们在新桥酒庄时吃到的午餐，那里的空气没有丝毫重量，充满各种色彩，从山顶上可以看到山谷里满是绿色的葡萄藤蔓，热气腾腾的，远处教皇的宫殿好像海市蜃楼。

---

① 詹姆斯·乔伊斯，爱尔兰作家、诗人，20 世纪最伟大的作家之一，其作品结构复杂，用语奇特，极富独创性。

我愿意独自一人走在戛纳的热带风暴里，路灯半明半暗，想象自己充满神秘感，无所畏惧，就像去年夏天。

我还想工作——你想做什么呢？不工作？我知道的，你不喜欢闭塞的地方，你希望纽约吗？你曾经说过，这个城市充满戏剧性，身边围绕着好多朋友。你还要阅读斯宾格勒①吗？

你肯定不想回到以往那种匆忙而无序的日子里，那些里兹酒吧和马尔蒙特的疯狂，我们和麦高恩一起去的那些派对，乱糟糟的。

47. 致司各特（1931 年春夏）

亲爱的：

我去日内瓦了，我自己哦，有一个疯子跟着我。要下雨了，这个城市湿漉漉，沉甸甸，灰色的天空流淌在人行道上，好像一顿大餐之后的甜点。我希望跟你去洛桑的时候就是这样子。

周六从伯尔尼回来的时候，路过车站，我忍不住在站台的人群中找寻你，你的脸不在那里，但是人们看上去还是那么可爱。

你是否曾经感到孤独，以至于不可抑制地内疚？

我那么爱你，而你不在。那种感觉好像门关上了，但里面的煤气炉子还是开着的，或者像是把孩子锁到衣柜里去了。

---

① 奥斯瓦尔德·斯宾格勒（1880～1936），著名哲学家，文学家。

但是，我马上就要见到你了哎。雨水冲刷着窗户，树枝在疯狂摇摆，走道上的小石子被狂风追赶，我希望这世界会因为潮湿而越缩越小，这样我们就不会那么远了。

今天，我有了一个新房间，比原先那个大，有两个大窗户，愉悦的春天破窗而入。洗手间比较奇怪，洗澡盆随便安在一排水槽上，好像是孩子搭的玩具，我猜盖这房子的女人太胖了，根本无法爬进澡盆。我要在这里待差不多一个月，下水系统不错。

今天下午，弗勒尔医生的父亲去世了，我猜他一定心乱如麻，因为他一直扑在这个医院上。年纪大了就是要小心，年轻人也不能大意。中年人可能是唯一还好的状态，这个时候他坚强满足，经历了很多无聊、不幸、疾病和崩溃，已经学会怎么把眼睛挪开。

哦，我的爱，我亲爱的，我全身心地爱你，永远，永远，永远。

我希望你知道，今天晚上你的露台周围肯定飘荡着好多亲吻，全都是来自一位姑娘的。这位姑娘曾经是住在高高白塔里的公主，她从来没有忘记生命中的那些美好，而现在，她在等着她的王子再一次到来。

晚安，亲爱的。

48. 致司各特（1931 年夏）

最亲爱的我的爱：

天空在湖面之上慢慢闭合，好像一个灰色的牡蛎壳，云朵是白色的，珍珠一样栖息在水波的小褶皱里，留下黑色的晕彩。

真希望你此刻就在身边。我们一起划船，我要看你可爱的、缓慢的动作了。你的样子那么柔软，那么甜，好像一只小猫在蹭我脖子，搞得我好痒。

我的爱，我给斯科蒂做了一些纸片娃娃。我做了她的样子、我的样子，当然还有你的样子。现在还没做衣服，当我做你的时候，想起你，几乎要笑出声来。我记得阳光洒在你身上时造成的每一个光点，所以，很快就把你做好了。我准备给你穿双小狗绿的袜子，好配你的眼睛。

维尼下午来陪我喝茶了，我们吃了一碗漂亮的红莓。我真的可以一直坐在下午茶桌子旁边，成为爱丽丝，成为一个英国人，或者成为一个旅行者，一个可以随心所欲跟环境融合的人。

亲爱的，我是多么爱你。

我很高兴，我偷了你的橡皮擦。

爱人。

49. 致司各特（1931年夏天）

我的爱，哦，亲爱的，亲爱的，亲爱的：

非常高兴收到你的信，惊奇地发现维也纳让你失望了。

我想象中，那是个有花边的细腻城市，朦胧的，灰色的，到处是镜子和拱门，还有抛光地板和天花板，宽阔的大马路纵横其间，好像把水晶穿起来的丝线。

人们饿了就坐下来吃东西，随便什么地方，好像饿了很久似的，没有任何表情，对什么也不在意，即使美食家也这样。生活中最重要的事情就是无所事事，对这样的民族来说，得需要非常强烈的好奇心，才能思考为什么恺撒时代终结在提姆加德①。

斯科蒂真是个小宝贝，我喜欢看她瘦瘦的两条孩子样儿的腿，还有她犹犹豫豫走路的样子。她一点儿也不像小男孩，很多小女孩像她这么大的时候像小男孩，但是她不。

我们在树下一起野餐，大树好像从地平线那里长出来的一样，小路绵延伸向远方。雪化了，下面的草地柔软潮湿，沿着阿尔卑斯山脉，裙裾一样。她是个特别可爱的女孩，一直在我心上，一直。

如果你愿意的话，周六来看我吧。你知道我一直在等你，所以，你想来的话，就打声招呼来吧。

这里我总有无尽的爱在等着你，你是个那么甜蜜的人。最亲爱的人，我爱你就像爱我逝去的青春，用尽我全心全意。

请原谅我无味的胡言乱语，早晨起来写这样封信，竟然伤心起来。

诚挚的

泽尔达

① 提姆加德，阿尔及利亚东北部海拔1072米的古城遗址，古城始建于公元1世纪，最初是古罗马奥古斯都第三军团的一个哨所，6世纪柏柏尔人起义赶走了罗马人，改名为提姆加德。

7月的时候，泽尔达可以出门度假了。司各特带着她和女儿去了湖边的一个度假屋，他们一起游泳、划船、打网球，他们还一起给泽尔达过了31岁的生日。所以当泽尔达回到医院之后，她无与伦比地想念司各特，这个时期的信件非常甜蜜。

50. 致司各特（1931.8）

最亲爱的，我的爱：

你的脸总是在我眼前显现，无论我去什么地方。

和你在一起的时候好安静。我们好像在一个非常高的，不可能到达的地方，亲爱的，我们之间我永远爱你多一些。

请不要沮丧，你是那么透彻的人，没有什么可以让你有忧郁色彩，除了你自己的悲伤，哦，还有你粉色的睡衣磨破的地方，你总是在乎一切。你是唯一一个做什么都那么完美的人，没有任何遗憾，没有任何不满意的地方。

你是最好的，最好的，才华只是你的一部分而已。当你碰到一个人，你以为他也和你一样完美，其实没有，这只是你的想象而已。噢，我的爱，我那么爱你，我希望你快乐。

我们怎么能不开心呢，我们还活着，经历了过去，还有那么多未来。我们一起爱，一起哭，一起付出那么多，一起享受来之不易的平静。不要再寻找慰藉了，根本没有，如果真有，生活就是儿戏了。

亲爱的，我累了，陷于一个可怕的混乱里，我不知道怎么告诉你，但是爱是重要的，我们可以让生活好起来。你比任何人都优秀，真的，不要去想别人，好好休息。

不要再思考我们的婚姻了，也别再想你的作品和人类的关系。你不是一个表演者，你是太阳之神，有一个妻子深爱你。你是一个艺术家，你看到，你感受，你把它们在纸上无比高超地表达出来。

亲爱的，原谅我。我那么爱你，除了这个我不知道说些什么，虽然我那么想找出一个好的逻辑来安慰你。

亲爱的，我的爱。

多想想我。

如果能摸到你该多好。

51. 致司各特（1931.8）

最亲爱的，我的爱：

月光皎洁，让湖面都柔静下来了。你的阳台外面也有月光吧，啊，那个可爱的阳台，你经常心不在焉地走在上面，偶尔落下雪茄烟烬，或者只是站在清晨的阳光里。

科镇那么远，但是我喜欢想起你，那里一定热乎乎的。白色的路基绕着湖边，好像包礼物的纸，粉色的，脆生生的。噢，亲爱的，在栏杆边上你紧紧抱着我的时候，好像那么需要我，我爱你。

明天我们要去伯尔尼①，所以没有办法写作了。我只有在幻想我们做相同的事情时才会开心。我们各自待在自己房间

① 伯尔尼，瑞士首都。

里，摇晃着椅子，目光穿过四面墙壁，看着窗外发呆。

你用手指夹住雪茄，烟灰落下来。有的时候，你好像一套漂亮的西服，把扣子系好，然后自己溜进来。你的鞋子放在地板上，好像在等待圣诞老人。所有被你碰过的东西，都会散发出不真实的甜美味道。

宝贝，你是我的吗？

是吧，拜托了。

我爱你，

晚安。

这个春天到夏天，司各特非常高兴地写信给朋友说泽尔达几乎全好了，他们经常一起滑雪。到了夏末，他已经开始期待泽尔达从普朗然出院，一起回美国。他期待着赶紧安顿下来，好集中精力写小说。他写信给帕金斯说，“泽尔达好了，感谢上帝，写了一些很好看的文字。我们会乘坐 9 月 19 日的阿基坦号回美国，我打算在阿拉巴马州过冬，上帝保佑我在那里完成我的小说。”

蒙哥马利，1931 年 10 月和 11 月

在纽约看了几天朋友之后，菲茨杰拉德夫妇回到蒙哥马利，并在塞尔法官家附近的菲尔德大道 819 号安顿下来了。热潮还没有席卷蒙哥马利，经济大萧条也还没有来，泽尔达的故乡一切安静，除了四季的轮转。

泽尔达很高兴离家这么近，特别是父亲已经病了一年了。司各特也对此很满意，因为他正需要一段安静的时间来完成自己的小说。但是夫妇俩的钱还是很紧张，这时候他接到邀请去好莱坞工作，薪水开得特别好，几乎难以拒绝。

依依不舍地离开家人，司各特带着不安的心情重返好莱坞。他还是接受了米高梅为期六个星期的工作，为《红发女人》创作剧本。

司各特不在的时候，泽尔达和女儿在一起。斯科蒂已经10岁了，她们相处得很愉快。泽尔达也很忙碌，她去当地的一家芭蕾舞老师那里练习舞蹈，也在积极地写作，希望可以发表。

司各特离开之后两周，塞尔法官去世了，泽尔达跟司各特说他不必回来。但是在这种变故之下，泽尔达的哮喘和湿疹又出现了，还有她视力的老毛病也出现了。

12 月的时候，泽尔达带了一名护士去佛罗里达度假，她在那里待了三天，享受阳光和清闲的日子。她回来以后，花很多时间陪伴母亲。母亲面对死亡的勇气让她非常钦佩。

司各特忙于写剧本，并不经常给泽尔达写信。从司各特的传记中，我们知道他在好莱坞并不舒服。他发现好莱坞需要团队协同写作，这对他来说太难了，而且这里的社交生活也很密集，他又开始酗酒，常常把自己搞得很难看，人人都觉得他不堪重任。12 月，司各特离开了好莱坞，他发誓说再也不要回来了。

尽管父亲去世，司各特又不在身边，但泽尔达这段时间表现得还不错，她很享受家庭生活，朱丽亚是她的厨娘也是管家，曾经是她的教养嬷嬷。朱丽亚的丈夫弗里曼主要负责花园，斯科蒂的家庭教师 B 小姐也是个愉快的伙伴，泽尔达过得很开心。

尽管如此，从泽尔达第一封信中，还是可以看出，在司各特离开之前，他们之间有了争吵。但是她每天都给他写信，计算他回来的日期，告诉他她是多么思念他，告诉他这里每个人的情况。在信里，她喊他宠溺的名字——嘟嘟，从这一时期的信里，可以看到她对丈夫和女儿最深的爱。

52. 致司各特（1931. 11. 6）

亲爱的，我爱你：

斯科蒂说她负责把每周的大事汇报给你听，所以我主要负责说说当地的小新闻吧。

弗里曼说他有个文学梦想，准备写写他的婚姻。他说他的太太很明显不是“最适合他的那个人”，而他在那个时候也不是个“有决断的人”。我们都被他逗死了，鼓励他赶紧写下来。

你不在的时候我们非常非常寂寞。

他们三个人玩游戏，喊我一起，但是我懒得跟她们搞这种把戏，没有你，这些都没意思。你的衣服洗了，晾在两棵树之间的长绳上，我看着心里好难过。

最近忙着给你准备圣诞礼物，都没什么时间写作了。

你的睡衣拿去干洗店洗了，今天我收到账单，还没来得及整理，感恩节的时候我要带斯科蒂去看橄榄球。

阴霾已经持续一整天了，空气沉甸甸的，好像从一个夏季的剧院走出来，又一头扎进英国的雾里。灯打开，球形的光柱，神神秘秘的。

爸爸还是老样子，他始终我行我素，表现得好像没有被病痛折磨一样，可怜的爸爸。

我们并不是害怕或者不开心什么的，但是我们想念你。亲爱的，亲爱的，亲爱的，斯科蒂有时很像你，她跟你一样皮肤上有一层月亮般的光芒，我看着她，想起你。

你可能猜到了，今天是个平静的日子，爱虽然不是波澜，但却是撬动生活激情的杠杆。

哦，嘟嘟。

泽尔达

53. 致司各特（1931.11.11）

亲爱的：

4天过去了，还有38天你就回来了。我们就像好多好多小人儿等待着巨星登场一样。

早上，下午，晚上，没有你，很孤单。

我把你办公桌上的灯开着，这样当我醒来的时候会以为你在，但是白天要把灯关掉的时候就会难过。你的房间你在的时候就会显得温暖，你不在，我坐下来，看着你留下的东西。

今天街上有游行，但是我没去，当大家都去看游行的时候，我反而更喜欢那些安静的后街。我喜欢一个人过去，什么也不干，只是走走神。

最近天气好像在开马戏团，太阳火烧火燎的，红色大气球一样挂在天上，柔软、浪漫、感性。希望加利福尼亚也有这么好的天气。

我看到以前卖糖果的老人了，我跟他说："鲍勃大叔，我25年前就买你的糖果了。"他说："这是什么新鲜事吗?"我感到他们这一代人，挣扎着，可怜着。我给斯科蒂买了一个雪糕，味道糟极了，好像出土文物，只好扔给街上的猫了。

我把那个谋杀的故事寄给你了，放心吧，这次没有那么多老套的字眼儿，我只是"写了让自己开心"。

柏劳蒂打电话跟我讲起福克纳的小说《庇护所》，她说她整整三个晚上吓得睡不着觉，你觉得我们有必要把这书给别人看吗?

真希望我有本事让你明白我有多爱你。

泽尔达

最近在读你的旧作《离岸海盗》，你曾经比任何人都年轻，你一定是待在一个特殊的地方，那里新奇、有趣，比这个世界更美好。真是个好故事。

54. 致司各特（1931.11.13）

在很久很久以前，有一位非常寂寞、非常老的农妇，她每天都很辛苦，要把自己想说的话，趁着还新鲜，一点一点送到加利福尼亚。她想说的呢，都是些愚蠢的小事情，几乎没什么意义，大部分都是"我爱你"。

有一天，就是11月13日那天，这些话自己走啊走啊，它们走到林子里去了。在那里它们遇到一个高大的邮递员，邮递员给捎来一封来自埃尔帕索的信，于是它们就回家了。老妇人和嘟嘟结婚了，两个人住在玫瑰国王的口袋里，从此过上了幸福的生活。永远永远。

我不去上舞蹈课了，因为今天早上我和阿玛利亚吵架了。她竟然说我是一头牛，就因为我跟她说，如果这个步子既不踏在节拍上，又没有音乐精神，那么我是不会跳的。我甚至买了一本舒伯特的圆舞曲给她，希望她能明白，但是她的耳朵绝对有问题。

作为一个习惯有舞蹈的人，我可能要不适应一段时间了，但是你回来就好了。我也回敬她了，说她也是一头牛，她不承认，说她不是。妈妈夸我了，说我回敬得对，明天要来好多人午餐，但是我不会跟他们提起这事的。

嘟嘟，我的爱。

你的《宽恕》是我读过的最精彩的故事之一，《宝宝派对》也不错。我可能永远也写不了这么好，帮我啊，嘟嘟。

斯科蒂说她不想练体操了，但我还是好说歹说让她去了。你觉得她一定要去吗？她是个可人儿，非常乖巧。我就哄她一起玩桥牌了，但我们是反着玩的，起名叫“黑桃女王”，我们玩了一个晚上。

在傍晚的树林里穿行，就好像小船儿沿着青铜瀑布飞流直下一样，树木在两旁闪闪发亮，如同中世纪的士兵沐浴在香槟色的夕阳里。

弗里曼的故事已经写了四页了，他依然在梳耙他的生命，把没用的骨头埋在谷仓后面。朱丽亚现在接受了你的工作，她负责疼我，她总是咯咯地笑着，用无边的慈爱揽我入怀。她是那么完美。

家庭教师小姐真好，那么体贴，善解人意。

但是我们还是想你，思念几乎让我无法承受，我永远在想你。

爱，那么多的爱。

泽尔达

55. 致司各特（1931.11）

亲爱的：

今天是个相思成灾的日子，我感觉很差。生活令人费解，真想穿上旧衣服去田里干点儿活。

树林郁郁，把秋日的阳光摇成金色碎片，它们是红色和灰色的，好像圣诞老人隐身在一片西班牙苔藓之下。

我心里想着你，想着我们可以一起生活在这丝绒般的日子里，背诵斯温伯恩①的诗，还可以做孤魂野鬼在乡间每一座砖房子里转悠。

我不明白你为什么这么迷人。

田地已经烧焦了，那么多的灰尘，好像刚刚过去千军万马。开始轧棉花了。

爸爸的情况不大好，但是妈妈很平静。

---

① 阿尔加浓·查尔斯·斯温伯恩（1837～1909），英国诗人，以音调优美的抒情诗最为闻名，并发明了一种小节形式的抒情诗。

我忘了告诉你了，我给我的小说起名字了，《忧愁之下》，喜欢吗？

期待着你母亲的到来，只要是关于你的都好，斯科蒂已经让这个房子到处都充满你的身影了，但是还不够，我希望越多越好。我现在正在写一个儿童独幕剧，我也不知道为什么。

蟋蟀在窗外唧唧地叫着，叶子优雅地从树上滑落。估计等你回来的时候，叶子就都掉光了。但是也没关系，我们会拥有彼此，我们彼此取暖，彼此做对方的避风港。

自从你走后，我也没见什么人，没有小道消息与你分享。朋友们打电话过来，但是房子像是个蜂箱，乱糟糟的，我也没听清楚他们说些什么。

我每天睡觉之前读一篇你的文章，我们一起分享这个困意蒙眬的时刻，读不多久我就睡过去了。

嘟嘟，带点儿胶卷回来吧，我们就可以拍一些自己的画面了。

亲爱的，我爱你，爱你，爱你。

晚安，我的甜心。

泽尔达

56. 致司各特（1931.11）

亲爱的，我最最亲爱的：

风吹过来暖暖的，柔柔的，好像画家手里的画笔。落叶随着微风起舞，是缓慢的小夜曲。秋天有一种淡淡的忧伤，浮动在尘埃之上，就像你在《人间天堂》里描写的夜。

下雨了，闪闪发亮的，妖娆的雨，树梢被轻轻洗刷，阴云遮挡了小街，我好爱你，为什么这么好看的景色你不在。

我已经写完我的独幕剧了，也把所有的东西都给奥博了，手上没有事情了，没有什么理由不工作了。

家里一切都好，仆人们都很好，家庭教师小姐真是个不错的人，斯科蒂也很好，你不在的时候，她就是我的一切。

大多数时候我是孤独的，所以我请求你妈妈能来陪我们一段时间，只为了让你不那么遥远。嘟嘟，过了今天，你还有四个星期才会回来，啊，太可怕了。

我们骑马去皮科特泉了，那里有个漂亮的房子，据说曾经是政府办公室，现在里面摆了一个很大的轧棉花机器，非常怀旧。

赶集会的时候，看到大象了，很孤独，在打盹，还有三头狮子，摇头晃脑驱赶头上的蛾子。我们站着看了一会儿，很有趣。

周日我们准备再去看杂技，连绵的帐篷搭在收割之后的棉花田里。傍晚彩霞漫天，岩浆一样通红，好像要把集市的帐篷都烧掉一样。

脚还是很疼，昨天晚上睡得很轻，晚上三点的时候，我被街上警车的声音吵醒了，除了我之外，还有铁皮屋顶上的猫。

是真的发生了，不是我精神分裂。于是我睡不着了，只好看了会儿奥贝莱恩的小说集子。我从来没见过这么多恐怖、变态和悲观厌世，什么样的绝望才能写出这样的作品？嘟嘟，不要再用压路机碾压我们本就粉碎的自尊了。

我太爱你了，每五分钟，我都想给你发一封电报证明你的存在。除了爱你，我不在意其他东西，你一定已经习惯了吧。

亲爱的

泽尔达

57. 致司各特（1931.11.17，电报）

得悉你心情不佳，深感焦急，如诸事不宜，可回家，甚想念。爱你。泽尔达。

58. 致司各特（1931.11.18，电报）

父亲昨夜去世，不必担心我们，爱你。泽尔达。

59. 致司各特（1931.11.18）

最亲爱的：

非常非常伤心，一场战争结束了。这是一场勇气、坚持、守护，和永不妥协的战争，一切都结束了。

爸爸昨晚去世了，天亮大家才通知我。

安东尼①在这里，二姐明天才会到。

妈妈表现得非常勇敢，平静，但是她很伤心。

---

① 泽尔达的弟弟，家里唯一的男孩。

我觉得这一切也是讽刺，父亲最后的日子里一直苦苦坚持。但是他对这个世界再也不能发表看法了，一切的公正和诚信都不重要了。我还没有看到他的遗体，但是我庆幸他解脱了，从最后的痛苦意识里解脱了。上次我见到他的时候，他似乎还很开心见到斯科蒂，还很温柔，很喜欢花。

我庆幸他回归平静了。

献上我全部的爱，我的爱，我的爱，我的爱。

泽尔达

60. 致司各特（1931.11.18）

最亲爱的，我的爱：

葬礼结束了，阿拉巴马州政府送了一个很大的花圈，最高法院和州议会的人把花园里的玫瑰都送来了。我们为爸爸感到骄傲，他曾经说过不希望葬礼过于悲伤，所以我们在葬礼上除了固定礼仪之外，只是诵读了“引导我们啊圣光”，没有唱赞美诗。

妈妈表现得棒极了，那么坚强，我希望她能一直这样。

我们都很好，斯科蒂非常懂事，我没让她参加葬礼，我不想让她靠近悲伤的事情。她还太小，妈妈也这么认为。她那么阳光那么活泼，没必要过早地告诉她人生中那些复杂的悲伤。

爸爸非常高贵，像个政治家，我从来没见过谁收获那么多尊重和哀悼。

亲爱的，我不知道该怎么办，大姐哭哭啼啼的，因为她买不起黑色礼服。安东尼过得也不富裕。所以我说棺材上的花费由我们来支付，大概50美金，我知道你一直对爸爸有感情，如果你在这儿的话一定也会支持我这么做的。这只是一点心意，你肯定也是这么想的。

我太爱你了，亲爱的。

我把小剧场租下来了，我写的儿童独幕剧可以在那里上演，需要五个孩子出演，斯科蒂和她的小朋友们就可以，背景音乐是一点儿巴赫，一点儿肖邦，一点儿舒曼。

家庭教师小姐也要在里面演出，到时候我们会准备点儿吃的，有蛋糕和鸡蛋奶昔，这本来是给你准备的圣诞礼物，但是要到复活节才可以上演了，到时候大部分的服装就准备好了。这个小剧的名字叫《挑衅》，我会寄剧本给你的，逗你一笑。

我最亲爱的，我的心肝，我不明白那些没有丈夫的人都是怎么活下去的。

所有的爱。

泽尔达

61. 致司各特（1931.11）

最亲爱的，我满心的爱：

今天是沮丧的一天，如果不是可以想念你，真不知道用什么来拯救这糟糕的一天。

自从脚踝扭伤之后，我第一次下地行走了。我觉得，身体的意义就是为了完成灵魂的使命。

我开始写小说了。

对了，我们去整理爸爸的办公室了。这是个非常简朴，没有任何装饰的办公室，已经很老旧了。爸爸在地图的铁道线上钉了一只蝴蝶。

希望州政府可以收购他的图书馆，我们只想保留一些私人物品，那里记录了一个男人如何和时间赛跑。

谁在乎善与恶哪个先死掉了？我们只关心，我们再也听不到那些哧哧的笑声还有挥舞的手。生活中那些亲手完成的事情才是真正打动人心的。这就是为什么我们的理智与情感，栖身于不同的地方，不停地争斗，摧毁我们。

这是个美丽的温暖的夜晚，四下里还是有热气，好像一口蒸汽大锅。我看到妩媚的月亮和鸟儿一起挂在光秃秃的枝头。生命中如果没有你就太可怕了，这世界上不存在其他人，我愿意与之灵魂交流。

斯科蒂一骑上马就变成了一个小疯丫头。

我们爱你，我们想你。

嘟嘟，我那么爱你，有个人让我去爱真好。

泽尔达

62. 致司各特（1931. 11）

最亲爱的：

今天和妈妈一起吃的午饭，她的房子总是像一个阳光明媚的周日午后，当人们都走了，静静燃烧的炭火下面是值得期待的故事。

然后我写作，听肖邦。朱丽亚做了个特别好吃的巧克力蛋糕，家庭教师小姐给我们做了一只鸡，我们三个团团坐在一起吃晚饭。

我的小说《棉布带子》起头不错，开头的1000字还可以，剩下的我觉得有些平庸，可能不好看。我把它和《道德背后的神话》一起寄给你了，那一篇我觉得写得也不怎么样。

今天还是热，春天四处游走，跟个梦游者似的，远处传来钟声。你的唱片到了，我听到你的声音了，但是你甜美的声音反而让我苦不堪言。这一段时间几乎是我人生中最长的时间了。我很高兴，你的工作顺利起来，不再无聊了，我真羡慕你啊。我以后再也不会傻傻地让你离开我了。

斯科蒂的小花园开始发芽了，我的窗户上出现了一朵粉色的秋海棠。花儿们总是这样看着我，有时感觉是我创造的它们，手指捻一捻，它们就盛开了。树叶好像奢华的靠垫。小黄蝴蝶飞来飞去，它们也在等圣诞节吧。

二姐写信来说纽约下雪了。斯科蒂找到了妈妈的《百科全书》，读了一个下午的《天文学》。你的衣橱里装满了可爱的银色小包裹，看到你的衣服在衣架上蒙尘真让人难受。

嘟嘟，你快回来吧。我会让茉莉盛开，让果树繁花似锦，我们一起吃云朵当甜点，在雨云里游泳，我可以让你玩我的小手枪，跟我打高尔夫，你赢每一场，我会用蓝色的绣球花给你做衣服，用山核桃壳给你做鞋子，我会用像地图一样的叶子给你缝一个腰带，你永远都会是最好的那个人。

不过，如果你再写信来跟我说莉莉·黛梅塔或者康斯坦斯，我就去佛罗里达待上一个星期，把我们的钱都花了，等你回家的时候，让你嫉妒我一身小麦色。

你喜欢我的格子宣纸吗？这本来是用来做代数的，但对我来说，这些灰格子有无限可能。

献上我所有的爱。

你的妻子，泽尔达

63. 致司各特（1931.11.25）

最亲爱的，这是我听过的最动听的声音了，它让我舒服又安心，以前的感觉又回来了。我不停地播放它，我想跟你在一起。

我让房子都充满你的声音，让整个房子都充满爱、兴奋和活力。你确定你只属于我是吗？没有人是完美的，我有时生怕自己不够好，所以小心翼翼的。

弗里曼在叙事上很有天分，你觉得你们出版社能买他的小说吗？大家一起听你的录音，我听到朱丽叶在厨房笑着学你："爱你，我爱你！"嘟嘟，你太可爱了。

这两天冷得受不了，街道是灰色的，天空是红彤彤的，院子格外安静，思绪无法承载这种平静，只好悄悄溜回头脑里，窝在里面不肯出来。

我今天写了1000字。我希望你回来的时候我能写完两个小说，但是我心里很担心，因为那些旺盛的创作欲望已经离我远去了，我越写越像心理学报告似的。

圣诞节就要来了，还有两个星期你妈妈也要来了，我给你妹妹安娜贝尔把礼服寄过去了，她会发现这次礼服有点儿波提切利风格，不过也许她需要去参加草莓音乐节，或者韦斯特法伦滚木节，那就穿起来正好了，不想穿也没关系，可以用来绑小腿，或者在失火的大楼里用作绳索逃生。

斯科蒂只要一穿上骑装就变得英姿勃勃，好像童话里微服私访的公主。她现在有一群和她一样喜欢骑马的小伙伴，她们去哪里都一起，我喜欢看她骑在马上的样子，那么自由。

家庭教师小姐非常好脾气，有条不紊地忙碌着。明天我们都去妈妈家过感恩节，我给她带了火鸡。得知你越来越顺利真高兴，你终于不郁闷了。

亲爱的，录音这个主意太好了。你最近搬家了吗？有些信寄到酒店了，记得拿回来，不要弄丢了。

献上我所有的爱。

泽尔达

64. 致司各特（1931.11.26 电报）

感恩节快乐，不要累着自己。泽尔达。

斯科蒂现在骑马快得像支离弦的小箭，我都不敢看。

你不在的时候，这个房子漫无目的，想你。

亲爱的，

我爱你。泽尔达。

65. 致司各特（1931.11）

最亲爱的：

你不在的时候我好寂寞，不知道怎么办才好，夜晚那么温柔寂静，而我总是在想你。

春天好像要来了，我听到抽芽的声音。我问大叔是黄水仙吗？大叔说，只是球茎而已。这些神秘的东西那么柔软，把空气编织成一个妖娆的斗篷披在自己肩上。远处传来门铃的声音，有人在街头吹口哨，树梢躁动不安。

加利福尼亚的夜晚依旧是迷糊不清的粉红色吧？或者像纺纱一样的珍珠灰？街角是不是也有好多私酒店，汽车的刹车声好像有人在哀鸣？

真希望我们在一起。

斯科蒂是个天使。她和杰瑞去看“灰姑娘”了，她总是谈论你。嘟嘟，还有一个月你就回来了。我把衣服寄走了，也写信给你妈妈了。

银行那个人一点儿也没条理，但是我记着账呢，账户里只剩下450块了。

奥博说出版社依然有我的《傻瓜夫妇》的手稿，但是，我根本无法继续工作，我正在写一篇新故事《盖米德的套鞋》，但是写得也不顺手。

写信跟我说说话吧，没有你那么冷清，没人可以知道我到底是在思考，还是回忆，或者仅仅是呢喃，我好像迷失在日子里了。

这里有些妇女聚会——我去过一次，她们进行到一半，我冒冒失失地闯进去，不知道她们在做什么，也懒得待到结尾，但是好像有点儿明白她们的话题。一想到爸爸不在了，心里好难过，真想带上妈妈离开这里。

所有的爱

泽尔达

66. 致司各特（1931.12）

最亲爱的，我的爱：

每次出门，我反而自责，心里备受煎熬。

斯科蒂非常可爱，房子那么温馨，除了你，我什么都有了。而且我知道，我太紧张了，又敏感又古怪，可能是因为你走了，我觉得一切都没什么意思了，而且最近也不怎么活动的缘故。所以我决心周末出去一趟，也许只是沿途看看，希望能找回平静和满足，最近它们携手离我而去了。

请理解我，不要以为我出去是为了寻开心，经过普朗然那种废墟似的日子，我更珍惜身边的人，他们是值得我爱的人。我只是觉得也许我需要一天或者两天的时间独处。我星期天走，星期三晚上回来，我不在的时候，朱丽亚会过来打扫屋子，她真贴心。

嘟嘟，我比以前更明白，我是如何存在于你生命中的。而你是多么善良、甜美、可以依靠的人啊。

肖邦最近在我们浴室里做了个窝，它的脸看起来像只面容忧郁的熊。玻利还是一副居高临下的样子，它吃花生。大叔过来耙树叶，好像我们的父辈，把过去的日子慢慢梳理。

我和斯科蒂睡觉之前聊了好长时间的天儿，我们聊最近俄国的变化。我把那本《俄罗斯入门》借给她看了，很好奇她看了之后会怎么想。

她很敏锐、警觉。你要是看了她的样子也会吃惊的，她穿着黄色衬衫、马裤，骑在马上的样子像一个得意扬扬的信使。她骑马的时候，帅极了，完全可以掌控自己，征服小马、天空和原野，还有那些跟在后面刚刚开始刮脸的黑人小男孩。

我真希望我也能跟你们俩似的，那么阳光那么甜美，而不是一个因为犯了哮喘要奔波200英里的人。

房子充满惊喜，跟以前一样，事情差不多都做好了，除了我手里的小说。

上帝啊，真希望你别那么辛苦地工作。我们可以减少生活的开销，只要像现在这样就很好，不需要再奢侈了。减低开销应该不难，听起来也很可行，海明威和我们大部分朋友都是这样做到的。

亲爱的，我多么爱你。

泽尔达

67. 致司各特（1931.12）

最亲爱的：

多么阴沉的一个雨天啊，斯科蒂和家庭教师小姐去听音乐会了，朱丽亚在家陪我。她把她的鹦鹉带来了，这只鸟要在咱家待到圣诞节了。

嘟嘟，我们也要一只鹦鹉吧，太好玩了，你可以圣诞节的时候给我买一只做礼物吗？这只鹦鹉可以说“噢，见鬼去吧”，而且还可以模仿无意义的交谈声，活像一群生意人在谈无趣的生意。

太有趣了，它们怎么能够那么准确地模仿人声呢，它根本不懂什么意思啊。嘟嘟，拜托你了，一定买一只给我。朱丽亚的这只堪称巧舌如簧，会说“啊，我亲爱的”，“呜朱丽亚”，它还会唱“是的先生，这是我的宝贝儿”，嘟嘟，拜托了。

过了这个星期，你妈妈就要来了，然后你也快回来了。

出版社拿到《傻瓜夫妇》之后，考虑了三个星期，还是决定不出版了。奥博说，他们还想看看我其他的作品。我很气馁。等你回家，我高兴了，自由了，也许会开始写一些新的，但我不觉得我会成为一个好作家。

你不在身边真让人郁闷，我爱你，爱你到无以复加，我自己都意识不到，几乎无法承受。当情绪不停地递增，递增，递增，它们要如何收场呢？是不是在最终的时候，有一个最终的抽象状态？或者会平静地递减，一点一点回到原始状态？

有这么一个完全依赖你的太太，你会害怕吗？或者你不得不在你的心里留出一个位置，留给往日情怀？好像带着一大堆辎重，包括一辆用不着的婴儿车去漫游天下的侠士？

亲爱的，我爱你。

泽尔达

68. 致司各特（1931.12）

最亲爱的：

对这样单调的生活我深感无语：冬天很疲惫，好像催婴儿入睡的摇篮曲；春天很疲惫，迈出慵懒的步伐丈量土地；夏天很疲惫，瘫在黏土路上打瞌睡；而秋天依然很疲惫，随着树叶翩然落下。

在平静的夜晚，我们会想起劫匪，在忙碌的白天，我们会警惕自己不要被骗，过妓女一样的生活，就像那些依赖情感而生的人们。

斯科蒂在自己房间门上用法语写了个牌子“神秘的房间”，她的窗户上挂了四个圣诞花环，还布置了好多圣诞装饰，她想要一个电动小火车，我觉得这简直是件可怕的事，明明就是那些故弄玄虚的生意人搞出来的把戏。但是我不忍心让她不开心。

嘟嘟，你回家我就开心了。你不在，很多事情都那么悲伤。今天晚上妈妈来了，她看起来那么老那么疲惫。家庭教师小姐去看演出了，妈妈担心我一个人在家孤单。

人们一旦领略到生活的炙热，就很难放弃。他们似乎只喜欢那些充满化学反应的小气泡，即使把自己烧得体无完肤也无怨无悔。

亲爱的。

这里日子平静如水，如果没有事情做，真的会让人绝望的。你走之后我写的两篇小说都那么无力，死气沉沉，一点儿也不值得阅读。这些毁灭性的垃圾啊，一钱不值。

当你从小街走来，虽然天地严寒，虽然两侧的树光秃秃的好像刚被大火烧焦，但是你一路走来，世界因此而绽放色彩。

圣诞节就要到了，我觉得在装饰上稍微节省一些也是好的——穷人的圣诞节嘛——但是很多时候，节省会导致想象力的缺席，让人感觉沉重、严肃：家里唯一舍得花钱的地方是圣诞袜子，啊，太悲惨了。

总之，尽管经济很糟糕，苏联也出现了，这个世界似乎在衰退，但我还是爱你。

我爱你，不管发生了什么，不管会有什么后果。

我爱你。

泽尔达

69. 致司各特（1931.12）

亲爱的：

炉火烧得兴高采烈，好像很多妇人的衬裙在唰唰作响。肖邦在咂巴嘴，好像正在尝某种美味。我最近嗓子疼，哮喘也犯了，流感，还有点儿消化不良。我正在给妈妈画像，这是圣诞礼物，但是总也画不好，妈妈在我笔下像个佛罗伦萨的鱼贩子。

雨一直下，大地像块大海绵一样，越来越沉，乡间的黏土坡被冲刷得像布料一样起了层层皱褶。树木东倒西歪。

我很高兴你妈妈要来了，至少这个圣诞没有那么孤单了。请电报回答我，我把她安排在楼下好吗？房子打扫干净了，像是个崭新的糖果店。窗帘都洗过了，浆过了，地毯也清理过了，小动物们在上面留下的痕迹都被清理掉了。你走了之后，这里成了一个动物园，要不是妈妈拦着，我还会买只猴子回来。

我喜欢爬到铁皮屋顶上，挥舞着我没有子弹的手枪大喊：“谁在那儿!?”好像我身后跟着一群海盗。但是我的真实身份是个逃犯。我不服管教的天性跟法律和秩序总是格格不入，但是对我来说，有趣就好。

儿童舞蹈班想教斯科蒂跳抛锚舞，对她来说这很难，因为需要你的脚像鼓槌一样跳跃，但是肩膀要晃来晃去，这来自黑人踢踏舞。我倒是非常积极地希望她能去学，这舞看起来好像很滑稽，其实却不然，非常精彩，跟别的都不一样。

我好想念爸爸，家里没有男人让我六神无主。我都不知道过去的两个星期我是怎么过来的，因为男人一走，第一件跟着走的事就是简洁。他们让你专注，让你的活力受控制，而不是跟炸药似的在空气中乱七八糟地散落。

嘟嘟，亲爱的，我爱你。

泽尔达，一个坏淑女

70. 致司各特（1931.12）

亲爱的：

有几个问题急需你的解答：

(1) 给安娜贝尔的圣诞礼物，你是希望我买点儿东西寄过去呢，还是你寄张支票？

(2) 家庭教师小姐呢？礼物还是钱？如果是钱的话，多少合适？

(3) 你是不是像我爱你一样爱我呢？

(4) 真的有人会像你这么完美吗?

最近很冷，天空冷冷清清的，令人沮丧，寒风无情，就像一个任性的流亡者，把烂叶枯枝一扫而空。

今天吓死我了，我差点儿把斯科蒂给弄丢了。在一家商店里，她消失了半个小时之久，我的感觉就好像在一个大漩涡里不停地转啊转啊，生命都变得不真实了，整个人都快疯了。因为我让她自己逛逛，她转完了之后就直接回车里去了，我不知道，到处找她。可吓死我了。

她是那么可爱的女孩，圣诞节就要到了，她整个人都是兴高采烈的。如果你看到她骑小马的样子，你会惊呼的。她一骑绝尘，后面跟了一个黑人小男孩，远远望去就好像一个黑桃A，太可爱了，好像一件美好得不会再发生的事情。

她会把历史考试卷寄给你，这个月考得比上次好一点儿。

今天伊迪丝过来陪妈妈。妈妈很慈祥但是很孤单，她好像深陷于自己年轻时的记忆不能自拔，她想起以前有个男孩为了追求她，送给她一只猴子。还有个男孩送了两只得克萨斯野兔，把外祖父的天竺葵都吃秃了。我觉得可能是她潜意识里需要保护，所以她比以往时候更喜欢回忆童年。

亲爱的，我的爱，那么想念你脖子后面的绒毛。我想把我的鼻子在上面擦啊擦啊，好像一匹小马把头伸到饲料口袋里。真等不及你回来了，我真的非常非常非常幸运。

泽尔达

71. 致司各特 (1931.12)

亲爱的:

今天妈妈跟我聊了一个下午，说内战和我的外祖父，还说了很多她小时候的事情，很多芬芳的、珍贵的东西。生命中有个重要的男人真好，我很庆幸我有你，我盼望你回来，我们可以再有个儿子，还有好多日子。我真的爱你，我最亲爱的。

今天又是个雨天，天空红彤彤得好像撒了一片小龙虾，外面风声滚滚，如山间的河流。

我们挑了一个娃娃，腿长长的，头发像发条。这个美貌的小东西带着怀疑的眼神跟我们一起过了圣诞节。她的问题是缺乏幽默感。

好多可爱的娃娃玩偶啊，嘟嘟，我们也许该有个小婴儿了。玻璃窗户上有小水珠滑落，玩具店里昏天暗地，好像霍夫曼的故事，娃娃们看起来无能为力的样子，非常有维多利亚时代的感觉。那么多漂亮的东西，但是我选择了斯科蒂，她的头发在脸颊边打着卷，好像下午茶时黄油上的拇指印，她如痴如醉地看着窗外的雨。

我把我们的睡衣改了，送给妈妈，因为买不到既怀旧又轻薄的东西。

那些没卖出去的小圣诞树无精打采地站在那里，一点儿也不吸引人，也许到了复活节它们还是可以被打扮一番拿出来卖的，反正我们已经有很多了，所以我没打算买。虽然树上挂的小红球那么可爱，好像晃来晃去的宝石在你眼前变幻。我觉得那些乡下人可能会喜欢这些东西吧，他们的品位应该是这样。

很高兴，也很自豪听到你的工作进展得很顺利，你一定非常满意吧。我觉得只有技术精湛的大师才能做电影，因为把视觉变成一帧一帧的画面，光靠那些一惊一乍的镜头是无法保持节奏的。

我的爱，我的爱，我的爱——我那么爱你，我希望你回来，我要抱着你，我爱你。

泽尔达

虽然米高梅最后没有用司各特《红发女人》的剧本，但是司各特还是赚到了这一时期以来最多的钱，还为他下一篇小说积累了素材。

司各特和泽尔达都认为泽尔达的情况在好转。圣诞节之后，他们去佛罗里达度假，他们游泳，日光浴。但是泽尔达的病情开始恶化，她发现了司各特的威士忌酒瓶子，并喝了下去，她的哮喘和湿疹都回来了，她的歇斯底里也回来了。

司各特苦不堪言看着泽尔达离他越来越远，他深知如果她再次住院，那么他之前打算好的钱和用来写小说的五个月都将化为乌有。但是他还是把她带回巴尔的摩，并把她安置在约翰·霍普金斯大学的亨利·菲普斯精神病诊所，由阿道夫·迈耶医生和米尔德·斯科尔德医生照顾。

第二次别离

马里兰，约翰·霍普金斯大学，亨利·菲普斯精神病诊所，1932 年 2 月至 4 月泽尔达在1932年2月12日进入菲普斯诊所，司各特回到了蒙哥马利，他密切地和泽尔达保持着联系，也跟她的医生迈耶医生和科斯尔德医生保持着联系。这两位医生为泽尔达制订了一个比较宽松的治疗方案，允许她在城里行走，可以去看艺术展、看电影、吃午餐和逛街。

泽尔达在这段时间完成了一个自我分析上的壮举，3月9日，离她进入诊所不到一个月的时间，泽尔达完成了自传体小说《最后的华尔兹》①，这本小说是她三个月前在蒙哥马利刚刚开的头。

小说通过女主人公阿拉巴马·贝格斯的经历，展示了泽尔达一生中的一些大事：童年、恋爱和与司各特的婚姻。小说中阿拉巴马嫁给了大卫·奈茨，还有他们在法国的日子，她健康的崩溃（在小说里她描写为脚受伤了），随后女主人公返回家乡，参加了父亲的葬礼。小说在女主人公中年的时候结束，并保守地认为，她父亲——贝格斯法官，也就是塞尔法官——的世界才是最有序和最有道德的。而逃避这种道德是她们这一代人垮台的原因。

讽刺的是，这篇小说让司各特很不舒服。他自己的小说已经好几年都没有完成了，中间数次被泽尔达的崩溃和随之而来的费用打断；他的小说也基于差不多的素材：他们的生活，泽尔达的病。

泽尔达把小说手稿直接寄给了司各特的编辑麦克斯韦·

① 《最后的华尔兹》，泽尔达著，秦瞳译，陕西人民出版社2016年版。

帕金斯，事先没有征得司各特的同意 。司各特知道之后非常不安，他担心这会让自己的小说看起来像是个抄袭品。司各特记得给泽尔达读过自己小说的完成部分，他不确定她到底用了多少他的素材。

作为一个作家来说，他的声誉有赖于小说而不是短篇，他正在苦苦挣扎着想再次向世界证明他作为一个作家的能力和成熟度。

这也像是一个耳光，因为泽尔达的病，他的小说创作常常被打断，可是她却安然地在他提供的平静环境中，不到一个月完成一部小说。

从另外一个角度来说，泽尔达也拥有使用这些素材的权利。她热切期盼自己能成为一个有用的人，能自己养活自己，而不是别人的一个经济负担。

她想展示，即使生病，但是她依然有强大的自律性，能够完成一份巨大而完整的工作。此外，他们的生活是属于他们两个人的，你怎么能说其中一人享受独家代理权呢？

研究菲茨杰拉德的学者经常分析他们的这段冲突，并得出不同的结论，有一些观点是从司各特的视角，有一些是从泽尔达的视角出发的。但是，不管出于谁的视角，困境是真实的，并且让两个人都很痛苦。

但是大家却忽视了，司各特和泽尔达最后非常成功地解决了这个问题。司各特给帕金斯拍电报请求他先不要考虑泽尔达的书，直到他看过之后。

看完书稿之后，司各特在 3 月 25 日发了电报说：我会修订，但是修订的幅度不会很大，只用两个星期就可以了。并且他还说，这是一个“不错的小说”。

3 月底的时候，蒙哥马利的房子租约到期了，租金上涨了，司各特就来到巴尔的摩，他暂时住在酒店，一边找房子一边和泽尔达改她的小说。

泽尔达 1932 年的时候出版了她的小说《最后的华尔兹》，司各特在 1934 年出版了他的《夜色温柔》。虽然他们之间用了很多相同的素材，但是也有非常大的不同，他们奉献出来的是两本独一无二的小说。

尽管两部作品推出来之后得到的评价是令人失望的，但是时间证明一切，《最后的华尔兹》直到今天还被广泛地阅读，而《夜色温柔》已经被看作是菲茨杰拉德最成熟、最深刻的作品之一。

这一时期泽尔达的信除了展示她无时无刻不在与破坏性的疾病抗争之外，也展示了她对司各特忠实的爱，还有她要与文学在一起的决心。

72. 致司各特（1932. 2）

最亲爱的：

看着你穿着新鞋子孤独地走了，真让人伤心。那些细微的虚华，一旦出现在爱人身上，就尤其让人感到莫名的凄美。你一贯表现出来的纠结和深情总是带着史诗般的特质，但是那些不经意流露出来的关于人性的小东西才最打动我。

你的袜子我还没有做完，看起来好糟糕，只怕要再弄一次，或者让朱丽亚来做吧，她肯定比我强多了。

我把袖珍棋和手册带来了，所以你如果找不到它们，不是社会革命党洗劫了咱们的房子。

不过如果弗里曼去监狱了，你也省事了，不用碍于人道主义精神不肯解雇他了。

我窗户外面是一排砖瓦房，晚上的时候，好像一个温柔的阴谋，在提醒我那里有温暖和愉悦的生活。但是这里很冷，冷冰冰的天空和空荡荡的人行道之间没有交谈。

星期天我们去博物馆了，目录墙上的灯光好像繁星，如果我们将来的家也有这样的灯光就太完美了。

你是我的爱，我的爱，我的爱，我爱你，嘟嘟。

想我了吗？你去我房间了吗？我的房间现在一定跟当初你不在的时候你的房间一样空吧，你会发现你生活在一个梦里，就好像你和现实之间有一层面纱。

嘟嘟，我爱你。

73. 致司各特（1932. 2）

最亲爱的：

谢谢你的棋，棋盘后面写着我们当初的胜负，现在看到，倍感孤独。我们都是骄傲的胜利者，也是垂头丧气的失败者。这样挺好，我们都不那么争强好胜好吧。我正在阅读棋谱，也许看完之后，我就是高手了。

最亲爱的，

你觉得理解力是本能的吗？当我们在欣赏绘画和音乐的

时候，是不是应该尽可能地放任我们的非理解力？

我的意思是，在博物馆的时候，那些绘画让我有很强烈的医学解剖的感觉，我在想这种感觉是不是说明我有去学艺术的潜在天赋呢？

有两幅罗丹的画，明显画着猴子成为人之后的感觉。还有一幅格列柯①的，满纸都是失去重心的玄妙之物。虽然我一直都觉得你过于推崇他了，但是在最原始的广袤之外，灵魂好像充满千言万语地呈现眼前。

我又去了艾达·鲁宾斯坦②的舞蹈教室，她们的音乐简直不是用来跳舞的。鼓槌在西班牙鼓面上噼里啪啦地击打，那种撕裂的胁迫感和自虐式的呼应，粗暴地把人带进恍惚的境地。

最亲爱的，

在过去的半个星期里，我过的日子似乎都不足以写一封信。我关闭自己的耳朵，对音乐完全无感，我一点儿灵感都没有了。帮帮我吧，跟我说说自哥白尼之后发生的最有趣的事情吧，告诉我最近都有哪些妄想吧，告诉我迷幻药，告诉我最流行的歌词，最最重要的，告诉我你爱我。

最亲爱的，

跟我说你爱我。

最亲爱的，

---

① 格列柯（El Greco，1541～1614），西班牙画家。

② 艾达·鲁宾斯坦，著名编舞，生于俄罗斯，她有自己的舞蹈公司，定期巡演。

谢谢你帮妈妈搬家，你真周到，她们一定会感激你，为你做一些事情的，我知道二姐会这么做的。

我一直喜欢《圣经》里发洪水的那些插图，我也曾幻想自己也有瀑布式的头发，凄美的面容。然后我就照照镜子，悲伤地发现里面只有一个平淡的女人，而不是那些内心丰富、表情圣洁悲伤的人。

你和斯科蒂可能就是完美的人。星期天朱丽亚是不是做了小饼干和烤西红柿？晚上的时候家里的那些动物是不是玩疯了？

巴尔的摩的码头哨声繁忙，下午又那么柔软甜蜜。音乐会里的观众都长着一副标准的美国脸，很可爱。真的，我感到真自豪，我也是他们中的一员，虽然可爱在我身上所剩不多了。

如果你要来的话，我很愿意和你一起去看看铎堂大厅，那里毕竟曾经是你们的祖产，虽然现在是图书馆了。如果不去那里，去别的地方也好，离开马里兰州之前我想跟你出去逛逛。

最亲爱的，

这是个斯巴达的世界，但是我觉得这里没有那种奢华繁复，也没有跌跌撞撞中依然旺盛的自我放纵。

亲爱的

亲爱的

亲爱的

74. 致司各特（1932. 2. 3）

最亲爱的：

一定要去我房间啊，这样我回去的时候，会很开心的。

以前有了新东西，我一直让你先用，去新的地方住的时候，我也希望你先上去睡，因为你去过的地方是美好的地方，你用过的东西也是美好的。

也许你也可以穿我挂在墙上的那件不大好看的糖果色睡衣。我希望我们也能有一所房子。亲爱的，我在这里找到了一些带着星星的好看的材料，就跟当时为我们在威尔明顿的房子艾勒斯利买的一样。我觉得自己真有建设性。等你来了，我们必须去铎堂大厅，这样我们可以顺便去威尔明顿把我们的家具取回来。

小烦还好吗？如果它老是咬东西，你就轻轻拍它的鼻子，然后给它一块糖，实在不行再背上一段书，它就安静了。虽然它是一只纯种狗，但它以前在街上流浪过，疯着呢。

我走的时候它很听话的，你可以让二姐去驯它。家庭教师小姐也可以把她对付幼儿园小孩的战术用在这个小野兽身上。不过小狗如果把她咬成两半我可不负责。

你也可以让鲍勃大叔试试，他弄狗很有一套。小烦喜欢跟着他，摇头摆尾的，鲍勃大叔神气得好像古代的君王。但是不管怎么说别把狗弄走，我喜欢它。它疯狂喜欢着斯科蒂，狗狗都是很麻烦的，但是它们就是这样的。

我爱巴尔的摩，商店都那么耐看，怎么看都看不完。如果你在这儿的话，我们可以去寻开心，根本无须治疗就什么病都没了。

我现在正在读一些关于“洛林玻璃”的资料，这种玻璃以前是被有钱人家用来挡光线的。有的时候我会满足于把一些东西放进生活中，然后任由自己的灵魂空白着像中国画。中国画的留白很妙，会让你很长一段时间都无法集中到那些线条上去。

你的写作怎么样了？可怜的嘟嘟，除了过来看我之外，你还做什么呢？当你不在的时候，我就是一个靠你的气息过活的女人。那些在我眼中无比重要的东西，还有很多漂亮的细节，不停地在我脑海中重复。

嘟嘟，我永远爱你。我一直在想，如果上帝能够让我多一些可爱，少一些胡思乱想的话，我就会让我们永远幸福下去。我的爱，我的爱，我真希望能靠在你的脖子上，看着你穿上最漂亮的衬衣，想象自己是当代最著名的作家。

你的一切，如果可以闻到的话，是那么温暖，友善，像是山谷里生起的明亮篝火。

钱到了，谢谢，我现在对钱有点儿纠结，我不觉得自己有权利去买东西。适逢经济大萧条，看到一个文质彬彬的中年男人站在街上不尴不尬地卖糖果和苹果，这真让人难受。

我很高兴你和斯科蒂有一些单独相处的时间了。我们俩在一起的时候，总是容易忽略她。以前我们那么亲密，总是被世俗的眼光审视，但是，他们根本无法懂我们，他们分明是另一个世界的人。

我敢肯定，我们家说不定会觉得你才是那个疯了的人。他们都读过那样的故事，一个男人把自己妻子偷偷关起来。你妈妈，可能会觉得我们两个都是给苏联当间谍的。早晨起来宁可要先放枚炸弹，也不吃草莓。

我的爱，请爱我吧，如果你真的明白我有多爱你，也同样爱我吧。

75. 致司各特（1932.3）

亲爱的，甜蜜的嘟嘟：

你温柔的信让我充满了自责。我以前常常跟你说，我是一条小鱼，跟在一条大鲨鱼的左右，而且我相信，生命并不优雅，一地碎屑。不管怎么说，这就是我。

生命是一个巨大的阴影，笼罩着我，不管它给我什么，我只有接受。吃尽苦头之后我也学到了，一个人不能既当寄生虫，又享受自我的滋养，这样的日子也太好了，即使我这个疯狂的大脑也无法想象其意义何在。所以当一个人依附他人而生的时候，很容易让自己越来越可爱，值得被爱。

嘟嘟，我爱你，我崇拜你，一想到你因为我的病而不开心了，哪怕是暂时的不开心我心里都万分难过。但是我也不知道为什么会这样，一下子我就如此孤独了，除了你和困惑，我的生命里什么都没有 。你是这个世界上我唯一拥有的了。

看了电影《怪胎》，太吓人了。上帝啊，神志正常的观点、美丽，甚至普通的存在，原来是这么随机。没有人能够解释为什么他可以这样，而不是那样，或者能够明白他们为什么要经历这些，而不是那些，直到有一天，他们失去了曾经拥有的。

我们在教堂里寻找圣洁的性救赎，也在寻找性的刺激。有的时候，我真觉得如果我不得精神病才是疯了。

亲爱的，亲爱的，《左拉》这个故事不错。他最后是不是落到当局手里了？我们可能忽略了他在神经衰弱方面做出的贡献。很长时间了，我的病没有出现新的症状，我破碎的身体竟然没有新把戏了，还怪沉闷的。

我爱你，我希望我们睡在一个热乎乎的夏日午后，海水干燥成碎片盖在我们脸上。多么自由多么美好，亲爱的。

我老觉得有股恶臭，而且能闻到橡胶的味道，挺可怕的，真的。我不清楚人的灵魂能在束缚里沉沦多久，但是过了某一个点之后，这些都变得不重要了，反而生出一些喜感。我想放风筝，我想吃青苹果，我想肚子疼，但不是那种原因不明的肚子疼，我想感受芦苇丛生的小溪边泥土从我脚趾之间冒出来，我想用我的舌头舔你的耳朵。

如果小烦还咬东西，替我踢它一脚。

亲爱的，我爱你。

泽尔达

76. 致司各特（1932.3.9）

最亲爱的：

芭蕾的书都不那么重要了，我的小说完成了。我应该马上着手写巴伐利亚农民的书，我一直想写。我跟纽约的经纪人雷诺联系了，我把所有的废话都给他了，如果他卖不掉的话，为什么不给别人呢？就这样坚持写作真让人丧气，我知道自己作品的分量，对了，出版社寄来《傻瓜夫妇》的稿费了吗？

我又去看“愚言”舞团了，女孩们穿着橘色的舞衣跳伦巴，《武神》里那段地火的舞蹈同样震撼，真的很棒。女孩们要花很大的力气去表现心神荡漾的样子，她们必须击败自己，并把表演提高到一个忘我的境界。

剩下的嘛，你可能记得，主要是关于痛苦，镀金的龙虾宫，还有静悄悄的谋杀 。

弗洛伦斯①最近可能得胆结石了，他的东西说教越来越多。女孩们都给人一种泼妇的感觉，偶尔脸上会出现玛丽·赫亚②那样禁欲主义的表情。

钱收到，谢谢，再次感谢。

关于希腊作品，还有什么可以推荐的吗？我现在很了解埃斯库罗斯了，他的书是我爱的那类，你是我爱的那个男人，旱金莲是我爱的花。

亲爱的，我爱你，你可能已经知道了。但是即使我迷迷糊糊的，无法在这扑朔迷离、灾难重重的宇宙中找到自己的位置，我依然没有忘记初衷——我必要用相当长的时间来丰富自己，到一个我们可以静静相爱的地方，在那里我们以众神认可的方式生活。

---

① 弗洛伦斯·齐格菲尔德，“愚言”舞团的掌门人。

② 玛丽·赫亚，同时代的电影演员，也是舞蹈演员。

我现在已经长大了，慢慢明白原来无休止的迷惑就是我本身，所以你如果能接受这团迷雾，请爱我。

嘟嘟，这里好惨淡啊，我的精神已死，秃鹫在其上盘旋，但是我不在乎，我不在乎我是不是个可怜虫，有的时候我甚至不在乎自己是不是开心。

但是我爱你。

泽尔达

77. 致司各特（1932.3）

最亲爱的，我的嘟嘟：

夜幕降临，你发电报说你要晚些到，我从没意识到我这么想念你。

在这里，生活的每一个动作都是仪式，每一件活泼的小事都让大家感兴趣，这里没有很多时间留给你自己，怀念远方更是一件奢侈的事情。

一天过去了，接着第二天也会过去，催眠曲继续上演，知道你要晚些来，我的心一下子消沉了。我甚至把西西里长刀之夜①和圣巴塞洛缪大屠杀②的账都记在迈耶医生头上。

最亲爱的，

斯科尔德医生告诉我说，我没经过你的同意就把书稿寄

---

① 西西里长刀之夜，又称为“西西里晚祷之夜”，是1930年至1931年发生在美国的意大利帮派之争，共有72人在这场持续4个月的争斗中遇难。

② 圣巴塞洛缪大屠杀，是1572年发生于法国的天主教暴徒对国内新教徒的恐怖暴行。

给麦克斯韦，你很受伤。我这么做是有理由的。我知道你在忙你的小说，坦白讲，我不想打扰你，如果我要去问你的意见一定会耗费你的时间。

而且我也知道，麦克斯韦不会马上接受这本小说，他会给我修改意见，我还会接着修改的。你知道的，一旦事情做完了，我就恨不能迅速摆脱它，我不喜欢翻来覆去地老想它，我一贯如此。所以我匆忙地寄出，希望你和出版社能给我修改意见。

司各特，我爱你胜过世上所有，如果你生气了，我会难受死的。我们总是分享一切，不是吗？但是现在我感觉我已经没有权利把自己的愿望施加于你了呢。是的，我也很害怕，害怕我们用到相同的素材。

此外，我也深深怀疑这仅是个半成品，你也知道我的情况不大稳定，我不希望给你看一个半成品，然后得到你无情的批评，就像你上次给的一样。我已经非常没信心了，受够了挫折，我已经习惯了生命中总是被无情地践踏，我只能尖叫。

所以，亲爱的，请相信我，我不是出于恶意没有先给你看的，只是时间，还有我的病，真的，我给麦克斯韦寄稿子只是例行公事。

我手里还有两个小说，我保证一定先给你看，我觉得写得还不错。

我也想再写一个剧本，只要确定了剧的长度就可以开始了，所以我预订了贝克尔的书。

嘟嘟，请不要生我的气，生活已经够让人混乱了，但是我爱你，请试着不生气好吗？亲爱的，下次你惹我的时候，我也不生气好吗？

我爱你

泽尔达

虽然在对待泽尔达小说的问题上，司各特的信没有保留下来，但是从他给斯科尔德医生的信件和给麦克斯韦·帕金斯的电报里可以看到他的愤怒和反对。尽管如此，司各特最终还是认为需要改动的地方不多，而且分歧很快得到了逆转，司各特转而向帕金斯推荐这本小说。

78. 致司各特（1932.4）

最亲爱的：

当然，我很乐意跟你说说我的书，或者其他你感兴趣的东西。我觉得我写得太满了，很多素材挤在一起，根本没有办法让它们好好排列，于是这本小说缺乏连贯性。我是不是应该拍个电报给麦克斯韦把稿子要回来？

真实的故事不过是老生常谈，当然，我很抱歉一开始冒犯了你。你指责我抄袭你，其实就一句话而已，我心甘情愿删掉它。然而我还是希望你能彻底明白，我是想修改，但是修改一定要基于美学基础，那些素材花费了很多时间和情感的积累，我用它们是因为在梳理的过程中给了我很大的平静，让我可以与自己对话。

这是我一直想写的书，正如你所知，我和家庭的关系一直以来都是在友好的碰撞中进行的。我很清楚，这本书的质量不会糟糕得让人看不下去。

说到那些朋友们，首先，我没有朋友，所有的朋友都是冲着你来的，寻求刺激和名气，他们过来吃我的晚宴，受邀来“菲茨杰拉德夫妇”家。你一直都是唯一，将来也是唯一我认为有必要与之交流的人，这对我来说就已经足够，我已经不需要其他伙伴了。除了我的长辈，毕竟是少数，但我也是平等对待。我得到的外界温暖几乎是微不足道的，那些人与我的差别是巨大的，和他们的关系就像一出活生生的闹剧，而我更珍惜身边那些有颜色的仆人，还有我年轻时代的朋友。

不过我不是要给你写一篇关于友谊的论文，其实我自己都不大相信。对我来说，人性如此复杂，互相了解都堪称难事，更别说与另外一个人和谐相处了。

当它终于完善了，那种和谐的组合就是我们一直说的仁慈的友谊。

嘟嘟，我如此没用，好难过。我知道你看了我的手稿会难受。即使不像过去那么有钱，我们一样能生活，我保证我会非常温柔的，除了你，这世界上我什么都不要，你想写什么就写什么。

说到我的渔网，它非常细巧，是珍珠色的，能抓住海里的小磷光、海草轻轻摇摆时的微风和黎明时的小泡沫。如果一个小螃蟹被网住了它会轻轻撕咬，如果小章鱼被网住了它会一动不动，细小的网眼会被黏液覆盖，好多乌贼把黑墨喷在亮光之上，鲥鱼安安静静地躺在网底，不会伤害到它们的，这些鱼依然在海底绽放。

在人生之路上我希望再见虹彩。对了，顺便问一下，你要跟谁一起捕鱼？这很重要，我的渔具那么高级漂亮，你看到就知道了。

最最炽热的爱，我是你的烦恼。

泽尔达

拉佩兹，1932 ~ 1933

1932 年 5 月，司各特在巴尔的摩旁边的托森镇租了一栋 15 个房间的维多利亚风格的大宅，名字叫拉佩兹。一开始，泽尔达的医生允许她在早上的时候去宅子里，下午的时候再回到菲普斯诊所，希望能让她安全而缓慢地从医院过渡到家庭。

6 月 26 日，她离开了菲普斯回到拉佩兹，司各特和斯科蒂在那里等她。泽尔达还没有痊愈，即使她已经不住院了，但她依然处在医生的照料之下。她引以为荣的小说在 10 月份出版了，但是不管是口碑还是销量都相当糟糕。这对泽尔达来说的确是一种打击，这本小说 1932 年的销量只给泽尔达带来 123.73 美金的收入，这笔钱也是一年之后才收到的。

司各特和泽尔达依然满怀希望能够重拾往日欢乐，但是从他们相处的头几个月来说，情况只是更恶化了。司各特又疲惫又沮丧，比以前更依赖酒精了，此外，他的慢性肺炎也发作了，不得不住院治疗。

泽尔达对他酗酒这件事深恶痛绝，厌恶并排斥司各特试图安排她的日程。在拉佩兹的时候，他们经常争吵，冲对方喊叫，但也有温柔的插曲，访客常常会对菲茨杰拉德夫妇之间的互动留下深刻的印象，他们欣赏彼此的幽默和智慧，时常回顾以前的甜蜜时光。

但是问题依然困扰着菲茨杰拉德夫妇。1933 年 6 月的时候，拉佩兹发生了火灾，火灾的起因是泽尔达在楼上的壁炉里烧一些旧衣服。虽然房子损毁严重，但是司各特不想搬家，直到完成他的小说。

在这种乱糟糟的居住环境下，他依然勤奋地工作，9 月的时候完成了小说的第一稿，修改之后，10 月底他寄给了斯克利伯纳出版社的麦克斯韦·帕金斯。

8 月的时候，泽尔达的弟弟安东尼自杀。9 月，菲茨杰拉德夫妇的密友瑞·拉德纳去世。

司各特和泽尔达遵循迈耶医生的建议，前往百慕大做短暂的休假时，司各特的肺炎发作了，不得不在病床上继续修改他的小说。12 月的时候，菲茨杰拉德夫妇搬到巴尔的摩公园大道 1307 号。虽然百慕大之旅让泽尔达暂时恢复，但是回到巴尔的摩之后她再一次发病了。

下面三封司各特写给泽尔达的信，很明显是他们居住在拉佩兹时写的。

79. 致泽尔达（1932）

亲爱的，当你重新回到这个世界的时候，我希望你能认清现实。

回来以后，你都已经吵了两次了，一次是和露丝安妮，一次是和我。每次都伴随很长时间的焦躁不安，也破坏了你的康复计划。

请相信，没有人质疑你个体的价值，只是说你现在还没有能力去实现这种价值。过去几个月我是试图让你表达自己的意图，但是你老是在我耳边重复这个“个体价值”的问题，快变成我的魔咒了。

我只能说，没有人怀疑。真的，这是个伪命题，这只是艺术家在制造艺术作品时故意搞出来的费解的伪命题，不要深陷其中，这只会让你越来越混乱。你现在来到一个未知领域的门口，然后仅凭第一印象，就想摧毁整个大门。其实你只擅长摧毁你自己，还有我，如果我不介入的话，还有斯科蒂。

80. 致泽尔达（1933）

你觉得自己可以当医生，能判断什么才是对你好的吗？

如果答案是否定的，你知道应该做什么吗？

你也许应该回诊所，你觉得呢？

身边是不是应该有个训练有素的护士？

有经验的？

没经验的？

如果你已经不是自己了，如果你正在发脾气，或者抑郁，你会相信自己的判断，还是会来找我？

当你“精神错乱”的时候，是不是老想发脾气？

在你发病的时候，身边有人吗？

如果有人，你怎么才能接受别人的建议呢？你的攻击性已经把你的理智带走了。

如果医护人员跟你回家，你觉得家里的环境有必要做什么改变吗？

如果要做改变的话，这些改变会影响到你丈夫和孩子的日常生活吗？

如果你觉得可以是自己的医生，也就是说可以决定什么事是对自己好的。

那还有必要请个护士吗？

请她来当个闹钟提醒你该做这个该做那个吗？

如果你觉得自己的丈夫当闹钟太困扰你，那么找个陌生人住进家里这事就不困扰你了吗？

你是不是曾经有过这样的念头，我必须处在精神病的边缘，这样才有助于我的创作。

对你来说，什么更重要？健康，还是创作？

你是不是处于健康状态中？

如果普通人牺牲自己的健康，为了更好地创作，这是人权之一种吗？

如果病人这么做呢？是人权吗？

如果一个病人，为了创作，她牺牲了自己的健康，同时也牺牲了别人呢？

别人是否有权利拒绝被牺牲呢？

一个身心健康的作者，他的灵感来源是什么？

如果有病呢？

你就一刻也等不了，要做出决定吗？因为你知道生病的时候做出的决定可以理直气壮地侵犯他人的权利？

有没有人认为你可以独立生活，至少一年。

除了你经常说的，还有别的办法你认为可以让你康复吗？

你觉得自己与众不同，可以用别的方法治愈吗？

在患病和恢复期，你觉得社交圈子还会一如既往地保护你吗？

只需要大家忍耐你，你再顺从些就可以回到以往的社交生活吗？

如果一个病人（假设是个出疸的男人），他到处乱跑，让很多人感染，那么你觉得他的圈子会不会采取严厉的措施来保护自己呢？

你生病了吗？

你的丈夫和你的孩子，大方面上来说，是不是你的社交圈子？

如果他们中有人得了传染病，但是康复期间依然执意要回家，你会冒着被传染的风险同意吗？

在判断自己是不是完全康复这件事上，谁说了算？

医院报告虽然说你“行为不错”，但你觉得比起上次来，你算得上完全康复吗？

这个“行为不错”的诊断比医院的其他人如何？

你现在的愤怒活动和不良行为比以前在普朗然造成的后

果相比如何？

你是不是一直病着？

愤怒的行径即使在健康人身上是不是也会引起焦躁？

发生在病人身上，这种焦躁会不会加剧？

你觉得让一个心脏有毛病的人天天去推大石头，这样的康复手段靠谱吗？

对以上问题用“我没时间”来打发，是好的态度吗？

对你来说，什么才是第一重要的？

是不是健康？

是不是永远是健康？

在艺术创作中，当两者产生冲突，健康是第一位的吗？

如果不是，而且你自己对此心安理得，那么你周围的人会强行要求你把健康放在第一位吗？

如果你病了，你周围的人是不是应该把你当病人看待？

你的孩子是不是也应该遵循相同逻辑？无论是生病还是健康。经验教训应该被抛弃吗？

这合乎逻辑吗？

逻辑又是什么呢？

合乎逻辑很重要吗？

如果不重要，什么重要，戏剧性吗？

一直都处在戏剧性里，这重要吗？

如果一种病情已经妨碍社会了，社会可以激烈反应吗？

在将来的日子里，什么更重要，逻辑性还是戏剧性？

生病的人、健康的人，哪种人更能合乎逻辑，或者更多戏剧性？

为什么疯狂状态并不有助于开拓艺术边界？

什么是思维崩析？

对艺术家和精神病人来说，思维崩析有什么不同？

谁在生病？

谁在受苦？

只有生病的人才受苦吗？

当你离开普朗然的时候，如果有一个固执的病人想跟你一起回家，你会答应吗？

你会自以为是他们的医生吗？

假设有两个病人，一个表示接受你的观点，一个表示不，你会选择哪一个？

如果医生建议你正常地性生活，你会同意吗？

你觉得你现在的性生活正常吗？

你对性很谨慎吗？

你对你的性生活满意吗？

81. 致泽尔达（1933年夏天）

亲爱的，我现在写这封信，是因为我不想一大早就和你吵架，虽然我们争论的很多东西都是一开始在你离开诊所的时候已经解决了的。

亲爱的，你把自己关在房间里长达24小时，这不仅对你很不好，对爱你的人来说，也引发了很大的忧郁和焦虑。虽然独处这件事是合理的，但是你不能把它扩大到一点儿社交生活都没有，一动不动地坐在桌子旁边。如果你每天能抽出点儿时间和斯科蒂相处，对你的病是有好处的。

你现在也不愿意去打网球和游泳了，这些都是正常的活动，但是被你从生活中抽离了，继而被沉思和幻想填满。

我制订的时间表并不严苛，这也是麦耶医生的意思：早上和下午是锻炼，下午有一个药浴，晚饭后，你花半个小时和我们在一起，10点的时候你休息。就这么简单。

但你完全不管这个时间表，我只能坐等，坐等下一次的爆发，这种情况下，谈何写作，甚至幸福？如果这个星期继续如此，那么我建议你回诊所待三天，不会比你当初回到普朗然更痛苦的。

我相信公平的审判，虽然你一直在回避，如果不是因为我这么爱你，你的情绪不会影响我这么深，这么深入骨髓。我们不要再争论了，最好的办法就是严格按照日程表来，不知不觉中你就会康复的。

第三次别离

格瑞克疗养院，贝肯，纽约，1934年3月至5月

1934年2月12日，泽尔达经历了她第三次精神病发作，然后前往菲普斯诊所接受治疗。她极度消瘦，只能卧床疗养，而且她有自杀倾向，必须密切关注。

菲普斯的疗养并没有让她有所好转，在费勒尔医生的建议下，她于3月8日被转移到格瑞克疗养院。

这是一所豪华疗养院，位于哈德逊河边，占地350英亩，

非常昂贵。

那年春天，虽然健康很糟糕，各种压力也在，但是无论司各特还是泽尔达都取得了专业上的重要成就。司各特耗费10年的小说《夜色温柔》终于出版了，泽尔达开始进一步专业化她的艺术创作，她在纽约开了一个小型的画展，是由他们共同的朋友盖瑞·罗斯主办的。

《夜色温柔》收到褒贬不一的评价，但是泽尔达一直非常鼓励司各特。

虽然她非常喜欢格瑞克疗养院的环境，也很感激司各特对她如此慷慨，但是她还是坚持认为这里的条件过于奢华，希望司各特能把她安置在稍微便宜一点儿的地方。

82. 致司各特（1934.3）

最亲爱的嘟嘟：

请让欧文斯太太快点儿寄我的油画工具。冬天的树千姿百态，让人流连忘返，还有好多新古典主义的柱子，这里有洁白无垠的大雪，有灰色多思的天空，这一切都让我迫不及待地想画画。

我写到我们在酒店的那段日子①了，写好了之后我会寄给你看的。我写了一部分关于你的章节，你看了之后告诉我你的意见。

---

① 此时泽尔达正在写一篇自传体散文——《F夫妇的生活》，主要描述他们二人的生活经历，这篇散文由泽尔达完成，司各特编辑之后发表，署的是两个人的名字。

嘟嘟，

看着你坐的火车在冬日午后的金色阳光里离去真让我伤心。你的书那么好，本该享受满足的喜悦，可是却背上了那么多负担，让你不停地操心，这更令我伤心。

我希望你回家后房子不会显得那么荒凉，如果你想的话，可以把斯科蒂放到寄宿学校，或者放到朋友家里，这样你就可以留在纽约了，去找你喜欢的朋友们。

这是个美丽的地方，世界上的东西都有。我有一个小房间可以画画，房间里有个非常高的窗户，比我的头还高，我真喜欢。你可以透过窗户看到天空，感觉自己好像是浮士德，或者一个炼金术士，或者任何一个喜欢从窗户望出去的人。

而我的卧房更好，比任何一个地方都好，这真是不公平，我这么舒服，但是你却在为这一切苦苦挣扎。

亲爱的，我想尽快见到你，复活节的时候带斯科蒂来吧。这里有游泳池还有散步的地方，她会喜欢的。而且我保证到时候我绝对比现在要好得多。

亲爱的，

请记住，你才华横溢，你有义务让它们展示出来。

好好工作，不许喝酒，成功会带给你幸福感、满足感，或者其他什么，总之是你一直在寻找的那种感觉，绝对会让你倍感安全。如果我是你，我会把你的书，不，你本人变成剧本，里面充满精巧的戏剧冲突：一个人，他有深深的两面性，一面是他的世俗倾向，一面是他对杰出的渴望。真希望我可以完成这个。

爱你。

泽尔达

83. 致司各特（1934.3）

亲爱的司各特：

去年一年我能感受到你经济上的压力，我心里很难受，而这次住院又是一笔不小的费用。

这里的一切都那么美，一定花费不少，也许换一个跟我们经济状况相符的地方更好些。请不要以为我不感激你付出的一切，我会尽最大的努力恢复健康，即使在不那么豪华的地方，我也会努力的，我只是想省点儿钱。

不要让斯科蒂放弃音乐，她现在的年龄厌恶练习很正常，我敢肯定，不久她就能从钢琴中得到巨大的快乐。至于法语，你决定就好，她这个年龄学的东西一辈子不会忘，长大之后，只要有人在她耳边说起法语，她很快就会跟上的。

包裹到了，非常感激，可是，我还想要我的蓝色泳衣，可能在三楼的那个放了樟脑球的盒子里。还有其他的衣服：一件蓝色的外套，绿色格子裙，晚礼服。对了，让欧文斯太太去韦伯斯，帮我买一把两美金的骆驼牌的发刷和烫发水。还有我在菲普斯的两幅没画完的画。

亲爱的，我不是想让自己成为一个伟大的艺术家，或者别的伟大的什么。虽然你一直在说是膨胀的野心导致我精神上的崩溃，费勒尔医生也这么说，但是我不能认同你们的看法，要知道，对艺术的向往一直激励着我，它让我有创作欲，想做事。

当然，意志力在一开始可能对我起到不好的作用，但那是五年前了，现在我已经趋于成熟。我只做我能做、想做的事情。你想让我放弃任何我喜欢的事情，我都可以，只要真的对病情有所帮助。我不是任性，我只是不喜欢完全活在别人的意见里，只照顾别人的感受，而完全没有自我。

如果你觉得让盖瑞来办画展太为难的话，我可以等，我相信爱默生的最好工匠理论，也不怕等，如果是金子，早晚会发光的。

关于我的书，你和医生已经同意了我可以继续写。如果你现在改变主意了，不想让我写了，那么我希望你明说。

短篇小说非常耗费精神，需要集中精力，我现在也许不适合写短篇，太情绪化了，需要很多设计，又耗费脑力，如果你也这么觉得，我想我可能会尝试写个小剧。

跟我明说就好了，我真的想知道。你也知道，写作带给我很大乐趣。但是如果做点儿别的对我来说更好的话，我会同意的。虽然我理解不了很想画紫罗兰的时候去织毛衣有什么好处，但是，也许是时候做点儿我不喜欢的事了。

三姐打电话过来了，她会和三姐夫开车来看我，真高兴见到他们。

爱你。

泽尔达

84. 致司各特（1934.4）

最亲爱的嘟嘟：

我正在读你的《夜色温柔》，读到女主人公去了罗马。看得我很伤心，因为这是多么美多么美的文字啊，一个温柔的年轻人，慢慢老于世故，这件事本身就让人动容。

你知道我爱你的散文风格，那么精致，那么平衡。你总是知道如何表达重点，你能又尖锐又简洁地表达。这是非常棒的小说，让我感觉好像看到那些黑壮的大树，无论是欣欣向荣还是绝望干枯，它们执拗地用自己白色的花朵开出山谷一个又一个的春天。

如果我最近没写信，也不要担心，因为外面实在太好看了，那些柔软的新绿照进我的房间，港口让山里的阳光变得四四方方。

真开心，天气还没开始热起来。

昨天，基利安太太和我在高尔夫球场叮叮当当了一天，好像给春天搞了一出音乐会，反正我是这样觉得的。

她球打得很好，你也知道我对高尔夫的看法，这不过是查理二世期间传入英国的一项活动罢了。法国人可能穿着高跟鞋打球，一肚子葡萄酒，可能还会耍点儿诈。

希望家里一切都好，你要注意斯科蒂，不要让她穿着脏衬衣去学校，而且她也不爱洗耳朵。上次帕金斯夫妇来的时候，我就看到她耳朵脏脏的，希望帕金斯太太没有看到。我不是在指责她，但是别人也许会对她有看法，所以每天最好都检查检查。

爱你。

泽尔达

85. 致司各特（1934.4）

亲爱的，这本书太棒了。情绪非常饱满持久，散文诗的形式很有力量，而人物屈服于生活，不得不放弃自己的信念尤为让人感动。

本来忠实于个人意志的人，在这变化莫测的世界面前终于放弃自我，这真催人泪下。

这是一本非常棒的书，而你书写了它。

人物是无奈的，散文是美的，在这两方面的书写上都有一种明朗的气韵。这是一本真诚的好书，让写作者可以检视自己，在文学上也诸多贡献，即使多年以后，也会有其价值。

86. 致司各特（1934.4.2）

最亲爱的嘟嘟：

我看了报纸，没有看到评论①，我迫不及待地想知道评论家说“一次社会意识边缘的远足”是什么意思。

不管那些评论家说什么，这本书文笔优美，涉及了从未被书写的领域，所以，一只兔子突然决定发表对共产主义的看法，不要理它，它们知道什么？

我感觉，是人性的律动和末世画面给了你写这本书的冲动。如果是我，才不会管那些除了《圣经》外什么都不读的人所写的评价呢。

---

① 指的是《夜色温柔》的书评，以下几封信都在谈论这个问题。

别理他们，这是一本美丽动人的书。

很抱歉你要交所得税，还要负责我这里的花费。你在为钱发愁，而我却坐拥奢华，这让我如何自处？其实昂贵的地方不见得让我好得快一些，我们可以搬到便宜点儿的地方啊。我向你保证，我一定不会泄气，不管你把我搬到哪里，我会努力康复的。

这里所有的美景都是花钱的，但是，就像托尔斯泰早在爱因斯坦之前就发现的那样，宇宙是有质量的，这非常重要，世间万物皆有质量。托尔斯泰说，我相信，皮特从战争中疲惫归来，当他回首往事时，军旅生涯会变得温柔甜美，好像太平世界里的玫瑰叶子。

给《纽约客》写的文章一改好我就寄给你，可能会星期二吧，如果他们没采用也没关系，也许可以博你一乐，看看一个女人打开陈旧的木桶，面对尘封的记忆时的尴尬。

爱你。

泽尔达

87. 致司各特（1934.4）

最亲爱的嘟嘟：

我怕你会因为那些愚蠢的评论而心情不好，这些评论我是今天才看到的。千万不要理他们，那些你尊重的人才能看出你写这本书的真正意图，他们的意见才作数。

这不是一本简单、含糊的小说，也不是一本仅仅以丰富心灵为目的的文学小说。每个有天赋的人都可以表达人类行为，或者生活中的情绪，但是，能够把世俗糅合在一起，表达为人间悲剧，是一大壮举。在我看来，你写得非常棒，而且还能保持单纯的美感，那些入木三分的辛辣与优美漂亮的文笔纠缠在一起，让人欲罢不能。

不要担心那些评论，他们衡量的尺子多么怪异，真替他们感到悲哀，跟那些激动人心的段落比起来，这些算什么呢？

德谟克利特之后的原子论学者说，质量并不重要，重要的是数量。所以对一本书来说，评论越多越好，说明它受欢迎。那些评论家们永远生活在自己情绪的小世界里出不来：这个可怜的男孩一定不好受，但是他在受苦，这多好啊。

这是一本让人心潮澎湃的书，你的文笔，你对环境做出的那些反应，都真实无比，历历在目。

我对我们的财务状况还是比较担心，所以你想怎么安排就怎么安排吧，不要犹豫。

爱你。

泽尔达

88. 致司各特（1934 .4）

最亲爱的司各特：

我真高兴，你没有被那些不靠谱的评论所左右。

你写出一部满含悲剧性又充满诗意的作品，这部作品又那么精彩地反映了我们这个迷失的时代，你应该感到满足和骄傲。

你知道，我一直觉得艺术家的主要作用就是激发读者的情感，而《夜色温柔》毫无疑问做到了。人们在未来十年将会如何生活我不知道，因为随着光影与色彩的介入，在未来，艺术一定会有一个巨大的调整，以适应人们逐渐变化的审美需要。你看电影的功能就是画笔无法给予的，这一切都让艺术形式越来越趋同。所以我觉得，写作将会成为表达人生和社会最个人化的艺术形式。

总之你的书伟大优美。

在我看来，比尔·沃伦是愚蠢的，他只是个工匠，只能理解技巧，根本无法明白你小说的绝妙之处。虽然他们这行现在还吃香，因为人们总是更关心故事性，以求得到情感上的满足。你的作品中不可估量的价值却因此被大大削弱了。

当然，你比我更加明白其中道理。

在电影里，一个象征性的设备可能比1000行的文字解释都有用。看看最近露丝·查特顿和阿道夫·门吉欧约演的那个关于谋杀的电影吧，这是一个非常丰富的心理学故事，我真的觉得你的书里有好多东西值得发掘。缆车、沙滩伞、高山上的花园，故事结尾处两个人在黑暗中游泳，都有非常棒的画面感。

欧文斯太太什么时候寄下面这些东西给我？

(1)《戏剧技巧》

(2)《英诗金库》

(3)《巴普洛娃的芭蕾生涯》

(4) 现代艺术的书。现在我正在闹书荒，实在无法忍受多萝西·帕金斯那种伪高尚的感觉。

你提醒她赶紧寄好吗？还有韦伯店里的油画工具，她也说她会寄的，到现在也没收到。

爱你。

泽尔达

89. 致司各特（1934.4）

最亲爱的嘟嘟：

我真高兴，优秀的人都喜欢你的作品，我不大明白你为什么不提艾略特当年盛赞你的话。

还记得《纽约时报》的那个JAD，就是我前不久跟你提起过的，老是因为道德问题枪毙小说的。他就是个低能儿，有人要能揍他一顿就好了。他一点儿也不懂艺术、美学和社会学，对当今社会发生的任何事，他都一知半解，你已经在《纽约时报》得到很多好的评论了，所以，不要去管他。

每次把书送给那些根本不懂你背后付出多少努力，也不愿意去了解艺术意图的评论家时，我心里都是痛苦的。我希望你不要理会他们，这本书好棒，几乎所有人都一致同意。

盖瑞说海明威回纽约了，也看过我的画展。你为什么不邀请他来一起住？家里还有空着的房间，你可以让欧文斯太太给你找个女仆。

盖瑞还说墨菲夫妇买了我画的中国杂技演员，回头我再按这风格给他们画一幅，尽量画得不那么讨他们喜欢，这样她就会觉得，花钱买的那幅是最好的。

也许我对他们的了解并不全面，我不明白他们为什么会喜欢佛教那种静止悬浮的观感，只能尽量把他们花园的感觉画出来吧。

我希望能尽快看到《新共和》和《论坛》杂志上的评论。你有吗？寄给我好吧，看完后我会尽快寄回的。

不要搭理《纽约时报》上的那些烂文章。

很显然《论坛》杂志那个男的，可能觉得电影明星是顺着《悲惨世界》里的排水沟过来的。但是我可不想花钱让他去好莱坞开开眼。就整体而言，这篇评论还算是聪明，也不难看。虽然他不是很喜欢心理学，但是他喜欢这本书。我估计他再读两遍可能会更喜欢。

我希望海明威会喜欢你的书。

爱你。

泽尔达

90. 致泽尔达（1934. 4. 26）

请原谅我口述了这封信，而不是亲手写的，但是看看我的办公桌你就会明白了，太多东西需要处理。

我在对抗的东西是你所不了解的失败主义，你没有理由深陷其中，因为你从来就不是个忧郁的人，就像你妈妈曾经说过的，大家一直以来都以为你是个阳光、开朗、对生活抱着积极态度的人。我的意思是，至少你小的时候从来没有像你弟弟安东尼还有你大姐玛乔—那样多愁善感。

我们曾经有过那么多美好的时光，如果你能一直保持这种向上的情绪的话，将来我们依然会有幸福的可能。

外面的世界，依然愁云密布，这直接影响着所有人，并且不可避免地最后影响到你，但是尽量让自己远离这些事，找出一种精神状态抵抗它们，你一定有办法的。

让我再次重申，我不是很愿意你介入太多书的事。这是一个忧郁的工作，任何人介入其中都备受困扰。我猜你一定是反复读我的书了，这本书确实展示了生活的某个阶段，但是现在结束了。虽然我们在潮流之中，但是我们还不确定这潮流要带我们去哪里。

对你来说，不需要担心。你的画展成功了，医生说你的健康也好多了。对我来说，唯一的伤心事就是你不在我身边，耳边没有你独特的声音在某个音节上拐一下。

我们在一起的时候是那么快乐，我们不是只有一次的快乐，而是上千次的快乐，春天虽然是属于任何人的，但就像流行歌曲里面唱的：春天是我们的，多么明亮自然。

对我来说，任何当代文学的评论，任何指责都可以承受。因为我心中有一只天鹅闪现，这只天鹅就是你，也只能是你。因为你本身就是天鹅，上帝在创造你的时候让你的脖子那么好看，即使有时你闯入人间，让脖子受伤，但是痊愈之后，你还是可以向前驶去。

忘记过去，尽量忘记吧，掉转头，回到我身边吧，这是你永远的避风港，虽然它有时黑乎乎的，好像点了火把的山洞，但这是最好的港湾，永远为你敞开大门，优雅地转身吧，划开水波，回到我身边吧。

虽然听起来有些讽刺，但这是我的真实想法。我希望你回来。过去的悲伤一直跟随着我。我们的不幸，我们的争吵，那种气氛如影随形在这栋房子里。

而那些美好的事情，我们一开始的岁月，还有两年前我们在蒙哥马利度过的愉快的两个月，也将永远留在我的心里。我想你也一定有相同的感受，这些岁月会回来的。也许是在一个新的春天，也许是在一个新的夏天。我爱你，亲爱的，亲爱的。

对了，我跟你说过吗？阿黛尔·罗威特买了你的一张画，还有路易斯·帕金斯和来自圣保罗的汤米·丹尼尔斯。

91．致司各特（1934.4.26之后）

最亲爱的嘟嘟：

谢谢你写了这么甜蜜的一封长信。我又开始看你的书了，从头再看，刚刚把第一章看完。文笔如此优美，没有一句废话，那个阳光普照的地方被你写得明媚动人，然后光亮一点点消散，变成了斑点。

事实上，嘟嘟，这是一本很棒的书，细致客观地表达悲剧情怀，这短暂的欢愉时光几乎代表了我们一生的幸福，它已经拥有了好书应该拥有的一切，而且，你在生动的背景之下，依然能保持完整的人物性格，这是多么不容易，那么明亮的背景，笔力只要稍微一弱，就会被环境所压倒。

这是一本美丽的书。

你好像很担心我会回首过去：记得那个时候，我老是沉浸在别的东西里。我在想生命不过是悲剧和幸福的叠加，在我们洞悉为何如此之前，生活就已经是这样了。

这当然是本令人久久不能平静的书，任何好的东西都让人久久不能平静，因为它点燃了我们潜意识里的东西。

司各特，这个地方太贵了，我不想你因为我的缘故再添重担，这让我想起我们在瑞士的日子。

你才华横溢，是个天生的作家，你也知道，我活在自己的内心里。眼下，我不像以前那样可以强烈地感受到你的心意。看在斯科蒂和这些信的分上，你没有权利因为我把自己变成一个苦力。

得知这些画卖得不错，我真是太高兴了，你记得以前画给你的那些白色海葵花吗？我已经给了雷尼医生了。我真心舍不得伊格洛娃的肖像被卖，凯瑞一直都对我那么好，问他需要吗？我可以为他画一幅。我刚刚完成一幅，也许你可以把你的足球运动员那幅换回来。

爱你。

泽尔达

92. 致司各特（1934.5）

最亲爱的：

你在电话里听起来无精打采，请不要这样，如果你想让自己得到美学上的进益，你就不要听那些商业周刊似的生硬文学分析。

还记得我曾经给你念过的亚里士多德吗？人们更热爱存在的理由。这就是《夜色温柔》的主人公迪克·戴维的写照。

柏拉图也说过这个道理，千人一面不可能成功，这就是你小说的目的。

这是一本一旦打开，就忍不住一页一页翻下去的书。它涉及人性中的无常，笔调虽然尖锐，但很凄美，同样的卡尔·马克思我就死活读不下去。

你的书非常美丽，讲了一个动人的故事，一个人发现他的价值原来与整个社会背道而驰，于是他幻灭了。

所以不要去搭理那些评论家，他们从来都感受不到个体对未来的责任，和借鉴历史以服务当代的使命感。你应该为自己高兴，你很好地记录了我们这个时代的灵魂，而一个灵魂的最终让步，就是被扼杀。

除了以上所说的，这本书的表述方式非常有爆发力、有启发性。我想很多评论家都在忙着谋生，实在理解不了你其中的节奏之美。

让比尔·沃伦来写脚本实在是太可笑了，但是希望能有一个好的结果。他在制造戏剧冲突上很有爆发力，选了他来写剧本一定是出于舞台效果的考虑。

而你的书，应该是心理剧，直指内心深处。我想瑞尼医生可能会给出很多启发性意见，因为他天天接触的就是这个。贝克曾经说过："他本来是什么，他应该是什么，两下冲突是为戏剧。"

然而，这都不是我应该操心的事情，我关心的是，在我们根本无法支付的情况下，你让我怎么能心安理得地住在这个天知道多少钱一天的地方？你明白的，以我现在的病情，在哪里疗养并没有什么不同，但是如果能减轻你身上的负担，我会非常开心的，反而对我病情有利。

爱你。

泽尔达

93. 致司各特（1934.5）

最亲爱的嘟嘟：

快决定吧，我可以马上搬家。我现在好想回家，即使这里非常漂亮。如果你太忙，赶不过来，斯洛科姆医生会安排一切，这样也省了你过来一趟的开销。

嘟嘟，你知道，我在教育制度上的看法跟你的不一样。我们州的公立教育没什么不好，迈耶医生，还有一些非常优秀的医生都是这样长大的。而且家里的财政状况没必要老是瞒着斯科蒂，她早晚要知道。我觉得海明威说得不错：救自己。这也是我期待你做的。我真的想替你分担一些，你知道我是多么想和你并肩战斗。

我真高兴，你的书挤进畅销书排行榜了①，现在你可以放轻松一些了，无论如何，我希望它一直大卖。

悉心的

泽尔达

① 即使《夜色温柔》畅销书排行榜前十，但是版税很少，无法解决夫妇俩的财务问题。

秀博－伊诺克普拉特医院，唐森镇，马里兰州

1934 年 5 月 19 日至 1936 年 4 月 7 日

1934 年 5 月 19 日，泽尔达从格瑞克疗养院搬到了秀博医院，她在那里待了差不多两年。这个医院其实离司各特和泽尔达曾经住过的拉佩兹不远，他们选择这里是因为乡下的景象让泽尔达感觉很亲切。

司各特依然住在巴尔的摩的花园大道 1307 号，离泽尔达的医院只有几分钟的路程。泽尔达住在格瑞克疗养院的时候，他只去探望了她两次，这让他很不开心。

泽尔达搬过来之后，他勉强遵从医生的要求，在头两个星期里没有去看她。泽尔达深度抑郁，常常萎靡不振，并开始陷于令人担心的失常状态，她常常有幻听和幻觉。司各特本人也在经历类似的绝望，小说出版也没有让他摆脱这种状态。

司各特深深同情着泽尔达，认为也许让她整理自己的作品这件事有助于她早日恢复理智。

这期间的信有两个大缺口，一个是 1934 年秋天到 1935 年 2 月，这期间司各特被允许频繁探望泽尔达，而且泽尔达也被允许回家跟丈夫和女儿共度圣诞节。

另外一个缺口是 1935 年秋天到 1936 年 4 月，这期间泽尔达突发宗教性的癫狂，她常常陷于语无伦次，或者沉默不语，所以她几乎不跟任何人交谈。这期间司各特过自己的生活，甚至跟一个有钱的少妇有过短暂的恋情。

但是酗酒让他本来就糟糕的身体雪上加霜。

94. 致泽尔达（1934. 5. 31）

和默多克医生在电话上聊过了，他觉得你在担心我担心你——我说得很绕嘴，希望你能明白。

我一直都是担心你和斯科蒂的，只要你们不在我身边，但这是习惯性的。不要为了担心而担心，很多你担心的事情都只是想象而已。

事实上，我也非常开心，你离我的距离已经这么近了，可以经常听到你的消息，我期待着可以更近些。

这里的生活很平静。但是现在需要我做个选择——你也知道，我不善于选择——有几个可以说是互相抵触的工作摆在我眼前，该怎么选呢？（1）给邮报写个短篇；（2）再给红皮书出版社写个短篇；（3）美国艺术家杂志的一个活儿，让我把切利尼传记再润色一下好卖电影版权，这个活儿还挺急的；（4）把瑞恩的小短剧改写成剧本，吉尔伯特·塞尔德做编辑。

我想把后面两个砍掉，剩下的开始跟他们谈。

弗吉尼亚海滩之行糟糕透了，天气太坏了，我们遇到恶劣的西北风。虽然见到表弟泰勒一家还是很开心，但是我们哪里都去不了，只能待在屋子里。但对斯科蒂来说也不是坏事，她被毒藤蔓蜇了，正需要老实待着，所以她反而很开心，不用看着别人冲浪，自己却坐在屋子里了。我只好转来转去，抽了不少烟，这次旅行没劲透了。

刚刚想起来，我不小心打开了一封汤米·希区柯克的信，是要跟你买画的，里面有张支票，我一起给你寄过去了。

说说家里的事，斯科蒂身体很好。我的计划是，把她送过去一个星期，正好在她考完试之后，去诺福克夏令营之前，表姐莎茜会照顾她的。我帮她们在弗吉尼亚海滩订好了酒店。这样我就不必花上整整一个星期在这里给她做保姆了，主要是我不大喜欢这附近的孩子，他们跑来跑去，脱缰的野马一样，在星期六下午和星期天尤其让人难以忍受，特别是欧文斯太太还不在这里。

顺便说一句，考完试之后，她被邀请去瑞吉拉家度周末。之后再去野营。她好像很喜欢大规模的营地，我猜她可能会选择阿罗哈，或者遥纳岗科，这两个地方我去年都考察过了。我依然期待也许在夏末的时候，能够和你去欧洲，即使六个星期也好，我们可以单独去，也可以带上斯科蒂。

昨天我们去伍德伍兹喝茶了。我和一个希特勒支持者吵了一架，吵得很凶。

老朋友斯旺夫人打电话叫我和斯科蒂过去吃晚饭，她还跟过去一样，像个没头母鸡一样，甚至更厉害了，拼命想要表现，但是毫不得法。

亲爱的，我可以非常严肃地建议你不要再看那些大部头的书了吗？特别是会唤起你巴黎那些糟糕记忆的书。我的经验告诉我，精神的不适会影响休息、睡眠和食欲，这些不适很可能就跟阅读有关。

所以我想，你现在最需要的是完全的、纯粹的休息。不管怎么说，你要听医生的话。

95. 致司各特（1934.6）

最亲爱的：

我很开心，一切都进行得很顺利。每次想到我的病是多么困扰你，就忍不住自责。我一定听医生的话，尽一切努力早日康复。

亲爱的，我有时感觉好孤独，好像迷失了方向。我爱你，我的甜心。请也爱我吧，虽然因为我的病，这几年我们过得很痛苦，但康复后我一定会补偿你的。

斯科蒂好可怜啊，这小家伙被毒蔓藤蜇了，那天，我跟她亲吻告别的时候，闻到她脖子里有小孩的独特香味，她轻轻地、有点儿犹豫地跟我笑，我的心颤抖不已，嘟嘟，替我好好疼她。

默多克医生说，你秋天才会来。亲爱的，我好想尽快见到你，也许不用等很久我就可以康复了，可以与你见面了，在那些温柔的树影下，我们可以一起看着远方的田野，我们会在一起，越来越好。

最亲爱的爱。

泽尔达

96. 致司各特（1934.6）

最亲爱的嘟嘟：

我那么想念你，当我看着窗外梦幻般的夏天，我想念你。

我想到了以前住在拉佩兹的时候，树叶在房顶上沙沙作响。

我真抱歉在那栋房子里我给了你不愉快的时光。现在，你离得那么近，而我却如此寂寞。

蓝天是澎湃的蓝色，拖着梦幻般的炙热田野，好像6月的时光隧道。杜鹃盛开，遮天蔽日的阴影让我震惊，多美啊，我希望我们在一起。

几个星期之前，特恩布太太送过来一个可爱的花篮，你可以让欧文斯太太打个电话替我谢谢她吗？

斯科蒂是不是已经走了，你一个人在房子里闷吗？夏天的时候出去玩玩吧，那些妖娆的会弹吉他的男人，整个世界在黑暗之中悄悄摇摆，舞池旁边的水榭里有倒影，这一切都会让你年轻起来，会给你新的感悟。

你能把斯科蒂的地址给我吗？我可以在身体允许的情况下给她写信，我希望她在学校表现不错，没有让你生气。

爱你。

泽尔达

97. 致司各特（1934年夏末春初）

亲爱的：

我很高兴，你终于肯去看哈曼医生了。那天见到你时我就注意到了，你的腿太瘦了。我一想到你要不停地工作就好难受，我不想看到你一直工作一直工作，你知道吗？你的衣服看起来都大了。

我希望你跟麦克斯韦一起多出出门，到森林里享受凉风。

你可以站在松树回廊里，远处有磷光闪闪的蓝宝石，那应该是林间的小瀑布，发出轻柔的声音等着你去垂钓。水花搅动着阳光好像可爱的小气泡，在那里，你可以好好体会你不曾熟悉的情感，然后让整个世界变得更加多彩。

除了夏天的云和网球场上大片的蓝天，其他的东西不值得写到纸上。我玩了一整天，开创了一个无视边界线的新网球玩法。

梅多小溪里已经有了第一片秋天的落叶了。我想到盖茨比躺在他华丽的床上；想到你在法国的时候，通宵写作到凌晨，壁炉里是微弱的炉火；想到我们住在59大街时的刻板日子，还有隐身藤蔓后面的拉佩兹。我好伤心，我不能写了。

爱你，爱你，爱你。

亲爱的

泽尔达

98. 致司各特（1935.2）

好像被遗忘的童谣，这里的人们如同没有身份的尸体，我也是其中一员。

但是，我还是希望你在酒店的生活是有意思的，大厅挤满了人，彼此在猜测对方的身价。生活在疑云下精彩地展开，你的好奇，你的丰富，你的容忍，你的骄傲，永远都会把任何地方变成好地方。

嘟嘟，一定要照顾好自己，真希望我能做得更好。虽然我每次说对不起的时候你都不以为然，但是我是真心的。

很快，你会康复的，也会开心起来。也许你会在诺福克，皮肤上有盐粒和阳光。你的眼睛在黑暗的房间里发光，最深最深的夏天来了，嗡嗡声从百叶窗里渗入。浴缸里有好多沙子，你在皮肤上抹上乳液，肩膀上搭上毛巾。

我必将潜行，直到阳光的灼伤感消失。我柔软的衬衫被剪去了长袖子，你的头发在金色的皮肤映衬下尤为闪亮。当你坐下的时候，即使跷起腿，两条腿也是紧紧贴在一起的。周围很安静，屋外烈日炎炎，但屋里凉爽宜人，藏着些秘密，还有那些瓶装的微风阵阵。

北卡罗来纳州现在应该满是松树和鹅卵石、天竺葵和红瓦屋顶，一切简明轻快。在蓝色的天空下呼吸，这真是个好地方呵，值得早起。早餐之前，可以看到阳光一点一点把月桂树打磨到铮亮。清晨的薄雾里，小溪闪着微光，饼干和麦片在黄油中漂浮，树脂在你手上，青蛙从晨光中弹出。

嘟嘟

嘟嘟

还有什么可说的呢，你知道一直以来我多么爱你。

泽尔达

99. 致司各特（1935.6）

最亲爱的，永远最亲爱的司各特：

我也很难过，这里没有什么可以迎接你，除了一个空壳子。越是想到你在我身上付出的努力，越是无法忍受这一切的努力只是造就我这样一个空壳子。如果我还有情感，那么所有的情感都应该弯腰来感谢你。如果我还有悲伤，我的悲伤全在于，再也不能跟以前那样给你爱情和美貌。

你一直都对我那么好，可以说，在我心底最让人无法割舍的人就是你，像我的生命。

你还记得，我们当初在蒙哥马利，躲在肯尼斯太太花园里的事情吗？你那么招人喜欢，我在想：这是世界上最甜美的人啊。你过来说“亲爱的”，你知道吗？你现在依然这么可爱。

墙上满是潮湿的苔藓，当我们穿过街道，遇到我们深爱的南方。我认为南方是一个幸福的过往，我是南方的一部分。你也说过，你爱这片土地。篱笆墙旁边的藤蔓是绿色的，影子是清凉的，生活是老旧的。

我希望还能想到些别的，但这只是一个浪漫而怀旧的念头罢了。我的头发是湿的，当我取下帽子，我到家了，安全了。你很喜欢我的样子，你总是依着我、由着我。我们金光闪闪的，开心极了，一路回家。

现在那些快乐都没了，家也没了，没有任何过去，也没有任何情感，只剩下你所到之处留下的温暖。真过分，那些曾经满怀梦想和柔情的地方呵，现在变得严厉而冷漠。

我希望你有一栋小房子，种着蜀葵和无花果树。午后的阳光嵌进银茶壶里，斯科蒂穿着白裙子跑来跑去，像雷诺阿的画。你在写书，几十卷的书，还有为茶点准备的蜂蜜，虽然这个房子不是在格兰切斯特①。

我要你快乐，只有这样才对你公平，你会的。

哦，嘟嘟

我的嘟嘟

泽尔达

我爱你，无论什么，即使我已剩下不多的生命和情感。

我爱你。

100. 致司各特（1935 年夏天）

最亲爱的嘟嘟：

有时候，在一年里这个草长莺飞的季节里，鲜花和树木让人想起其他夏天：那是在安提布的夏天，酒店后面的百叶窗里尘土飞扬，阳光下的小路神采奕奕，那是多少年前的事了。真希望我们能再回去，当然如果你能邀请我去北卡罗来纳州，我也会非常高兴的。只是我会写封信问问妈妈，男孩子邀请我出门可以吗？

你不想再闻闻阿拉巴马州的松林吗？还记得你给我过生日的那个晚上吗？我们走在路上，一边是三棵松树，一边是四棵。你是个年轻的中尉，我是一团香喷喷的幻影，不是吗？

那是一个璀璨的晚上，一个柔和的晚上，充满暧昧气息，连周围的树都觉得一切都会非常完美。还记得这褪色的灰色浪漫吗？那些树见到我们一定会叹气的，它们想不到我们会

---

① 这个典故来自鲁珀特·布鲁克 1912 年的诗：格兰切斯特的老教区，诗里说，茶点的蜂蜜准备好了。

是现在的样子，命运捉弄我们如斯。亲爱的，这是我第一次这么说。

我希望你越来越好，我真的这么希望，因为我知道，你是蜜糖。

泽尔达

101. 致司各特（1935 年秋天）

最亲爱的嘟嘟：

这样一个空虚的世界里，似乎没有什么可以送给你的，除了初秋刚刚落下的第一片叶子。

从大地深处似乎传来熟悉的震动声，因为秋天是个悲伤的季节，所有的事物都不自觉地露出悲伤的样子。

看到你变胖了些，让人很欣慰。林子里满是银色、绿色、灰色和橄榄色，永远都是这样。还记得我们以前玩的游戏吗？看谁能用最多的单词和短语来描述彼此的经历，我多么怀念往日时光啊。

你可以寄给我一些亚里士多德吗？要浓缩版的，你答应我的，还要帮我列出时间顺序呢。

希望我读了可以得到智慧。

爱你，亲爱的，爱你

泽尔达

高地医院，北卡罗来纳州，阿什维尔

1936 年 4 月至 1938 年 12 月

尽管司各特和泽尔达度过了一些怀旧时刻，但这时司各特的健康出现了问题，他们决定搬家。

1935 年 12 月，司各特在北卡罗来纳州写信给哈德罗·奥博说：

我应该搬到阿什维尔去，让医生看看我，我虚弱得要命，得了流感，又开始吐血（9 个月来第一次），在床上躺了 6 天。我很庆幸我回到南方，9 月的时候去北方这个决定是错误的，还住公寓，结果一下子给自己搞出 1000 种新麻烦。

当初在巴尔的摩怎么住下来的，我真的不知道了。我会让斯科蒂把她的学期完成，剩下的事情就取决于金钱和健康了，这真麻烦。我用尽了健康来挣钱，但是赚来的钱却用于恢复我的健康。

在 20 世纪 30 年代，北卡罗来纳州的阿什维尔和周边的地区被视为非常时尚的度假胜地。很幸运地，一个新型的精神病疗养院——高地医院，也建在这里。

泽尔达曾经去过附近的萨鲁达——一个历史悠久的位于蓝岭山脉的维多利亚风格的避暑胜地——当她小时候，跟家人一起来的。她的妈妈和二姐依然来这里度假，所以当泽尔达搬来高地医院之后，她们夏天可以经常来造访她，这件事似乎对每个人来说都不错。

经过一段时间的严重抑郁之后，泽尔达染上了一种狂热的宗教热情。这热情几乎伴随了她的后半生，成为她后期绘画的主题，并出现在她给司各特的信件里，她也试图把这一主题带到她后期准备的小说里。

这段时间里，泽尔达常常一身白，每当有人造访，她就跪下来为他们祈祷。这种宗教狂热并不让人舒服，反而让她的朋友和家人渐渐疏远。

与此同时，司各特的情况也不容乐观，而且越来越糟糕。实际上，他生活的各个方面都在坍塌。他经常担心泽尔达，虽然她偶尔好转，但总的来说是恶化的。

他有无尽的医疗账单需要支付，他不断写信给医生还有家人汇报泽尔达的情况，回答朋友们对她的问候。他无奈地意识到，他们可能再也无法生活在一起了。

没有了泽尔达的陪伴，对司各特来说也是毁灭性打击。他哀悼她失去了生机，也哀悼自己。另一方面，债台高筑，司各特发现赚钱越来越难，他只好不停地预支稿费，让身上的压力越来越大。

此外，酗酒也让他的结核病活跃起来，导致健康迅速恶化。他多次进入医院治疗，病痛经常复发。1935 年司各特开始长时间的抑郁，持续到 1937 年。

他忍受了之前的失望和挫折，但是随着抑郁，他情感的韧度也减弱了，这导致他不能像以前那样去细腻感受，这对一个作家来说，几乎是无法忍受的。

由于担心可能再也不能写了，他经历了自我认知的彻底崩溃。正是在这个时期，司各特住到北卡罗来纳州亨德森维尔的一家很便宜的酒店里，靠吃苹果和肉罐头度日。他写出了三篇文章，组成了“崩溃”系列：《崩溃》《拼接》和《轻拿轻放》。这三篇文章分别发表于《时尚先生》杂志 1936 年的2月、3月和4月上。

司各特写文章的动机，在某种程度上是为了结束自我放逐的痛苦。“我想把挽歌放到我的文章里，绝不粉饰”，也就是说，他想把绝望坦诚地表达出来，既没有豪言壮语，也没有空洞的希望。

在20世纪30年代《时尚先生》杂志上发表这样的文章，就好像把自己放大在公众面前。司各特所有的朋友和其他作家都在看这杂志。于是，司各特很快就后悔莫及了。

对司各特来说，身份认知是与别人密切相关的，不单纯是个私人问题，私人身份被直接关联到你所在的社交圈里。大家也很吃惊，一个热衷于受欢迎程度的人竟然会当众暴露自己的耻辱。

但是，自我评价是司各特众所周知的风格，与大众平等交谈也是，所以他有一些朋友——虽然不多——认为他很有勇气。

在《崩溃》里，他说，“我慢慢意识到这两年我的生活被建筑在不曾经历过的经历上，我已经抵押了身体和灵魂。”

在《轻拿轻放》里，司各特还总结了自己的抑郁状态，“我学会对悲伤采取悲伤的态度，对忧郁采取忧郁的态度，对悲剧采取悲剧的态度”，“我已经被自己的恐惧标识了”，“自我认知就好像成就死亡的魔咒，我再也不能履行生活的责任，也无法履行对自己的责任”。

司各特的情况越来越糟糕，非常消极，针对“崩溃”系列的评论进一步削弱了他的士气。

此外，他和泽尔达的身体都很糟糕，无法为女儿提供一个正常的家庭。那年秋天，斯科蒂就要 15 岁了，他把她放在康涅狄格州的一所寄宿学校，奥博一家成为她的监护人，她不在学校的时候就和他们在一起。

此外，司各特的妈妈重病缠身，她独自住在马里兰州的罗克韦尔市。1936 年的时候，司各特把泽尔达转院到高地医院，之后他回到巴尔的摩，方便探视他母亲。

7 月的时候，他终于可以离开了，住在克罗夫公园酒店，恰好在泽尔达 36 岁生日之前。

他在酒店游泳池潜水时弄伤了右肩膀，这让他行动很不便。不久，他又在酒店浴室里摔倒，引发关节炎，还不小心得了感冒。

他妈妈在夏末去世，他因为行动不便，没有办法去马里兰参加葬礼。母亲给他留了大约 2 万美金的遗产，这笔钱是他迫切需要的。但是法律上的手续让他几个月之后才拿到钱，还清债款之后，他手里只剩下大约 5000 块了。10 月份，司各特在跟朋友借钱时，写道：

刚到阿什维尔的时候，我的财务状况濒临崩溃的边缘，我已经重病了一年，现在只能算是勉强恢复。我本来打算过一个悠闲的夏天，让下滑的财务状况能从繁重的生活费用和给泽尔达治病的窘迫中有所减缓。

但是我去游泳池跳水的时候撞裂了肩膀，手臂也受损，两个星期之后伤口开始愈合，但是我又不小心摔在地板上，汗水渗进石膏，得了关节炎。

长话短说，我不得不在床上躺10个星期。每天我都下床试图写作或者口授。需要操心的事依然那么多。我越是担心，写作能力就越是糟糕。

离泽尔达只有一英里路，但是整个夏天我只去看了她两次。我母亲中风去世之后，我也不能北上。不久斯科蒂也要入学了，我也没有办法过去安排。你可能已经猜到了，我一直在大量地饮酒。

接下来的事情更糟糕了。9月24日的时候，司各特40岁生日，一个记者去格罗夫酒店采访他，回来后就在纽约邮报写了一篇毁灭性的文章，让司各特的公众声望跌到了谷底。这篇文章的标题是：《天堂的另一面——司各特·菲茨杰拉德的40岁，被绝望吞没》。

这篇文章生动地描述了一个醉醺醺的作家跌跌撞撞地去酒柜倒酒的窘态，司各特受这篇文章打击很大，因为这篇文章几乎是在暗示这位作者企图自杀。他在后来给奥博的信里讲述了这段黑暗的日子：

我一直躺在床上，高烧不止。电话响了，是记者，说他们一路从纽约过来想要采访我。我竟然傻乎乎地心软了，就让他们上来了。我给他一杯酒，也接受了他奇怪的举止。他的亲属也有精神方面的问题（妻子还是妈妈），于是我就跟他分享了一些治疗的措施，还有一些因为年纪渐长而产生的绝望，还分享了一些懊恼的情绪，因为我这个夏天被浪费了，手臂和肩膀又受损。

我一点也不知道会发生什么，直到那篇文章见了报。感觉像是世界末日，我拿着吗啡药瓶，吞下了四粒，整整可以杀死一匹马，最后我把胃都吐空了。护士进来看到了我的空药瓶。我现在难受极了，觉得自己就是个傻瓜。

当司各特挣扎的时候，泽尔达开始了她在高地医院的日常生活，在那里她慢慢流露出改善的迹象。卡罗尔医生坚定地认为旺盛的生命力才是精神病的最大救星，这所医院只接受很少的病人，而且密切关注她们的饮食和锻炼。

医院坐落在美丽的大烟山，提供了每日散步的理想场所。泽尔达在高地医院待了三个月之后，司各特写信给斯科蒂说："你妈妈看起来至少年轻漂亮了五岁，也不在公共场合做那种祈祷了。"他满怀希望地补充说"也许她会一路回来的"。泽尔达这时期的信件总是充满对大自然的表述，对过去的回忆，爱，与对司各特一直不离不弃的感激之情。

102. 致司各特（1936 年春天）

亲爱的嘟嘟：

我又活回来了，谢谢你带来的画布。这里的蓝天那么漂亮，在松树之间荡漾，我要都把他们画下来，还有山那边一望无垠的田野，比那些袖珍小房子更像夏天，更温暖，更梦幻。

悉心的

泽尔达

103. 致司各特（1936 年春天）

我最亲爱的，最亲爱的嘟嘟：

窗外有棵苹果树开花了，全是粉色的，傍晚的太阳暖洋洋的，好仁慈。我很高兴昨天你来了，听你聊你的近况真好，只是我们结束得太匆忙了，我们下次再重新聊起好吗?

你对我始终那么好，虽然很多事情我不是很明白，但我心里一直都知道你都做了什么。我希望有天可以回报你，回报些让你开心的、可爱的、宝贵的东西。

不管怎么说，我一直想念你，为你祈祷，我希望可以将上帝之美传达给你，也许有天吧。

这期间，可以尽可能地想念我吗?你的灵魂那么慷慨、那么仁慈，我知道的。

感谢上帝，把你给了我。

爱你。

泽尔达

104. 致司各特（1936年夏天）

最亲爱的嘟嘟:

窗外的时间仿佛是虚拟的，是夏天，也是过去，我那么年轻，什么也不在乎，窗外是草坪，不是田野，或者是农场，不是书里的草地。你是这么这么的好，我希望能成为自己想象的那样，温文尔雅，温文尔雅。

我想到在亚特兰大的小船库，你还记得吗?有脚手架，还有一个大月亮。我们躲在船后面喝酒，我想我是幸福的，至少，那个时候是。

嘟嘟，你是那么好的一个人，我不好，我都不好意思给你写信了。

我知道阿什维尔非常好，群山好像小屋，还有废弃的老工厂，这里有一个山地小男孩叫吉姆·鲍勃，我有时会在一个长满苔藓的废弹簧那里看到他。有只猫头鹰晚上会叫，吓到我了，还有一个玉米叶做的床垫，我好想家。现在我一个人好凄凉，我以为以前是开心的。洛基河就在旁边，那么多水哗啦哗啦的声音也让我害怕。

你一直都对我那么好，我的嘟嘟，真希望我没有造成那么多的麻烦，但是我知道，你以后一定会快乐的。

会非常快乐，

有爱，有和平，有希望，

你很快就会好的。

泽尔达

105. 致司各特（1936.6.7）

最亲爱的嘟嘟，亲爱的：

这次见到你好开心，我们一起在耀眼的阳光下散步，也许两个星期之后，我们可以去小沙滩，那里有松树、有充满诗意的影子，水面上还有轻快的音乐。

一定要好好照顾自己，如果将来我们还能互相照顾该有多好，这永远都是一个令人愉快的困惑。

亲爱的，亲爱的

亲吻斯科蒂

还有

我爱你

泽尔达

106. 致司各特（1936年夏天）

最亲爱的嘟嘟：

真抱歉，你妈妈生病了。老者是我们的生命之锚，一想到她们终要逝去，总是让人心酸，让人想起很多被生命遗忘的事情。无论如何，我希望她尽快好起来，我也很抱歉，不能在你身边陪伴你，也许，我也是可以的，只要我一直想着你。

嘟嘟，如果你在一条荆棘小路上看到一朵野生玫瑰的话，多半是我送的。借住在屋檐下的鸽子也可能是代替我陪伴你的，温暖的下午就甜蜜地睡上一会儿吧，好好休息。

我好抱歉。

阿什维尔好热，今天有杜鹃花游行，围观的人群是淡蓝色的，在不透明的意大利天空下，游行的嘈杂声从高山上喷涌而下。

阿什维尔就在上帝制造的峻岭与山谷之中，远远的，好像自我修持，与世隔绝，沉静的，永恒的，神圣的，就这样，在绵延的群山之间，浩瀚的林海之间。人们跨越几英里来到这里，这是多美的事情，就像我们刚刚在一起的时候。

斯科蒂给我写了一封好甜蜜的信，说了好多游泳池里好玩的活动，还有月亮底下的舞蹈。看到她开心，我也高兴。

我一直感激你为我，为斯科蒂所做的一切。

悉心的

泽尔达

107. 致司各特（1936.8）

最最亲爱的嘟嘟：

你在报纸上的照片看起来好有趣，真希望我们当时是在一起游泳。你能回家我非常高兴，什么时候我们才可以又成为一家三口啊。还记得我们在巴尔的摩吃第一顿饭时，你说：“现在再也不是我们两个人了，从此刻起，我们是三个人了。”现在说这个有点儿伤心，这真是世界上最伤心的事情。但是我们比以前更亲密更安全了，很期待10日见到你。

斯科蒂跟我想象的一样甜美，她现在就比我矮一英寸，但是比我要重上四磅了，我是她最忠实的暗恋者。

也许我可以回家。

很久之前，在温柔温暖的阿拉巴马，你邀请我吃晚餐之前，我们从来不说吃晚餐，一直都说吃晚饭。你们头儿刚走，夜色温柔朦胧，树木郁郁，松林在昏暗的月光下香喷喷的。你说你无论去了哪儿都会回来的，所以我说我会在这里一直等着你，当时我并不相信，但是现在我信。

几年后，我给你画了一幅画，里面有好多漂亮的罂粟花，这张画分明在说：“不管发生什么，我都会一直爱你。这是我们之间的唯一方式，其他的只是附加物。虽有生命的波澜，但是爱依然在，没有什么能改变。这就是生命的真相。”我爱你如故。

我说：什么事情发生了，但是我不知道是什么。

你笑了，说：如果你不知道，我也不可能知道。

我说：那就没人知道了。

然后，我们结婚了。

也许，将来一切都会好的，是的。

跟你住在不同的房子里，你还会属于我吗？一次又一次，再一次。

最亲爱的爱，我爱你

泽尔达

永远幸福，尽力而为。

108. 致司各特（1936.8）

最亲爱的嘟嘟：

我很抱歉，那个记者描写你的文章太可笑了，所幸这一切终于结束了。

这里一切照旧，松树小径上有蒸腾的松香味道，还有橡树在温柔地抗议。小路被琥珀色的黄昏淹没，灰鸽子游弋其间，小鸟的鸣叫那么甜美，好像赞美诗。四处都是金银花，热热闹闹，包含着白天的热量，从中午一直到下午。

我为斯科蒂感到非常骄傲，她在学业上那么有野心，我猜，她将来有一天能成为美国总统。到那一天，我要准备份大礼送给她。

小城现在是玫瑰粉色的，好像一个高不可攀的辉煌梦想，一个人在自己家花园一圈一圈地走着，带着伤痛的梦想。

每次离开一个地方，总会让人倍感悲伤，有终结之感，这并非坏事。我喜欢一个故事结束了，没有改变什么，只是多了个怀念的地方，一个悲伤的、老旧的、被遗忘的、封存幸福的地方。

请带上你能找到的所有东西，夏天，巴尔的摩的榆树大街，斑驳绿荫下的砖墙，还有白花花的阳光。我也会尽量从山间的松树和橡树那里找点儿东西带给你。

爱你。

泽尔达

109. 致司各特（1936.8）

最亲爱的嘟嘟：

惊闻你母亲去世，我非常难过。一个人年纪渐长，总要面对人生的另一面，岁月的故事是我们共同的坚守。

在悲剧之后，必是幸福的终点，回首这忙碌的一生，重新触碰内心深处强烈的情绪，总是让人心酸不已，悲伤丛生。

这种悲伤概括了生命之上的永恒希望，和风雨中飘来飘去的骄傲，还有炙热梦想里慢慢枯萎的人生。

不管怎么说，妈妈去了天堂可能会更好，天堂总是美好的。

夏天已经结束了，苹果收获了，但是都被制成苹果酱了。树林郁郁葱葱，充满9月的味道。山顶上都是摇摆的树林，天空蓝得好像刚刚打开的一本《圣经》。

尘土的味道、麦秸的味道、篝火的味道还有咖啡的味道在树林里穿行。夏天准备放弃她的美丽，又孤独又快活。我只想磨我的玉米，安静地待着。

我喜欢这静谧、辉煌的田野，葫芦是金色的，早晨的阳光照进小溪水，碎成一片一片。

如果你要去加州，告诉我你的地址，还有斯科蒂的。

谢谢你寄来的支票，去年我纺织了好多布，足以让克洛索①都透不过气来，要把这些布推销给命运三女神也真是累坏她了。或者我可以把这些布做成漂亮的衣服，虽然毫无用处，但是足够奢华了。

你看上去气色好多了，整个人都有了神采。我希望你快点儿好起来，要记得，我一直在这里祝福、赞美、感谢你，永远永远，因为我是泽尔达。

110. 致司各特（1936.9）

最亲爱的嘟嘟：

秋天和往日忧伤潜伏在烟雾弥漫的地平线后面，随着晨曦慢慢打开。又一个夏天结束了，免不了的忧伤。

为了看我，你走了那么远的路，那么辛苦，我好感激。当你离开的时候，我常常一个人暗自神伤，回忆着我们在一起的每一点儿甜美，你给我的每一丝温暖。

斯科蒂愉快地启程了，像个15岁女孩该有的样子。行囊里是杂志、卷纸、柯达相机，还有一口袋的小零碎。真希望

---

① 克洛索(Clotho)，希腊命运三女神之一，负责纺织人类生命之线。

这是个快乐的学年，她比以前更漂亮、更可爱了。

谢谢寄钱过来。我已经打算好了，我要买一件漂亮的衣服，万一房子起火了，我得穿上它出来救火。一想到能拥有一样东西，总是令人开心。

我真希望我们能待在一起，在一个迷人的黄昏里，冬天的黄昏最美了。

爱你，我的嘟嘟，谢谢。

泽尔达

111. 致司各特（1936.9.24）

亲爱的司各特：

生日快乐，你看我记得呢，祝你快乐。

土地渐渐枯黄，在秋天的蓝色阴霾中褪去。薄薄的阳光游荡在天空上。我好怀念夏天，但是对我来说，在这片大地上，没有什么在羸弱的早晨和宽厚的黄昏更能看到自然的本质和诗歌的灵感了。

我慢慢晃动着身上的晚礼服，它本应该出现在漂亮的红地毯上，或者出现在魔镜前，但是我让它在树林的天堂里走动，我爱这美好。

我想让自己再读些书，在再次见你之前。我要书籍填满生活，我想知道一些没有列在目录里的有趣的东西，类似怎么治愈意乱情迷、那些只被作家在写作赚钱时才提起的名人的生活、歹徒如何在这个国家里生存，还有鸸鹋怎么抚养自己的孩子。

在我阅读的时候，祝你一切顺利，生日快乐。

泽尔达

这个秋天，司各特终于恢复一些了。他来探视泽尔达，多次带着她去了格洛夫公园酒店午餐，之后他们在修剪整齐的草地上散步。在医院的照顾下，泽尔达慢慢好起来了。这是一段安静的时光，虽然对司各特来说却并非如此，因为他酗酒越来越厉害。

12 月的时候，司各特回到巴尔的摩，在优雅的丽城酒店为泽尔达举办茶会，但是茶会上他喝多了，洋相百出。年底，他因为流感和酗酒，一直躺在约翰·霍普金斯医院里。斯科蒂在朋友家度过了圣诞节，之后他们一起去阿什维尔看望泽尔达。1 月份的时候，司各特搬到了北卡罗来纳州特隆小镇的橡树厅酒店，这个时候他的收入达到历史最低，有段时间他只能住在车上，写作也没有什么起色。

112. 致司各特（1937. 1）

最亲爱的嘟嘟：

亲爱的，我们把照片撂在普理查德的艺术商店了，就在你离开巴尔的摩的前一天，大概是 12 月 22 日左右，我就记得这些，反正你寄东西的时候，如果没找到照片，它们也许还在店里。

我画画，散步，越来越强壮。但是我无聊得要死，我一直期待着你的到来，每次都高兴得不得了。对了，我想给妈妈挑一个气派的相框，你觉得呢？你忘了跟我说你的想法了。

爱你的

泽尔达

113. 致司各特（1937年春天）

最亲爱的司各特：

节日就要结束了，疲惫不堪，巴士歪歪扭扭地走着。灯都灭了，但没有草寇。

我一个下午都在画桃花，它们真勇敢，我把它们画到我的瓷瓶上了，好漂亮，博物馆会收吗？

我的作品还是有旧日时光的味道。看到你很开心，我爱属于特莱恩的那些遥远的、逝去的、陌生的土地，还有灰尘和夏日田野的味道，它们让我想起故乡。如果往事可以倒流该有多好。

感谢给了我美好的两天，感谢有你，星期一你要来吗？

爱情与奉献

泽尔达

114. 致司各特（1937.4）

亲爱的嘟嘟：

野餐好棒，我们几乎在大自然美景中忘却自己了。我一直在等待着你，终于等到这天，我们一起度过如此开心的一天。在车里旅行是多么疯狂啊，世界的顶端是个苹果园，白色山路上遍布历史的足迹。

我们结婚差不多17年了，时间好快，惊人的快。我们应该切个蛋糕庆祝一下。

（1）紫罗兰开花了，铺满路边，苍白，但是完美。

（2）天竺葵开出轮廓分明的小花，脆弱但妖娆，粉蓝色的。

（3）鸟儿们叽叽喳喳期待着第一个春天的黎明的到来。

（4）茱萸树正在蓄势待发，等待更宽广的季节。

悉心，感谢。

泽尔达

115. 致司各特（1937.5.31）

嘟嘟：

明天就是6月了，草地上的阴影似乎都有了芳香。让我们在夏布利喂鲑鱼，在云朵里吃午餐，在雏菊地里把自己尽情放松，好吗？

你把斯科蒂带回来了吗？或者她要留下来，独自享受马德里郊外的夏天？

空气中都是假期的味道，我多么想去阿拉巴马啊！趁着街上还卖桃子，趁着热浪里还有蓝色的光芒。

前两天我不小心让毒藤碰到眼睛了，但是已经没事了，只是休息了一个星期。

好好玩，好羡慕你们啊，还有世界上所有走来走去的人，无论最终什么结果。

最炽热的爱。

泽尔达

116. 致司各特（1937 年夏天）

最亲爱的嘟嘟：

谢谢电报，每天我都在想象，你会以什么样的方式过来呢？我会以什么样的方式等待呢？我现在就想，也许我们应该躺在沙滩上，看潮起潮落。

特莱恩的阳台破旧了，上面爬满了藤蔓。晚上的时候，深深的井口影子似乎在吞噬世界。妈妈来陪我了，真好，我们坐在一个掉了漆皮的摇椅上，晃晃荡荡度过夏日中午。苹果园一直沿着山谷沉睡下去，时间好像被逆转了。远处有火车路过，好像要把这夏日摇碎，美不胜收。

我在读一个评论家对你的赞誉，他提到了黄水仙，但是他没有提到我的玫瑰。

爱你

再爱

泽尔达

6 月的时候，司各特接受了米高梅的邀请，前往好莱坞去做编剧。虽然他上次的好莱坞之行并不愉快，但是这次他很兴奋，因为有了稳定的收入，电影公司给他一个星期 1000 块的工资，共六个月，之后薪水还有可能增长。

1937 年 7 月，司各特搬到好莱坞，有了米高梅的合同在手，他终于可以把自己从债台高垒的情况下解脱出来了，而且他还可以继续支付泽尔达的医疗费用和斯科蒂的学校费用。

除去兴奋之外，司各特的情况并没有很好。他依然酗酒，清醒的时间不长。搬到好莱坞之后，他起先是住在日落大道的一家酒店里，在那里还住着很多纽约的老朋友，都是些作家，跟他一样，拿着合约前往好莱坞为电影公司工作。

不久，他遇到了希拉·格雷姆，一个年轻漂亮的八卦专栏女作家，她让他想起泽尔达。他们成为朋友、爱人，互相照顾。希拉的出现改变了他，在他去世前三年，他越来越快乐，写作也很有成效。

尽管如此，他依然尽己所能地为泽尔达提供他所能提供的一切。只要有可能，他就去看望泽尔达，带她一起度假，就算他不能过去探望，他也尽量安排斯科蒂过去探望，或者让泽尔达去蒙哥马利的妈妈家旅行。

9 月的时候，司各特回到了阿什维尔，他和泽尔达去了查尔斯顿和莫特尔海滩度假。其他时间里，他们保持通信，与泽尔达分享他初到好莱坞的兴奋，泽尔达也衷心地祝愿他能成功。

117. 致司各特（1937 年夏天）

最亲爱的嘟嘟：

隔一天才收得到你的信，这让我好难过啊。我不想让你遭罪去穿紧身衣，真希望你快点儿好起来。在加州一定很热闹吧，空气中都是甜蜜的幸福，好像要爆开花朵一样。空气是蓝色的，颤抖的，四处花开是淡粉色的。你一定要好好跟我说说这个地方。

上次你来的时候，我们没有相处得很好，真不好意思，但是你知道，我一直是这么想的：

艺术家的灵魂是美的，是宝贵的。

没有艺术家，我们无从知晓生命的意义，也无从知晓生命的关联。在这世界上，我最爱的就是那些慷慨的灵魂，还有你，我为你祈祷，我的嘟嘟。

当然，说到钱就不那么美了。如果你让我跟妈妈回去，至少请医生同意我尽快离开，这并不意味着我完全康复了，但是我真的希望你身上的担子能轻一些。

无私的爱，爱你所爱，至诚祝福

你的灵魂

就是上帝的荣光

泽尔达

再见，嘟嘟，愿幸福永远陪伴你，无论你在哪里，直到永远。

118. 致司各特（1937.7）

最亲爱的嘟嘟：

我很期待明天，我要在松林深处有一个很正式的非正式野餐，可以听到周围树叶的沙沙声。

真好，又可以看到两个属于我的人了。

四处是满满的异国情调，野草丛生，沿着小径生得高高的。鸽子咕咕叫着，夏天熟透了，我会一直想着你的。

一想到这个我就高兴，到时候会有很多美景，那么迷人。

不要担心我，我保证：

(1) 守规矩，好好表现。

(2) 妈妈离我很近，我不会寂寞。

(3) 期待着你的到来，想着我们曾经的美好。

爱你，嘟嘟，祝你好运

119. 致司各特（1937.12）

最亲爱的嘟嘟：

日子蓬松松的，好像一个棉花糖，飘进夏天。

云朵，还有春天的风，日历好像列错了的数学公式。

圣诞节似乎已经闪亮登场了，那些红色和金色的店面，欣喜若狂的街道，四处是大花环。啊，我亲爱的先生，又可以见到你了。

你在那些印第安人聚集的地方停车吗？我还是爱他们的鹿皮软底鞋，还有小珠串子，比方绿松石，他们手里有足够的天堂可以编制。在图森，或者类似的地方，记得吗？很久很久以前，我们买过手镯。

突如其来的事情太多，忙死我了，当然没有泰坦尼克事件那么大，我感觉还是应付得过来。

你说我该怎么办？我想回阿拉巴马的家，让自己慢慢变回一个有能力、有价值的公民。当你在被别人需要着的时候，那种感觉真棒，好满足。

要是能回家就好了，我可以继续修炼自己，有品位有目标，让生活更加和谐更加美好，重新变回一个兴高采烈的人。

等你到了，我们可以好好聊聊。

在这期间，你去参加节日派对吧，好好玩。

所以

忠实的

泽尔达

我写信跟裁缝说怎么做裙子，他会明白吗？要提醒他哦，不要在我裙子上缠上缆绳，我不想穿一艘帆船，谢谢，谢谢。

圣诞节的时候，司各特去阿什维尔看泽尔达，并带着她去佛罗里达度假。之后他们回到蒙哥马利去探望泽尔达的妈妈。在写给斯科蒂的信中，司各特承认此行并不完全成功："你母亲比我预期的要好，旅行也很有趣，但是我累了。我们去了迈阿密和棕榈滩，然后飞回蒙哥马利，一切都很轻松也很愉快，但是仅此而已。"

复活节的时候，司各特带着泽尔达和斯科蒂一起去了弗吉尼亚海滩度假，但是一到了那里，三个人就开始争吵，在酒店的时候司各特和泽尔达还为了一点儿鸡毛蒜皮的小事吵得不可开交。司各特喝得酩酊大醉回到好莱坞，最后还住进医院，这次他病得很重，不得不通过静脉注射维持。

1938 年的春天，司各特和卡罗尔医生通了几封信，他恳请医生同意让泽尔达休假，司各特觉得这是泽尔达唯一的期待，如果这个也拿走的话，她就会陷入绝望。4 月的时候，司各特从喧嚣的日落大道公寓搬到马里布海滩的一个安静的小房子里，11 月的时候，为了躲避那里的潮湿和寒冷，他搬到百利庄园的一个小房子里。1940 年 5 月，他搬到离希拉很近的公寓里。

6 月的时候，斯科蒂从埃塞尔·沃克学院毕业了，准备申请瓦萨大学。司各特不能出席她的毕业典礼，但是他安排泽尔达和她的二姐罗莎琳德前往纽约和康州参加了毕业典礼。

他给斯科蒂的毕业礼物是法国旅行，斯科蒂在出发之前去加利福尼亚看望了司各特。

斯科蒂从欧洲回来之后，泽尔达和她在纽约见了面。罗莎琳德，泽尔达的妈妈，还有护士陪着她。泽尔达的三姐也住在纽约附近，所以泽尔达有了一个非常愉快的家庭聚会。与家人在一起，又住在纽约，这都让她迫切地想永远离开医院。

在旅行中她没有接受治疗，但是没有异常，似乎治疗的效果不错。这也给了家人一个信号，她可以离开了。他们给司各特和医院压力，希望他们能同意泽尔达离开。医生们却认为，只有让她持续生活在医护环境下，她才有可能像这次旅行一样表现这么好。

1938 年，司各特为三部电影工作：《不忠》《居里夫人》《三个伙伴》。6 月份的时候，泽尔达在北上去参加斯科蒂的毕业典礼的时候看到了《三个伙伴》，她马上给司各特送出了自己的祝贺。

1938 年底的时候，司各特一直在忙《居里夫人》的剧本，所以没有办法陪泽尔达过圣诞节，但是他安排泽尔达和斯科蒂回到蒙哥马利与泽尔达的母亲一起过节。

120. 致司各特（1938.6.2）

最亲爱的司各特：

斯科蒂是最漂亮的女孩，非常美，又有灵性。她戴着白色的栀子花，穿着白色的法兰绒，满怀白色的希望和自由。我为她自豪。

你寄来的花她喜欢得不得了。华丽的黄色和紫色，还有粉色，把整个早晨都点亮了，虽然那天很暗。

再次感谢这美好的一切。

不要给我寄手表了，把这笔钱给慈善机构吧，因为我已经度过一段非常愉快的时光了，所以把钱捐给更需要的人吧，如果还有剩下的话。

明天我们要去看你的电影，回来后我再写信给你。

当一个人可以真正生活的时候，生活多么好，祝你好运。

斯科蒂是个好姑娘，真幸运，我们拥有她。

再次感谢。

泽尔达

121. 致司各特（1938.7）

亲爱的司各特：

看到那么多的时间就这样匆匆流逝，这让我充满恐惧。另一个夏天过去一半了，也许再也不会有艳阳高照和热得烫手的中午了。

你觉得他们还会在昂蒂布把汽车晒得滚烫？或者在考克斯品尝黄昏吗？我在想，巴黎是不是还是粉红色的，在夕阳下舒服地躺在幸福里。

反正，我知道夏天的地址了，我知道她在哪里繁衍，我知道她在哪里栖息。那里有大片的雏菊地，还有鸟鸣，那里是神秘的天堂。并不远，如果允许的话，真想和妈妈过去待上一两个星期。

对了，纽曼认为《三个伙伴》是他看过的最好的电影之一，还有好多人都觉得很好看，所以，也许我们要发财了，要重拾名望了啊，也许可以自由了。

妈妈在这里，跟以前一样可爱，充满好奇心，但是她比去年老了一岁，这让我很伤心。

我希望她能有一个愉快的假期，山已经绿了，和以前一样灿烂，阿什维尔是东落基山脉的最高点，电台上这么说的。

泽尔达

122. 致司各特（1938年夏末）

最亲爱的嘟嘟：

雨一直在下，昨天我们坐在一团潮气中吃晚饭，夏季里雾气腾腾，好像什么东西在四处发芽。

妈妈很好，蒙哥马利草长莺飞，到处是乡村舞蹈的大裙摆。这个乡村舞蹈是最新流行的，特别娇俏可爱，引人入胜，也许将来斯科蒂可以教你。

先生：夏季变淡，阴晴圆缺，我不知道雏菊在哪里，也不知道什么时候玉米成熟。

先生：我可以随意旋转，游刃有余，我还可以成为一个桥梁。

先生：我缝制了两条裙摆，风起的时候，可以在山顶张起一面风帆。

我太想见到你了，还有小礼物吗？——

芭芭妮香水，或者

小珠手串

墨西哥可以买到很便宜的

鞋子，上面有绿松石和红色的珠子。

还有明亮的带子和黄铜的坠子。

爱你，我的陛下。

泽尔达

123. 致泽尔达（1938. 9. 2）

最亲爱的泽尔达：

事情比较复杂，电报里只能简短截说，真实情况如下：

如你所知，斯科蒂不光要和芬尼一家度圣诞，还有三个月的暑假。你也知道，我现在手头不宽裕，对此也无能为力。所以斯科蒂这次不能去诺福克，也不能回蒙哥马利。但是她很喜欢芬尼家的女儿碧琪，芬尼一家待她也很好，她从他们家那里学到了不少，也渐渐爱上了巴尔的摩，所以她会感觉很舒服的。

其实，我对此还是很内疚的，总觉得因为自己身体不好，没有把斯科蒂安排好，不知道以后还有没有机会来弥补。我一直有打算让斯科蒂带上碧琪来我这里待上两三天，看看好莱坞。但是费用总是一个沉重的问题，老是有杂事出来，所以我只好把这个念头搁置了。

最近芬尼太太给我写信说，皮特想带斯科蒂去参加巴尔的摩的俱乐部。我真的觉得如果一点儿回应都没有实在太无礼了，所以，我邀请碧琪和斯科蒂过来住两天。这样斯科蒂就可以比较没有压力地接受去巴尔的摩的邀请了，这也是一种礼尚往来。不管怎么说吧，事情解决了。

接下来的事情就顺理成章了：

斯科蒂9月中旬过来，跟碧琪会合，直接飞过来待三天，然后20日的时候与你在纽约会合，这样你就有三天的时间和她在一起。我希望上帝能让我身体好一些，这样我就可以在9月和她一起去瓦萨大学了。

我会给你母亲写信的，记得给她留一个房间出来，这样的旅行对她这个年纪来说，也是一种挑战，所以你一定要提醒她，不要随便横穿马路，无论是早晨还是傍晚，费用我们来出。

我会给二姐写信，也会跟医生打招呼，安排好所有的事情。我觉得你最好19日，也就是星期天晚上离开，然后一周后回来。这期间你可以尽兴做很多事情，就像你说的，你可以陪斯科蒂迎接她的新生活了。

最亲爱的爱，自始至终。

124. 致司各特（1938.9）

亲爱的司各特：

第一，也是最重要的，卡罗尔医生同意我去纽约了。我们决定按计划离开，放心吧，我不会搞砸的。

第二，需要买一件像样的秋装，我要体体面面地去看斯科蒂。

第三，我还列了些要买的东西，我先跟二姐借点儿钱，然后你把钱给她好吗？

（1）衣服，帽子，合适的鞋子；

（2）晚礼服；

（3）雨衣；

（4）冬季在树林里散步的便装。

这些东西都是必不可少的，我心里好开心，已经减到很少了，这些东西是最基本的社交活动所需要的。

妈妈和我同去，这简直让我欣喜若狂。我们去看二姐，然后一起去看演出，好像回到从前，太愉快了。

我知道斯科蒂将会有一个辉煌的未来，真希望我也可以去瓦萨大学，当然，只是希望。

夏日黄昏在网球场徜徉，清晨从松树之间落下，寂寞的山谷怀抱着我，我有些爱这种感觉了。长路带着我走向被遗忘的乡愁。山间炊烟闻起来那么好，有孤独的人影在山脊上行走，山坡早已开满花朵，夜晚一片生机四伏。

如果你不能早些时候过来，感恩节来也好。那时节是金黄色的，像8月阳光，明亮，充满智慧，渗透了蓝色的天空，还有葡萄，温暖着芬芳的空气，那么生机勃勃。

多有趣啊，难道不有趣吗？

我非常非常感激你的安排。不用说，这是无可挑剔的，满足了斯科蒂所有的愿望，让我也感觉到生活依然是有条不紊地走着。

好多好多的谢谢

泽尔达

你发电报把事情都安排好了吗？没有的话，一定立即确认好吗？

125. 致司各特（1938.9）

亲爱的司各特：

纽约像往日一样将我完全征服。精致华美的衣服，新奇可爱的小玩意儿几乎把这个时代都抽象化了。

演出还没有很多，自由女神像正在维修，所以关了，但是我们去了两个非常有意思的音乐会，还看了一些散乱的画展。

我们给奥博打电话了。他们的房子好像是朗费罗的画一样，果园飘出朦胧的香味，顺着山坡滚到岩石边。他家儿子高高瘦瘦，一头红发，我没见过那么迷人可爱的孩子。怎么才能表达我们的感激之情呢？

这就是梦啊，奢侈的梦。

躺在床上，早上有蛋卷和咖啡，总是能安抚在时光中流逝的自己。这里的山，夏天满是紫菀的泡沫，夏末的阳光在金盏花上逡巡。时间恍惚起来，懒懒散散。

谢谢你，非常非常感谢你，谢你千遍万遍，给我这么美好的假期。

斯科蒂和我约在火车上见面。但是我找不到芬尼的地址了。

好期待能尽快见到你。

泽尔达

126. 致泽尔达（1938.9.20）

亲爱的泽尔达：

我很抱歉，斯科蒂的飞机延误了，或者我应该说，都怪大风，让她的航班在华盛顿滞留了。我猜，如果你是两点半起身离开纽约前往纽瓦克机场的，那么现在应该得到消息了吧。斯科蒂没有登上飞机，她留在了巴尔的摩。

斯科蒂在我这儿玩得很愉快，一言难尽，但我也付出精力陪伴她，在繁忙的时候这是非常大的压力。

她对大学充满美丽的幻想，我觉得有些过了，所以拭目以待。她一直在写日记，挺有趣的，回头我让秘书打出来，给你寄一份。

希望你喜欢纽约，期待着和你见面。

爱你

127. 致司各特（1938.11）

最亲爱的司各特：

首先，我真的真的希望我能和斯科蒂一起去阿拉巴马过圣诞。我可以有很多自由的时间，也为了斯科蒂，她可以不着急赶过来看我。让她跟家人保持联系也是一件很好的事情，我希望她尽可能地了解家人，和她们的生活环境。我也有相当强烈的感觉，像她这么优秀的孩子应该很高兴能够满足父母的愿望，不应该纵容她对大家族感到厌烦。你如果不从这个观点来引导她，她很可能会成为物质的奴隶，不会对精神和义务有什么理解。

三年了，我一直跟你说，让我来召唤她的气质。这种努力似乎终于在她身上得到了体现，这会让我们都非常开心。然而，就像你知道的，我一直都按自己的心愿行事，有时是出于自愿，有时是出于被迫。但是我也清楚地知道你在斯科蒂身上花费的时间和精力。

我们会有一个非常愉快的圣诞节的，为什么不让她来纽约过新年呢，除非我们两个不能在一起。（纽约跨年的时候有个很有意思的派对，如果斯科蒂能来的话，我会非常开心的，然后我们一起启程去阿拉巴马。）

你送我什么我都是开心的，但是我最想要的还是一个愉快的周末。我还喜欢腕表，小小的，户外用的，可能太贵了吧。

你知道，我最想要的就是一次旅程。你需要什么圣诞礼物呢？

如果你非要给我一个礼物的话，我就要串满小珠子的鹿皮软底鞋，没有什么比你送的东西更让我快乐的了。

《居里夫人》的剧本怎么样了？很有趣吗？一定很不容易添加戏剧桥段吧。但是在时代的局限下，如何展开精彩的脑力运动，我觉得这应该是个冲突点。每个人都想了解当下，然后慢慢开始意识到，最大的快乐来自拓宽自己的视野。

其中的兴奋、冒险、目的和承诺是最宝贵的，这些东西都快被大家遗忘了，大家越来越追求休闲和感官的愉悦。他们整天把运动挂在嘴上，这个国家对运动推崇得太过了，你不觉得吗？

不管怎么说，居里夫人都是一个伟大的人物，应该让大家知道她的事迹。电影除了是个非常好的媒介之外，也能让我们不用讨饭就拿到钱，我打赌这部电影会非常成功的。

爱你

泽尔达

你总是要过圣诞节的吧，我等你的消息，需要我邮寄礼物吗？

把你地址给我吧，有急事的时候我可以找到你。

128. 致司各特（1938.12）

最亲爱的司各特：

除了谢谢你，也不知道该说些什么，礼拜二我就出发了，假期好像已经栖息在家门口的树上了，发出银色的叮当声。

天气很冷，但是阿什维尔的黄昏那样可爱，街道上井然有序，安静，骄傲。当我去非特斯，或者别的什么地方的时候，那种阳刚之气让我想起曾经在一起的日子，那些被遗忘的梦境呵。

我想你，经常。

不管人类付出了多少努力，精神上的最好奖赏就是回家去，我好开心。生活要在我眼前实实在在、全新地展开了，在一个充满回忆的地方去体会传统才是最好的感觉。

妈妈说，斯科蒂的一些朋友已经打电话过来询问了，看来，我们要开派对了。

你的地址是什么呢？我万一想打电话，或者给你一个惊喜呢？

悉心的

泽尔达

129. 致司各特（1938.12.25之后）

最亲爱的司各特：

小房子那么干净，阳光明媚，到处香喷喷的，一点儿杂味都没有。早上的尘埃有微弱的光晕，发出精巧的小火花。玫瑰绽放着，满是愉快回忆的味道。

我们乐呵呵的，天天都开心。我们很想念你，太阳在马路上溜达，商店的门都半开着，热带风情，蒙哥马利，我的家乡，治愈了所有的忧伤。

再次要谢谢你，给了我们这幸福。你真有心，记得这一切。不用说，我还没到家，妈妈就收到了你的支票，但是她没有去兑现。但是不管怎么说，还是给她添加了额外的负担，要比以往多烧好多柴火，有三个额外的人需要养活，妈妈的女管家梅琳达太太负责照顾我们，所以离开的时候，我还会把支票留给妈妈。

她嘱咐我告诉你，她没有兑现你的支票，她说你提供了大家这次旅行已经非常慷慨了，不需要再支付额外费用了。这个星期真是快乐，一个小时接着一个小时，全是快乐。我半夜都会笑起来，感激这些美好。

斯科蒂24日回家，她会带些小姑娘来家，真够忙的，姑娘们都那么迷人，让我想起我的青春。

第四章

最后的日子

1939 ~1940

最亲爱的，你给我的守护让我感激不尽，我也永远坚守着那些让我们紧密在一起的信念。生活是个悲剧，一个男人最大的成就是永远保持他的信念。我们也不要再伤害对方，我爱你，爱你天才一样的才华，爱你的宽容和慷慨，爱你快乐的天性，除了这个没有什么可以拯救我们。

——泽尔达致司各特，1939. 3

现在我满脑子都是你的温柔，除了这个什么也没有。那些只在你生病之后接触你的人或者医生永远都不知道你这么善良可爱。你是我所认识的最优秀、最可爱、最温柔、最美丽的人。但是人们仅仅因为你最后让他们失去了耐心，而忽略了你的可爱品质。

——司各特致泽尔达，1939. 5. 6

1939年春天开始，司各特酗酒的问题更加严重了。因为他没能及时寄钱给卡罗尔医生，导致泽尔达没有办法跟医院的其他人一起去哈瓦那旅行。为了弥补这一过失，也为了暂时摆脱酒精的困扰，他在1939年4月的时候醉醺醺地离开好莱坞，前往北卡罗来纳州，带着泽尔达一起去古巴度假。

他在整个旅途中一直喝得酩酊大醉，最后病得很厉害，泽尔达不得不让他回到纽约接受治疗，而自己独自回到高地医院。这次旅行是泽尔达和司各特最后一次见面。

从1939年4月开始，泽尔达和司各特就分开了。1940年12月，司各特因为心脏病发作去世，享年44岁，这期间，他们之间都是通过书信往来。

最普遍的误解是，在这最后一年里，泽尔达在一家精神病院慢慢凋谢，而司各特在好莱坞凋谢。其实并非如此，这期间菲茨杰拉德夫妇的信件让我们看到了事情的另外一面。

虽然泽尔达的病是事实，而且终其一生，她也无法独立生活。但是在1939年的时候，她病情有了非常大的好转，表现出迷人的一面。

1940年，她离开她生活了四年的高地医院，暂时性地回到了蒙哥马利的家里 。是她通过不懈的努力赢得了与母亲共处的宝贵时光。

同样地，虽然是司各特糟糕的身体状况导致了他的英年早逝，但是在去世之前，司各特的生活是清醒的，而且是有尊严的。

当你在生活顶峰时——年轻、有才华、健康——充满勇气地面对生活是一回事，但是当你疾病缠身，债台高垒，生活各方面开始失控的时候，充满勇气就是另外一回事了。

其中一个甜蜜的事情是，当泽尔达与司各特完成他们灾难一般的古巴之旅后，她护送他安全地回到纽约，把他交给了她的姐姐和姐夫。与司各特一分手，泽尔达就开始写信。没离开纽约的时候就写了两封，在巴尔的摩停留的时候又写，回去的路上也在写，而且她还多次跟自己的医生请求，希望能允许回到他身边。

在这些信里，泽尔达完全没有指责司各特造成的失望和烦恼，也绝口不提他的酗酒，她只是一遍一遍地表达对他身体健康的关心，并不断地安慰他说他一直都是个非常值得信任的人。她甚至满怀深情地劝说他来阿什维尔，或者特莱恩疗养，这样他们就可以在一起了。

1939 年 6 月的时候，斯科蒂已经是瓦萨大学的学生了，需要做阑尾手术。司各特正在病中，无法安排，于是泽尔达安排女儿来阿什维尔就医，并一直照顾她直到康复。

泽尔达这期间的信件里详细记录了她和女儿一起度过的这个夏天。她终于可以表现得像个合格的母亲了。这些信中讲了她们的日常，字里行间里展现的是一个为女儿自豪的母亲。

那年夏天，泽尔达甚至还巧妙而富有洞察力地介入了司各特和斯科蒂之间的纠纷。司各特给女儿写了一封严苛的信，告诉她瓦萨大学就是她的家，泽尔达站在女儿的立场上安慰了她。

这期间的信也记载了很多司各特的状况，他健康问题越来越糟糕，他小心翼翼地处理自己的财务，努力写作挣钱，但是他从未动摇过供养泽尔达的决心。

在最后一年里，他虽然身体状况已经很糟糕，但是依然非常乐观地写他的小说《最后的大亨》。在给泽尔达的信里，他对自己的身体问题有时轻描淡写，有时又一惊一乍。1940 年 12 月他因心脏病去世，说明他的身体其实已经很糟糕了。

这最后的一年里，虽然菲茨杰拉德夫妇在分居（即使司各特身边还有希拉·格雷姆），但是他们的婚姻关系已成为一种习惯，通信越来越规律。

1939 年春天之后，泽尔达依然期待着他们有一天可以生活在一起。他们的通信主题也慢慢从他们自身的关系，转而变为如何规划斯科蒂的未来，和如何弥补父母在她生长过程中的缺席。

虽然1940年后期的一些信不像之前的那样亲昵，但是我们依然可以看到菲茨杰拉德夫妇之间的感情和互相欣赏。阅读这些信，让我们从另外一个视角来解读他们之间的不解之缘。

在这段时期，因为财务状况大不如从前，菲茨杰拉德夫妇开始讨论一些世俗话题：如何采购绘画用品，如何购买冬天的大衣。这些都让人很感动，比那些高高在上的话题都令人感动。

在他们最后的岁月里，泽尔达常常向司各特保证，即使生活并没有如同25年前他们想象的那样，但是如果时光倒流，他们依然会选择彼此。

最后的这些信件让我们看到了两个成熟的成年人，他们比以前更明智、更坚强，也更积极地处理彼此的关系，这让他们最后的岁月看起来虽然凄惨，但也是充满勇气。

130. 致司各特（1939.1）

亲爱的司各特：

我找不到你的地址了，哪里去了呢？做梦也梦不到，靠灵感也不行，再跟我说一遍吧。如果我有一个丈夫，我觉得我应该知道他在哪里，万一我有话想说呢？

好了，天气依然寒冷，我在体育场的雾气中逡巡，这里是诗歌和妄想的滋生地。我觉得这些元素在怨恨我们，他们四处乱跑，一点儿纪律性都没有。

古老的东西只会让人不寒而栗，还能做点儿别的更好的事情吗？除了这个之外，我们这里的1月份还算不错，没有什么可抱怨的了。

你为什么觉得斯科蒂会被学校开除？你这样想她很武断的，她很喜欢学校，没有很叛逆。就算这件事发生了，也不必担心。如果我是你的话，我就把她放到电影明星学院，对她这个年龄来说，她的视野已经足够大了，值得去尝试更神奇的事物。

我知道你1月份和米高梅的合同就到期了，希望你找到一个更好的工作①。

这期间，我内心坚定，放心吧，没有很情绪化。

我的画都很时尚，狂野的时尚。我在等待着你狂野地到来，别忘了。

谢谢给了我这么好的一个假期，我还在想念我们在炉火边烤面包的香气，想念月光下尘土飞扬的小路，我想念妈妈。

爱你。

泽尔达

131. 致司各特（1939.1）

最亲爱的司各特：

去哈瓦那的机会已经错过了，但是也没什么不好，我们

① 司各特后来被《飘》的制作人邀请去参加其剧本的创作。

留着下次再去好了。无论如何，费用太昂贵了。我们一起去的话，花费就会合理多了。等你来东岸吧，我们可以好好计划怎么花钱买东西。即使我没有来得及上船，但是我还是那么感激你，就好像已经上船了一样。

这里还在下雨，周围都在滴滴答答，一只小小的猫头鹰藏身在灌木丛中。但是1月好像比以往更柔和了，没有那么冷。高大的茱萸树好像有了自己的灵魂，花朵含苞待放，随时要唱出一首歌一样，即使天空如此荒凉。

我在看斯科蒂的日记，津津有味，带着羡慕和欣赏，这是一个多么可爱的女孩啊。

有一天你会让我返回校园完成我的大学吗？姑娘们全副武装，做着想做的事情。啊，时光流逝，好了，生活如此神奇，也许我们经历的过往欠我们另外一次人生。

我很高兴你在工作中找到乐趣，我也清楚地知道，《居里夫人》的剧本受到了不公平的对待，这一定让你很生气吧①。

来吧，让我看到你飞到东部来吧，我们可以去古巴，哪里远去哪里。

爱你，我的最爱

感谢

泽尔达

谢谢你对妈妈的照顾。她累了，我不想成为她的后顾之忧。但是我知道她的债券打了水漂，她好泄气。

---

① 《居里夫人》的剧本被搁置了，因为制作人不想按照电影公司的意思把它写成爱情故事。

最甜蜜的爱

泽尔达

132. 致司各特（1939. 2）

亲爱的先生：

生命真是得意扬扬啊，橘子花开，空气中全是苦中带甜的味道，筋疲力尽，但是充盈，马戏团也在忙，命运就这样滚滚向前。

我游泳，精神上非常满足。艺术学校还在继续，我做的服装都神志不清，根本派不上用场。我做你的供货商吧，你可以把衣服卖给戈尔德温先生，告诉他这衣服的名字是“自我”。也许所有的服装都能自动转化成某种情绪，传达一个人的个性，这样是不是很不错？

好开心要见到你和斯科蒂，让我们挑一个诗情画意的地方共度复活节吧。我们可以去摘紫罗兰，在宁静的下午闻云彩的味道。这必须是个舒适的地方，我们可以躲避寒冷，树影在草坪上婆娑，早上的太阳是漂亮的粉红色。

我什么时候才能见到你呢？

我的地址是：佛罗里达中央公园酒店庄园。

爱你的

泽尔达

千言万语都无法感谢复活节你为妈妈做的事情，你总是这么体贴，对妈妈那么好，我真幸福。

133. 致司各特（1939. 3）

最亲爱的嘟嘟：

再次感谢你给我的这个假期，好开心，能够再次感受世界的美好，每天早上都心旷神怡，到处都是草莓的芳香，世界如此美妙。

郁郁葱葱的花园里潜伏着心碎的浪漫，金钱竟然可以买来这么多的快乐。

我不要飞行。

没事的时候我整理小东西，想想过去都让我很开心，春天我还可以再次出门，一想到这个就格外高兴。

最亲爱的，你给我的守护让我感激不尽，我也永远坚守着那些让我们紧密在一起的信念。生活是个悲剧，一个男人最大的成就是永远保持他的信念。我们也不要再伤害对方，我爱你，爱你天才一样的才华，爱你的宽容和慷慨，爱你快乐的天性，除了这个没有什么可以拯救我们。

悉心的

始终的

最深最深感激的

泽尔达

134. 致司各特（1939. 3）

最亲爱的司各特：

感谢你3月份过来看我，我们度过了这样一段快乐的时光。斯科蒂好可爱，让人回想起自己的红尘往事，那些怀旧的伤感之路。

她带了一手提箱的幸福，一帽箱的纪念品，还有漂亮的信笺，好像从另一个世界而来，神采奕奕。

斯科蒂好招人喜爱，大学生活让她的思想成熟了，行事也会以经验为先，而不是像个莽撞的孩子一样毛毛躁躁的。我们很愉快地开了一个小型见面会，聊了好多事情，发现彼此的想法特别契合。

梨树开花了，充满秘密花园的味道；黄水仙也开了，对我来说，她们好悲伤；白色的紫罗兰也快要开了，她们总是小心翼翼的，整齐划一，商量好了似的。我们在哪里会合？去古巴？特莱恩？

你知道吗？最近妈妈腿脚不大好，所以，如果有可能的话，我很想去看看她。

爱和感激。

泽尔达

135. 致司各特（1939.4）

最亲爱的司各特：

很抱歉古巴之旅变成一场混乱，我只好擅自做主带你回来了。

我现在还在纽约，准备明天，就是周二的时候起身去阿什维尔。

医院的克斯医生是个非常好的朋友，他会好好照顾你的，姐夫也在，你就放心吧。

你的眼睛出现了问题，真令人担心，但是医院会好好照顾你的，他们还要给你做一个全面检查。

你咳嗽得也很厉害，整个人看起来筋疲力尽。一定要好好照顾自己，要有一个好身体啊，人生还有好多好多幸福时光在等着你呢。

我跟奥博借了70块钱，是用来支付这次突发状况的。今天我还会跟他再要一些。克斯医生说他也会把账单直接寄给奥博，我就交给他们了，这些事情我本来也不大明白。

嘟嘟，我祈祷你的眼睛快些好起来，祈祷你的身体快些好起来，我们还可以去旅行。

我们现在欠债不少。

这次多亏了三姐夫，医生是他找的，克斯医生是他介绍的，他帮了很多忙，安排你及时住进医院，要不我们就要露宿街头了。

祝你好运

悉心的泽尔达

另外，不用担心我，我又不是不知医院为何物的人。

136. 致司各特（1939.4）

最亲爱的嘟嘟：

我守着也没用，我知道医生会照顾你，我什么忙也帮不上，所以我就离开了，现在我在等2:30的火车回医院。

我很担心你的肺，你为什么不来特莱恩疗养呢？这里真的是世界上最好的地方。我们可以在湖边租一个小房子，你慢慢恢复健康，我们可以拥有一个快乐的夏天，而且你也知道我的，很擅长在早餐的时候供应鸟鸣和夏季的云朵。

斯科蒂可以来看我们，我们一家三口将会多么愉快啊。

之前我去大都会博物馆看了一次展览，讲述的是“美国场景的演变”。从槌球草坪到街角的店铺，展示了都市的演变。这是一个迷人的展览，有第一条铁路，蒸汽船，还有人人所熟知的持续到今天的冒险精神。你还记得水牛城的码头吗？你还记得纽约西港的日子吗？

请相信，如果我留下来可以帮到你，我一定会留下来的。

我们欠三姐夫好大的一个人情，是他找的医生，而且和克斯医生一起为你制订了治疗方案。

克斯医生也是非常周到的一个人，很关心你。我知道我已经写信跟你说过这事了，但是我一旦回去，所有信件都是要被医院审查的，而且在我们再次见面之前，我们也不会有别的沟通方式了。

对医院，我们要统一口径：我们度过了一个非常完美的假期，所有的一切都是合乎规定的。医生说的，不许我在离开医院之后碰酒和香烟，我也非常乖地遵守了。但是回来之后，你的肺不大好，所以你需要住院观察，而我，完全有能力独自回到医院，你别再操心了。

嘟嘟，一定要照顾好自己，这样等你恢复了，我们可以更幸福。

没有很多人像你这样记录我们这个时代，也没有很多人像你一样迷人，也没有很多人像你一样让人快乐。

前面还有好多好多的快乐在等着我们。

而且还有好多人喜爱你。

我没有买什么东西，就买了身上穿的这身裙子和帽子，一些花，丝袜，以及四条裤子。

钱就这样没有了。

衷心地企盼

永远属于你的

泽尔达

137. 致泽尔达（1939.5.6）

最亲爱的泽尔达：

请原谅这封信是口授的，因为医生让我在床上至少躺一个星期，除了看天花板什么也不许做。我强烈地反对这一规定，所以他们勉强答应我每天工作两个小时。

在整个旅行中，你都那么可爱。现在我一想起你，就是你的温柔，还有我从来不知道的，你的周到体贴。

现在我满脑子都是你的温柔，除了这个什么也没有。那些只在你生病之后接触你的人或者医生永远都不知道你这么善良可爱。

你是我所认识的最优秀、最可爱、最温柔、最美丽的人。但是人们仅仅因为你最后让他们失去了耐心，而忽略了你的可爱品质。但是我说的一切，还有我们这段时间谈论的一切都算数。

当我回家的时候，我知道会看到你的来信，我的爱人。

138. 致司各特（1939. 5）

最亲爱的司各特：

郁金香在清晨的薄雾中打开，白色的小花苞要露出头来看看这花园。黄色的花朵开得到处都是，它们真是兴致勃勃啊。

大家又开始打网球了。不用说，经过1939年的网球训练，一个人的热情真的已经不那么旺盛了。

我想着我们的爱丽丝梦游仙境一样的花园，想起那些梨树、新月，和秋天懒洋洋的太阳，心中暗生悔意。

星期六我们做蛋糕了，还在树林中散步，长长的小径，大家穿着连身裤，我们以前有个多么可爱的房子。

窗户下面长着藤蔓，午后的太阳照在门廊上，陪着我一路骑车穿过树林。这一切好像伸出手就能摸得到一样。到了40岁的时候，我们一定可以修补那些美好的东西，或者那个时候我们就能达成抱负。有可能的话，整个人生也会按照现在的心意修改。

我一直在画画，就在去上缝纫课之前，还写了一篇跟我们去古巴有关的文章。不过你也知道，医生要求我自省，所以，文章写得没什么滋味。

咱们还有钱吗？如果能给我买一件白衬衣、一件晚礼服、一套运动装的话，我会非常感激的。你可以把钱寄给二姐，她可以在亚特兰大帮我买。不过，这一点儿也不着急，我只是很需要，不是非得拥有。

很高兴你邀请我去好莱坞看你，不过也许要等你好一些才可以①，但是医生说怎么样都要四个月。不用说，我知道我们需要钱，所以当你要拒绝的时候，不要犹豫。

请写信跟我说你身体怎么样了。我希望你能好好照顾自己。

爱你的

泽尔达

139. 致泽尔达（1939. 5. 19）

最亲爱的泽尔达：

我现在还在床上，但是我希望一天左右就可以下床了。自从古巴那次不愉快之后，我或多或少地知道结果是这样，但是我现在被照料得很好。我已经跟专家咨询过了，他说在1935年这还是一件大事，但是现在，不是什么了不起的病了。实际上，胸口痛只是神经太紧张而引起的，所以每天尽量只做两个小时的事情就好。

我上一封信有点儿危言耸听了，很抱歉，对了，我的眼睛一点儿事没有了。

随信附上150美金的支票，是给你二姐的，但是为你所用，我希望你快乐。

纽约的医生总是小题大做，而且他们也不知道我恢复能

① 这次旅行因为斯科蒂要做阑尾手术，泽尔达需要照顾她而没有成行。

力有多强。真希望他们没把你吓到，因为我根本不需要卧床四个月，你看，不到一个礼拜，我就已经下床了。估计不出六个星期，我就可以回到正常的工作了。

我注意到你对斯科蒂假期的安排了，当然，我非常希望你能够跟她愉快地度过两个星期，这两个星期你们可以用来进一步了解对方。你的信中老是惦记着我的病，都快把我看哭了。真的，根本不需要担心，一丁点儿担心也不需要，你如果不信的话，我可以让我的医生给你开个诊断信。

对了，我跟你说过的，不管这个假期怎么过，都没有你想象的花费那么大。

最深切的爱

140. 致泽尔达（1939.5.29）

最亲爱的：

从你上封信的口气来看，你太担心了，其实远没有你想象的那么糟糕。

首先，这比1935年那次轻多了，只是周围的悲伤情绪让它看起来好像很严重。那个时候，我们财务状况那么糟糕，我还垂头丧气，因为《夜色温柔》卖得很不好。斯科蒂还是个青春期少女，需要我照顾，身边除了欧文太太和斯科蒂的法国女教师，几乎没有任何帮手。最关键的是，你那时生病很严重，几乎可以说是最严重的阶段。

而现在，一切都不同了。如果你可以看见我，就知道，我虽然在口述，但是我坐在屋子的角落里，穿戴整齐，阳光洒在我身上，充满希望和前景，只是对自己有些生气。我身体不好的时候，我反而从你信中感到你比以往都坚强。

我可以工作的，我也不让自己喝酒，我希望你明白，我在一天天变好，每天都在渴望看到你。

当然可以安排你7月份的时候回家过生日，但是这期间，还需要你处理一个小小的麻烦，我想也许你可以在阿什维尔处理掉。

前不久斯科蒂跟我说医生诊断她有慢性的阑尾炎，所以她很想在假期的时候疗养一下。她还想去巴尔的摩，参加她布林莫尔学院老同学的毕业典礼，她一直跟那些姑娘们关系很好。我想她最好在巴尔的摩待上一个星期或者十天，然后南下去阿什维尔，在你那里把阑尾切除，就去上次我治疗肩膀的那家医院就蛮好。

那里有个非常优秀的外科医生，你可以问问卡罗尔医生，或者我可以问问我的医生，就找当初帮我接骨的那个医生。那家医院很现代化，设备也齐全，你也知道现在割阑尾是个小手术，我一点儿也不担心。

我不想让她6月过来，斯科蒂的手术比较重要，你能理解吗？我不想给你添麻烦，但是我觉得这个时候，我们中至少得有一个陪在她身边。

我不打算把这一决定在这个星期告诉她，我希望等你好好思考了之后给我回信了再跟她说，所以你好好想想，写加急信告诉我。

当然，我不想让你辛苦或者不高兴。如果你觉得无法处理的话，我可以让斯科蒂在纽约做手术，我可以拜托安妮·奥博，我相信她会很高兴来帮忙的。

但是我觉得如果你在身边照顾她，这可能更好，整个过程需要七到八天吧，我记得我上次手术就需要这么长的恢复期。我们可以把这件事作为一个考验，如果这个想法吓到你了，坦白写信给我就好了，我来处理。如果你看到这里没有心烦意乱，那么我就认为你完全可以胜任。

目前我还不知道什么时候才可以完全复原，所以刚才我跟你说的事，你尽快想一想，也可以询问一下身边你觉得可以信赖的人。

永远悉心的

另外，千万不要写信告诉斯科蒂，我想提前一两天的时候再告诉她，我担心提早告诉她会影响她的考试，现在她全神贯注地备考，也不想让她分心，在她巴尔的摩之旅上添加一小片阴云。

141. 致司各特（1939年6月初）

最亲爱的嘟嘟：

我当然愿意每天看到斯科蒂。街角有一个非常好的疗养用的公寓，提供的食物也不错，她可以住在那里，十天，她的康复需要多久就多久。

不用说，刚听到你的建议的时候，我好犹豫，但是你也说了，这是一个非常小的手术，我不会被吓到的。这么一想，我就好开心她能回到我身边，我要竭尽所能地照顾她，让她舒舒服服的。

苏伊特医生会给桑德斯医生打电话的，医院也会安排的，你放心吧，医院的名称是“阿什维尔使命”。

我还是更担心你，我知道你总是忽略自己的身体。但是我知道一个人在平静的状态下比在狂热的状态下更能集中精力。所以我非常有信心，也非常乐观，你很快气色就会比玫瑰还粉嫩了。

斯科蒂在做手术的时候有父母在身边还是好的。我很感激你提出来让她来阿什维尔，让我陪伴她。

最亲爱的，好好照顾你自己。

泽尔达

142. 致泽尔达（1939.6.8）

最亲爱的泽尔达：

我收到你的两封信，一封是加急的，关于斯科蒂手术的，另外一封，很明显寄出的时候，你还没收到我上一封信。

她还在巴尔的摩的时候，我就写信去询问我的老朋友路易·哈曼医生，我猜斯科蒂已经不舒服有段时间了。另一个方面，我也要问清楚，是否一定要做手术。所以你那边还不要做最后安排，直到我得到哈曼医生的准确消息后再动手安排。

今天8日，她应该刚刚到巴尔的摩（除非她在纽约耽搁一天），哈曼医生那边可能要15或者16日才有消息，正好是她启程去阿什维尔前几天。我会加急信件飞快告知你，然后你再着手安排事宜。

我来通知斯科蒂，一旦确定她哪天离开巴尔的摩，我就会空邮信件给她。你能够在她身边陪伴她，这让我很开心，和你一样开心。

听到你妈妈生病的消息，我很抱歉。这一年好像我们家人接二连三地生病。等斯科蒂的事情完了后——不管她需不需要做手术——我一定会安排你回到妈妈的身边去过生日。如果哈曼医生觉得不需要手术，我们再另行安排。

你上封信里对我很担心，别担心了，昨天晚上我刚看了医生，医生说我已经比一个星期之前康复了60%（这是医生的原话）。而这期间呢，我完成了一部短篇，还成功把它卖了，另外一部完成了一半，也找到买主了。所以，你看，我不可能病得不行。我对自己的情况非常明白，一切都在掌控中。病因我也知道，就是因为在电影工作室工作得太辛苦了，现在我会适当调节，所以病会去得比来的还快。

我现在就坐在户外口授这封信，空气中都是田野的味道，干燥，炎热，周围的花园碧绿清凉，跟阿什维尔大山的景色非常不同。但是我从来就没有你的本事，可以把自然之美那么生动地描述出来，我怎么也说不清楚，只好等你亲自来看一看才好。现在，山那边的好莱坞似乎离我那么遥远，而你，始终离我那么近。

143. 致泽尔达（1939.6.13）

最亲爱的：

今天可能会写得潦草，明后天会给你认真再写一封。现在有件急事（是关于我医生的14岁的女儿的），以前你来往威尔明顿和费城之间去上芭蕾课时，读过一本书，是关于“艺术”的，你还记得吗？我想知道那本书的名字，应该是在我们巴尔的摩那堆书里，但是欧文斯太太肯定找不出来，所以我想再买一本。就是那本棕褐色的书，名字好像是《绘画的艺术和技巧》？我记得它是个棕褐色的封面，好像有浮花在上面，你还记得什么书吗？

如果记得，加急信件告诉我。

最亲爱的爱

144. 致泽尔达（1939.6.17）

最亲爱的：

斯科蒂差不多20日才到，到时候我才知道她是否需要动手术，你先不忙做最后的安排了。

我星期二的时候会电报你。原谅我的匆忙

最真挚的爱

145. 致司各特（1939.6.20）

最亲爱的司各特：

斯科蒂到了，更漂亮了，她兴致勃勃，很高兴来到阿什维尔。我们一起去看了杜鹃游行，还爬了山，打网球、游泳。她来这里我好开心，她真惹人喜欢。

太阳红彤彤的，天色吉祥，大山像场盛宴。

今天我们要去抽血，然后打高尔夫，跟阿什维尔医院敲定日程。

放心吧，我会事无巨细地都写给你的。在我的强烈怂恿下，苏伊特医生终于松口了，他说康复之后，斯科蒂去阿拉巴马待两个星期应该是没有大问题的。你可以写信跟他具体商量这件事吗？如果能回家度假，离开这么多条条框框，将是多么开心啊。我们还可以去萨鲁达，如果你跟苏伊特医生要求，允许我离开医院的话。

我们在一起很开心，我们一起思念你，享受夏日。我现在一年比一年喜欢阿什维尔了。斯科蒂正在写一部小说，她要有一个月没事做，打打网球，或者随便游逛了（过去几年她跑来跑去不晓得有多么辛苦）。她反正要休息一个月，你觉得让她去萨鲁达或者布来森的乡村酒店怎么样？可以骑自行车，打网球，打高尔夫，碰到某个熟人就停下来聊聊天，这是多么好的假期啊。你如果这么安排，我们将会非常感激的。

悉心的

泽尔达

146. 致司各特（1939.6）

我的，最亲爱的司各特：

医院今天晚上打电话过来了，斯科蒂一切顺利，麻醉的效果很好，手术很成功。今天早上她进手术室的时候我去看她，她非常勇敢，乐观，比以往都漂亮。

这之前我们也过得非常愉快。我们游泳，闲逛，规划未来。斯科蒂正在写一部小说。我还是觉得，如果你能安排我们在萨鲁达或者什么地方疗养两个星期就好了，我们会游泳、打球，会非常愉快的，在矮松树的山林间行走，身上披满假日的阳光。

不过妈妈来信说，她现在腿患依然很严重，不能离开家，必须找个人来做饭和照料她，这对她来说是个打击。我知道，短期内虽然不行，但是我很想在夏天的时候去看望她。她这个年龄，阿拉巴马还那么热，肯定不好受。我心里也不好受，这里有这么多人帮我，但是我却无法帮助我爱的人，真让人焦躁不安。

在萨鲁达即使雇个护士，也比现在住院便宜。我敢肯定，我们去阿拉巴马一定会非常愉快的。那里的夏天懒洋洋的，有无穷无尽的时光，还有来来往往的人，四季都在等待，对斯科蒂来说，被年轻人环绕也是一件好的事情。

如果你觉得炎热的天气对她康复不好，也是有道理的。我只是觉得，反正我们暑假也没有什么安排，对她来说亲情的陪伴又是那么重要，你能跟医生建议一下吗？让我这段时间陪她，至少一个月，这就很好了。

我们都喜欢游泳，她比一般人游得都好，我们都喜欢打网球，她越打越好，我们也喜欢在高尔夫球场散步。我会给菲林太太打电话的，看附近有没有什么熟人可以拜访，或者我去问问姐夫也好，也许不远处有年轻人。

苏伊特医生非常非常好，我们相处愉快，但是我依然不能来去自由，还是老样子。

是苏伊特医生帮忙给斯科蒂安排的手术，他太好了，我们欠他人情，所以你写信的时候一定要感谢人家。

不要担心斯科蒂，她恢复得很好，更加漂亮了。她那么有趣，那么招人喜欢，那么易于相处，满足了我对孩子的所有期盼。

一定好好照顾自己，斯科蒂和我一直在思念你，一想到你为了这巨大的开支在辛苦地工作，就心疼不已。你一定不可以让自己太辛苦，家庭的幸福是最重要的，过好日子还是坏日子并不重要。

一心一意的

泽尔达

147. 致司各特（1939.7）

最亲爱的嘟嘟：

斯科蒂在身边我好开心，我们一起烤蛋糕，回忆过去的冒险。斯科蒂住的那个疗养公寓非常可爱，外墙爬满了藤蔓，整栋楼都沉浸在怀旧的气氛里。

不用说，对我来说最大的乐趣就是和女儿一起吃晚饭，然后在下午的时候四处闲逛。对于一个康复的人来说，没有比这更好的地方了。

斯科蒂白天写她的小说，打桥牌的时候会耍一点儿小花招，她也晒太阳让自己变得黑了一点儿。我希望我们一步一步走向更成熟的阶段，看到别人的康复，虽然不是自己的，也是让人心生希望的。

她好漂亮，非常易于沟通，又是沉稳有节的。我非常高兴地看到，她是最体贴的姑娘，不管在什么样的环境下，都能够适应环境。

如果对你来说，她今年夏天去加州不方便的话：

（1）我二姐罗莎琳德很高兴让斯科蒂过去，我觉得不管她和我二姐夫想去哪里，斯科蒂都会乐意一起前往的。

（2）让我和斯科蒂去阿拉巴马待上一个月，我将会开心死了。我喜欢那些幽深的、有月光的夜晚，而且也很高兴能有一段岁月与她一起度过，能让她沉浸在我曾经的岁月里。

（3）她也可以去泰勒的房子度假，表姐希思的房子是空的，刚刚翻修过了，你知道她会欢迎斯科蒂过去的。

（4）你跟医院决定的任何地方，认为我应该去的，只要跟她在一起，都会让我开心。这虽然是最后的选择，但却是我的首选，除去父母的关系，斯科蒂是这样一个理想的伙伴，她兴趣广泛，热爱生活，那么热情，让身边的人无不感染。

亲爱的，我好抱歉你生病了。也许在我这里，群山围绕之下，你会康复得更快呢。你为什么不搬去亚利桑那州，或者回特莱恩呢？不要只是待在那里，跟我们渐行渐远。

而且，生病的时候也不宜一个人独处。如果你来东部，我和斯科蒂就会常常见到你，这对你来说也是有所帮助的。同时，我也希望我能送你点儿什么，阿什维尔的书店不大好，是这个城市唯一的败笔，我猜你不想看任何关于纺织的书。

但是，我想念你，如果能有所帮助，我会多么高兴啊，即使只能提供一些不着边际的话语，和一些安慰用的说教。

悉心的

泽尔达

148. 致泽尔达（1939.7.13）

最亲爱的：

大姐给我来信了，所以你不用担心你母亲。在这种情况下，你最好等她情况好一些再北上来找你，或者与你在萨鲁达会面，也比你南下去经受酷暑要好得多。反过来，如果大姐和姐夫先行北上，你倒可以南下去接了妈妈前往萨鲁达，这对她的关节炎有好处。

告诉我你的想法，

最亲爱的人。

149. 致司各特（1939.7）

最亲爱的司各特：

无论什么时候来到萨鲁达，这里火热的黏土路都让我有一种浓厚的怀旧情绪。松树发出热乎乎的油脂香，蟋蟀在正午的阳光下尖锐地叫着。让我想起好多好多年前，我们在溪流山谷度过的假期。这些天，我在漂亮的早上起床，想起爸爸，想起在他最后一年里我们共度的时光。

斯科蒂在全神贯注地创作她的小说，我还在收集资料，也许有天可以用于写散文。昨天晚上露天广场上有人在跳舞，那一瞬间一种象征仪式席卷了我们，几乎不认为她们是病人了。

到7月底之前，斯科蒂都不能过于劳累。苏伊特医生能够让我跟她待在一起，这已经让我喜出望外了。我们一起吃晚饭，然后去看电影，或者随便做点儿什么，时间就这么愉快地溜走了。

斯科蒂一直在大量阅读，她最近有点儿苦恼（这个要保密啊），你对她期待太高，超出了她的能力，但是她还是尽力让自己去胜任，不想让你失望。她总是充满正能量，这真是让人欣慰。

我们很想你，真希望可以做点儿什么事情来减轻你的压力。

虽然我们不要求多么奢华，但是，过日子总是要花钱的。这个星期结束的时候，医院就给了我25块钱的账单，这25块我可以从你下个月给的生活费里扣出来。我们还欠上次说的10块钱，要节俭总是不令人愉快，毕竟任何一种节俭方式对年轻人来说都是不愉快的，但是对于年纪大的成年人来说，开源节流是生命的一部分。

不再跟你说蒙哥马利了，我以前没有意识到我们的经济情况不允许。就我个人来说，这个夏天已经非常愉快了，斯科蒂就在我身边，每一天都看得到她。她古怪精灵，让日子变得妙趣横生，时间走起来都不沉闷，反而有种时尚感。

就说这些吧。

这个星期，斯科蒂的花费是25块，包括我的晚餐、电影、公共汽车、杂志，还有杂七杂八。斯科蒂洗衣费在我的账单上，我们在树丛公园享受了一个非常愉快的午餐，耗资10块，加上电影。

我这边的花费是12块，火车2块，乘了十次出租车一共3块，杂费差不多2块（邮票、纸张、牙膏之类），衣服上沾了树莓汁，花费2块6清洗。

老跟医院借钱很尴尬，所以这些钱，急需，你可以寄给我们吗？让欠钱的事早点儿过去吧。

150. 致泽尔达（1939.7.24）

最亲爱的：

随信附上15块钱的支票，不知道斯科蒂已经提前预支了50。不好意思，我是严厉地批评她了，但是我都批评她两年了，所以她应该可以忍受的。

特别抱歉，让孩子在经济上先委屈一下吧，我这种健康状况一时也找不到允许我待在家里的工作。但是别担心，应该到本周末就有所改变，我到时候再给你们寄些钱。

看来看去，最好的方案就是让斯科蒂来我这儿待上三个星期，这也是最省钱的方式。关于你母亲，如果她已经决定不去你那里了，我觉得你也不必去她那里。

至于其他计划，弗吉尼亚海滩什么的，花费太大了，而且也没必要。我现在的房子可以允许斯科蒂过来，而且她也一直想跟我谈谈她的打算，特别是艺术方面的。我们最近见面聊得都不够多，有些乱（有时还不大友好）。我很开心你那么喜欢她，我知道她也喜欢你，我希望以后夏天我会携她去东岸，全家团聚。

151. 致司各特（1939. 7. 24）

最亲爱的嘟嘟：

我的生日啊，我喜欢紫菀、白色的雏菊，还有你上次寄给我的黄色的菖蒲。另外我还是想看些艺术方面的书，给人启发，有利于思想，同时也很有建设性的。我知道你手上有那么多烦心的事围绕着你，但是这种情况下，你依然想着我，真让人开心。

我们一会儿要去看别人跳舞，然后出去野餐。

也许明年吧，我们又能够在一起了，像一家人那样，开心地回忆那些美好的时光。

这期间，我很高兴斯科蒂在这里，她是如此的有趣，一看到她我就幸福。

满心的爱

泽尔达

152. 致司各特（1939. 7 下旬）

最亲爱的司各特：

湖畔，夏天在翻腾着。天空下，每一片绿地都在这白礼服一般的热浪里昏昏欲睡。

时光在阿什维尔好像变成了一个暂住者。我们去游泳，我们去电影院，我们无所事事地闲逛。生命如此合心合意。

斯科蒂依然在写小说，热情高涨，身上披着棕色的外套，天生甜美可人的气质。我以前从未发现她竟然如此美丽，她热情友善，到处都是朋友，夏天就这样讨喜地悄悄过去了。

今天我们又开始打球了，明朗的天空，简洁的绿色和蓝色，让人仿佛置身画中。

我的画越来越顺手了，我给二姐画了一些小幅的，还给替我做画框的朋友画了一些，还有一幅给了一个住在小巷的小男孩。医院的债还是没有还清，我猜下次再让他们买画布的时候，他们的脸色不会好看。

你知道凯瑞的地址吗？我想跟他打听一下，有没有人会对我的画感兴趣，而且我还要跟他争论一下，我的画难道不是对公众具有深深的不可抗拒性吗？

听说你的肺好多了，这真让人高兴。我依然觉得特莱恩是非常好的疗养场所，比其他地方都好，毕竟，这里的早上明媚清爽，晨雾里有烟火辛辣的味道，世界好像回到本初。

谢谢你寄来的支票，还剩下几天，我会非常节省的，就像没收到钱一样。我这里也没有什么开销，除了电影和游泳。但是金钱总有它们自己的办法悄悄溜走，所以收到新支票还是非常感谢的。

得知斯科蒂要走了，这真让人悲伤。非常非常感谢你，这个夏天真愉快。她是最好的伙伴，我们也尽量多接触朋友，不让她孤单。她在身边我好愉快，我们一起胡思乱想。

允许我再一次建议，万一加州那边的事太多呢？考虑让斯科蒂去塞西家，二姐那里，或者蒙哥马利度过余下的一个月吧。

亲爱的，我下面要说的话，可能会冒犯你，希望你不要反感：你在信里跟斯科蒂说，她必须把瓦萨大学当成家。你知道的，像她这么大的孩子，长久以来没有一个传统意义上的家庭在精神上给予支持，她现在这么阳光，已经非常了不起了，如果再这么说，我觉得这对她来说是一个不必要的惩罚。这其实是在提醒她，作为一个21岁的姑娘来说，她没有办法跟同龄人一样从家庭那里得到安全感。

其实，无论我们的处境如何，我们的家庭成员都会很乐意帮助她，提供她所需要的。以我个人而言，无论在哪里，我都是快乐的，只是偶尔郁闷而已，这种精神上的乐观，她也是具备的。我知道你的家庭愿意为她做任何事。所以，对我来说，最遗憾的是，她应该（虽然她不承认）有一种感觉，她不会像大多数孩子一样，家里总有父母在等待着她回巢。

她是这样一个勇敢自立的孩子，如果让没有安全感这种念头来扭曲她的性格这是可悲的，其实我们应该鼓励的恰是在生活中努力奋进的精神。

我不是在批评你，只是我觉得，父母唯一的权利也许是在孩子们能够直面人生之后再分享他们对岁月流逝的悲剧感，好姑娘会慢慢调整自己的人生方向的。这些复杂的关系过早地给孩子灌输，会影响他们的性格定位，不是件好事，反而是个侵扰。

没有人比我更了解自己，而且我相信，对斯科蒂来说也是这样的。你这样讲自然有你的道理，而且你认真努力，一直以来都为我们提供了最好的避风港。我是那么那么感激你，无论发生了什么都不懈怠，让我们前行。

请相信我，我没有批评，我只是想提醒你，摧毁安全感可能会给人们带来灾难性的后果，废墟之上没有善念。

爱你，感激你，泽尔达

153. 致泽尔达（1939.8，这封信可能没有寄出）

最亲爱的：

我知道你会想念斯科蒂，我希望8月份对你来说不那么难熬。时间过得好快，上个月我还觉得好像在地狱里，但是这个月就仿佛看到长长的通道尽头有微弱的光显现。这就有点儿像1935～1936年，那个时候，我身边谁也没有，只有欧文斯太太，事情糟糕到不行，我所有的作品都是哀乐，都是挽歌。又病又穷，纠缠在一起。但是正如我跟你说的，目前来说至少还没有债台高垒，至少我们还接到好多祝福。

记得我们以前去欧洲吗？现在看来只有很富有的人才可以那样旅行，在疯狂的20个月里，我挣的钱好像是不真实的。后来等我把奥博、美国政府和加拿大政府的钱都还清了，医生又来了。

一定要好好保重身体，我也会的，很高兴你妈妈的病是虚惊一场。

我已经给斯科蒂在附近安排了练习钢琴的地方，我的房子太小了。她看来跟你相处得非常愉快。我写了两个长篇，两个短篇 。斯旺森经纪公司在帮我，希望能找到电影工作室的工作，但是我不会让自己很辛苦的，一天工作14个小时这种事情不会再发生了，给多少钱都不可能。

当你收到这封信的时候，我希望我可以付一些账单了，也许是小额的，但总是会慢慢付清的。这里还有一张支票，你需要小心使用，不是给斯科蒂买礼物用的，是置备她这次旅行必需品的花费。她的车票我来买，如果一切顺利的话，星期二你们就会收到。她的往返车票是78.50美金，来回各多收5块钱的手续费。

最亲爱的爱

当然你可以在9月的时候南下，说不定到时候我们可以在蒙哥马利见面。

大家对你的画的反馈让我很兴奋，我们应该尽快着手了。

154. 致泽尔达（1939.8.4）

最亲爱的：

斯科蒂明天就到了，我希望她待在这儿的几个星期愉快。她是个亚热带的女孩，不喜欢太热，我这不远处有个属于房东的游泳池，我上次写信也跟你提起过，周围有几个来自东岸的男孩，至少目前看来是这样的。

也许我不该简单粗暴地跟她说除了瓦萨大学没有别的家，但是从另外一个角度来说，她一直对过去的一些事情不以为然。当我试图为她建一个家的时候，她并不想要。我有一个病人的直觉，我好不容易建立起来的平静会因为她的到来而打破。也许她改变了，这么多年来第一次听到你这么夸奖她。自从1934年春天开始，我偶尔也有这感觉，很短，也许这也就是为什么我显得有些急促。我希望这次来访是一个补救吧。

从理论上，我不大同意你说的早一些告诉真实处境是对她的伤害。斯科蒂好起来的时候，确实很好，是个有责任心和意志力的姑娘，但是她糟糕起来也确实很糟糕，躺在地上打滚，任性哭闹，她还是缺乏条理性，偶尔有公主病。

我为那些1932年来我们家应征秘书的50岁的妇女们感到很抱歉，在她们人生中可能从来没有见过这么岌岌可危的家庭。但是对于一个年轻人来说，14岁任性就算了，上了大学还任性，我就不感到有趣了。我想，我俩之所以看法不同，也许是因为北方与古老南方的不同。

总之，我们会经常和你聊的，也期待着你能过来跟我们一起，等你拿到这封信的时候，我想我应该能想出办法弄些钱给你们。

最深的爱

155. 致泽尔达（1939.8.15）

最亲爱的：

我很开心，斯科蒂那边进展得一切顺利，我这边也争取在她来之前把事情搞定。

我从今天开始就有薪水了，我找到环球电影的一个工作，最糟糕的情况已经过去了。给《时尚先生》写的小短篇一直有稿费，最近主要靠这些小稿费生活。这期间，我也尽力从生活的琐碎中脱离出来，这有助于我集中精力写短篇小说。现在正在给邮报写一篇，希望这篇的稿费可以让我们的生活脱离红色警戒线。

有几个普林斯顿的男孩等在这里想见斯科蒂，所以她前两天特别兴奋。我们邻居有个小游泳池，灌满水后他们就都跳进去了，她目前来说很快乐，虽然比起我以前给她的生活来说，这实在是不算什么。我很喜欢她，她这一年长进很多，她一直在认真学习怎么开我那辆大福特，而且她的小短篇写得非常不错，给一些音乐剧写的歌词也蛮好。

关于你信里提的一些事情，我已经在给苏伊特医生写信了，询问能不能同意你游泳的事情。星期一的时候估计支票就可以到医院了，所以你就不用再担心欠费的事情。我还是要重申以前说的话：现在虽然艰难，但是比起1936年我们实在是好太多了，我们甚至可以让你9月份回家看妈妈，虽然我还不敢保证9月1日可以成行。放心，我一直努力让我们的生活更加舒适。

看起来我们也有可能去参观世界博览会①，这要等我把手头的账单付完再说：税、保险、生活费、瓦萨大学的学费，还有你去阿拉巴马看妈妈的费用。如果顺利的话，万事皆有可能，但是估计怎么也要等到秋天了。我的计划是，如果可能的话，11月份的时候去东岸，待上一段时间。

最爱的人

156．致司各特（1939.8.16）

亲爱的司各特：

---

① 第20届世界博览会于1939～1940年在纽约举行。

我现在还在萨鲁达度假，回到医院信件就要被检查了，借此机会跟你说点儿实在话。

第一，医院是非常昂贵的，不带任何个人情绪来看，以我现在的情况，医院并不是必需的。不管是卡罗尔医生还是苏伊特医生，他们都是公事公办的，并不特别为你考虑。你也知道，在医院里，想得到一些豁免权几乎是不可能的。虽然，他们一直以来都非常慷慨、体贴，对我也好。但是医院还是剥夺了人的独立意识和行动自主权。

我如果能回去，妈妈一定高兴，我也很高兴，如果能从9月初开始去陪妈妈三个月就太好了。

如果这样的话，我们可以少花不少钱呢，以你的情况，当然越少负担越好。

第二，斯科蒂，她有权利得到来自父母的温暖，虽然她不能想要什么就有什么，但是我觉得如果父母能够提供给她一个避风港，为什么不呢？

我希望事情不会发生什么大的变化，去年春天你也答应了，会在下一个秋天之前帮我摆脱医院的禁锢的。

我在萨鲁达已经两天，这里很好，耳边是正午森林的嗡嗡声，清晨美好的空气中也能闻到同样美好的味道。

很开心你夏天过得愉快，希望你和斯科蒂相处融洽，希望你会像我一样发现她是那么易于相处的一个伙伴。

请让我回家吧。

悉心的

泽尔达

请谨慎回答我。

157. 致泽尔达（1939.8.18）

最亲爱的泽尔达：

收到你从萨鲁达寄来的信了。放心吧，我一定会尽力安排你9月前往蒙哥马利的。你的信让我有些难过，我好希望可以说："去吧，去你想去的地方吧。"但是目前这真的不在考虑范围之内。我现在的情况也没有精力好好跟卡罗尔医生商量你的事情，再等两个星期吧。

刚刚经历了一场大病的我，后续会有情绪波动。目前我最关心的是我们两人都能好好活着，还尽可能地舒适。我现在为环球电影工作，能不能最后敲定我的位置，取决于我是否能在下个星期让他们相信我是胜任的，这个很重要，因为这可以缓解我们秋天到冬天的财务危机。

斯科蒂非常开心，以她的年龄来说，是个很容易合作的姑娘。她也更有责任感，她学会了开车，给我看了她的小说，这个夏天没有海伦·海丝带着她展开好莱坞的魅力之旅。

我就是没有生这场病，这些事情都会耗掉大部分体力，别说我现在大病在身，尤其是，我还需要这最后一点儿力气去工作。

我现在对人类身体的不稳定之讨厌，一如你反感神经系统的不稳定。请一定要坚信，我一直都在为我们的福祉努力着。不晓得多少次我期盼我的工作是机械性的，是个匠人，不需要付出那么多脑力和灵感，我并不需要个人的幸福，我只希望我能保持平静，以求我们可以有个安稳的生活。但是，我要你幸福，就好像我要斯科蒂平安一样。

一个星期之内，我会给卡罗尔医生写一封长信，回头把复印件给你看。我已经给苏伊特医生写过信了，要求他尽快解决你的游泳问题。

最深沉的爱

那个秋天，泽尔达的家人开始给司各特压力让他允许泽尔达离开医院，泽尔达也开始给他压力。司各特这时还在生病，整个人都快垮掉了，他开始痛恨这种不停歇的干扰，也痛恨要求他必须重视泽尔达每一个愿望的要求，特别是敦促他为泽尔达安排新的生活。这时泽尔达的信也由愉快的乐观主义慢慢变了，好像从夏天进入了寒冷孤独的冬季。

158. 致泽尔达（1939 年秋天，此信未寄出）

最亲爱的泽尔达：

现在是早上 2 点，我从昨天 10 点开始睡。白天一直在写新小说，刚认识的一个出版商说了，只要前 12000 字他们喜欢，就出版。这看起来是个出路，所以我决定全力以赴。12 点的时候信来了，有些信我不准备打开了，正如我这一个星期一直做的——就是来自你家人的，那些执着地指责我的信。

我的情况不是很好，一个肺已经完全不行了，上个礼拜六我试图把床上的小桌子抬起来，结果伤到两根手指，现在写信都疼。当然，这些伤都要保密，万一出版商知道我的状态不佳，就不会要我的小说了。我现在除了这部小说之外别的什么也不关心。

你说寄50美金的支票给你，好让你去蒙哥马利，并号称能永久治疗你的病。关于这个命题我不会争辩，就算卡罗尔医生也跟你一致，我也不会争辩，祝你心想事成。

如果圣诞节之前我能得到片刻安宁的话，再考虑这个问题吧——你可以去南方待上很长一段时间，在有人陪同的情况下。但是接下来呢？——你会做什么？——因为你如果什么都不干的话，我才不会相信呢，——你要画画、消遣、买衣服。

斯科蒂有她的事情要做，不能有很多时间陪你，我最好躺在我的坟墓里，终于安静了，没人打扰了。但是我一想到你要破衣烂衫地走在蒙哥马利街头，让人们指指点点，这让我如何安宁？

没有人来帮我，就算是你二姐夫，紧要关头也躲在他妻子身后不肯露头，生命是死一般的寂静。

所以，泽尔达，用你的脑子想想吧，如果你有能力做好自己的事情，为什么我不给你自由去享受生活？你知道我有享受生活吗？一边让我好好休息，不去想交税、付保险、养孩子，一边给我买纸和铅笔。

我也想每天早上起来乐乐呵呵地说，“多么好的一天啊，什么操心的事也没有，没有债务，没有债主，没有精神上的屈就，在我和画布之间除了我的手什么也没有，我还健康强壮，写信的时候也没有受伤的小手指拖在纸面上。”

我羡慕你啊泽尔达，每当你说我那早已过期的才华可以通过“释放你”来获得重生的时候，我只好表示遗憾。因为你说这话给我的感觉，就好像斯科蒂为了贴补家用而进了钢铁厂或者妓院一样。

你有的时候非常可爱，我不能否认这点，但是不幸的是，你经常出乎意料地千变万化。而且仅仅做一个可爱的人是不够的，你要有本事，去卖你的画啊，我不可能永远都给你找来卡罗·罗斯这样的买主，你要有本事，就不要活在我的文学里面。

而这些本事从哪里来？是在蒙哥马利的花园里吗？当然，如果出于艺术目的，老活在怀旧情结里没有什么不好，就算出于个人癖好也无伤大雅，无非就好像有人喜欢攒硬币一样，但是你至少要能自立才可以这样啊。这对于一个富有的人来说也几乎是承担不起的奢侈啊。更别说我，肺痨、罪人、苦力、将死的人，我们必须活着，而不是按你的意思花钱。我们有我们的墓志铭要雕刻，而你的灵魂，既不能清楚地记住，也不能清楚地忘却。

我宁可去做8月份做的事情，把斯科蒂满脑子的名媛念头去了，把她跟她的舍友分开；宁可让她勃然大怒，终生对我怒气冲冲，也好过我胸前老挂着一窝长不大的小猪在喝奶。

如果这是罪过，就随便它吧。如果她属于这个时代，就应该成为一个斗士。这点我倒觉得你母亲做得不错，她在展现自己邪恶老巫婆一面的时候堪称卓越，我认为她不体谅任何人，为什么不去把你二姐或者三姐叫回去？

你觉得她关心，或者曾经关心过你吗？你觉得她会为你而抗争吗？她只是把自己想象成一个女英雄，你不过是个木偶罢了——真的还是假的，堕落的还是纯洁的，诚实的还是虚伪的，她都不在乎，只要满足自己的私欲就可以啦。

她选择了我，是的，你那时并没有那么爱我，就如同我也没那么爱你一样。但是你顺从她的意思嫁给了我，这是因为她满脑子都是罗曼蒂克的想法，觉得你是她的投影，最好的你也许只能从我身上看到。

我从来都不爱那个我娶了的泽尔达。我不爱你，直到你怀孕了。你可能在想，和个醉鬼睡觉就让自己的酗酒显得无辜，而我的丑事却被揪出来在小报上连载。

我要抗议！我确实酗酒，但是去翻翻我在普林斯顿或者军队的记录吧，你能找到一条酗酒的记录吗？而你那个时候已经是整天醉醺醺的了，17 岁，在我认识你之前，你已经臭名昭著了。

这是一个说不清的事情。我从你母亲那里学到的——出于某种理由在你们家族中，大家都觉得你是一个大礼包，大宝贝儿，你自己也是这么认为的，虽然我从来没有为此责备过你，然后大家觉得你被我诱惑了，现在被抛弃了。

我感受到这一点是当我们真正睡在一起的时候，因为你是个可怜的骗子，而我深深爱你，像你妈妈一样爱你，为你的美貌和蔑视一切的聪颖。但是跟你妈妈不一样，我希望这些特质有点儿用处，但是我失败了，她也失败了。但是我的本意更纯洁，因为你的家庭一直在指责我把你搞疯了，我可以分分钟在这无稽之谈中离开，可是我没有。

现在这个男人不傻了，他看明白了，是这个老巫婆把你搞疯的，早在我遇到你之前你就已经“疯了”，我接受了你的疯癫，甚至重塑了你。但是别担心，如果不是你，我可能会重塑另外一个更稳定的灵魂，我的才华和陨落是常态，你的堕落才是离经叛道。

（就说这些吧）

159. 致泽尔达（1939.10.6）

最亲爱的泽尔达：

德国入侵波兰了，当前国际局势动乱，在这种情形下工作真是难上加难。我几乎身无分文了，我刚刚写完给《时尚先生》的稿子，账户上只剩下100美金，我除了写稿子没别的办法。你还记得曾经我花了6个星期才找到灵感写出了《星期六邮报》的短篇吗？

但是明天也许就好了，我跟你说过吗？墨菲借钱给我们付了斯科蒂的学费，解决了大麻烦，虽然还差200美金，但是我会想办法的。

除了她之外，我只担心你了。你妈妈又写信来让你回去，我深深理解她，但是我不能同意。因为你要独身前往，没有护士，没有钱，没有返程车费，就是卡罗尔医生点头，我也不能点头。

我和斯科蒂的处境都不妙，不比你强到哪里去，但是不管怎么说，你妈妈是我敬佩和尊敬的老太太，她的出发点是爱你的，虽然不那么明智。

你家人没有一个够意思的。你二姐罗莎琳德和二姐夫纽曼甚至都不愿意借钱给斯科蒂。几百美金而已，至少可以让她开学。1925年的时候，我可以二话没说就借给他们500。纽曼不肯讲话，指使罗莎琳德出来说很不方便借钱给斯科蒂。他忘了，当年保险单马上要失效的时候，还不是我从别人那里周转了钱给他。是杰拉尔德和萨拉借给我这笔钱的，他们真是永远都这么慷慨。

我只好请求你，饶了我吧，让我和我的大出血待在一起吧，至少还有希望，至少还有平静，至少留给我些精力和勇气来拯救你。

你的生命已经失败了，我的也是。但是我们毕竟还是有所得，我们有了斯科蒂，今年是她最重要的一年。

最亲爱的爱

160. 致泽尔达（1939.11.20）

最亲爱的泽尔达：

目前的情形还不是很稳定，就在本周初，我刚刚弄到100美金，应该可以坚持到前两章小说的完成了。但是今天早上开始，我接二连三地接到斯科蒂的电报，跟我要一些生活必需品的钱（买一件外套，还要去巴尔的摩参加朋友的成人礼派对）。她这么一搞，事情又变化了。

是不是很奇怪啊，一年前，我们手里那么充裕，现在一切都艰难了，感觉好像回到了1936年。我希望你能有点儿商业头脑，想办法卖掉一些画。你可以把这些画拍成照片，做成一个小册子寄给我看看，我也许能找到感兴趣的人。

目前请不要担心我，至少不担心一个星期，能做到吗？我现在迫切需要平静。

最深沉的爱

161. 致司各特（1939.11）

最亲爱的司各特：

在最闪耀最纯净的天气里，世界就变成了电影院。早晨高雅，完美，在薄雾中展开；黄昏孤独，迷茫，带着怀旧但又可爱的气息。地平线上的城市轮廓若隐若现，美妙无比。

非常感谢你寄来的钱，我明天就开始画画，怀着最大的热情。我始终盼望着有一天可以把这些笔下的灵魂展示给公众看，也许可以凭借这个完成我的梦想，还能够自给自足。

你可以帮我回家吗？我拿到钱了，就像你知道的，妈妈非常着急想见我。自从去年2月以来，她一直被限制在家里，生活很郁闷。我可以感恩节回去吗？或者圣诞节？我觉得如果你跟卡罗尔医生商量的话，他会同意你。

对了，很高兴听到你小说的进展，你一定很有成就感，你的创作欲望又回来了。但是现在关于电影故事的书非常有优势。尽管在压力之下，有魅力的领域总是有其独到之处。

再说点儿严肃的事，就说两句。我的朋友们每个星期都有零花钱。我能不能也有点儿零花呢？每个星期3美金就好（这3美金不包括画画的费用，那个费用更高，最好直接寄给我，或者你打算怎样都好）。我可以拿这个钱在镇上吃个晚饭，看个电影，偶尔请朋友喝一杯汽水。没有家人的同意，我没有办法从医院那里申请出钱来，所以，你会答应我吗？一开始可以先寄50美金，因为我还需要额外的一些钱买圣诞礼物，买一些新画布。但是你可以写信给卡罗尔医生说零用钱的事吗？

不要工作得太辛苦，你永远不能有一个新肺，但是你可以有其他时间写书。

二姐说报纸上有一张斯科蒂的照片，非常可爱。我觉得这个动荡的时代对年轻人来说未必是坏事，他们会因此变得更戏剧性或者更悲怆，从而找到自己的归属，我羡慕他们。

悉心的

泽尔达

162. 致司各特（1939.12）

亲爱的司各特：

谢谢你的钱。你可以告诉我圣诞节的时候斯科蒂在哪儿吗？她有可能来阿什维尔看我吗？还有，我是不是应该给她买个礼物呢？你可以安排威斯特小姐来做吗？

另外，我的画都不大，只是凭直觉表达了我对生活的理解。我真的非常非常想住在医院外面，我依然可以定期回医院接受治疗，如果你依然希望医院监控我的话。

如果这样安排，我们的费用就会大幅度减少。我们老欠钱，估计卡罗尔医生也会很乐意摆脱我们。我不是随便说说的，告诉你的所有的事情都是经过深思熟虑，到了不得不说的情况下才说的。

斯科蒂在舞会上一定被各种浪漫包围了吧，她的美好人生就在不远的前方。

阿什维尔的天空对我不可谓不好。目前来说还没有任何暴风雪的前兆。但是我还是那么羡慕你，待在云朵绽放的加州，也很替你高兴，至少你是温暖的。

悉心的

泽尔达

163. 致泽尔达（1939. 12. 6）

最亲爱的泽尔达：

我会让威斯特小姐付钱给你，虽然她有时拖泥带水。

在这之前我有个疑问：你突然有了件新衣服，医院不会奇怪吗？我们唯一的借口可以说是你二姐从亚特兰大寄给你的，或者说她委托威斯特小姐寄给你的。但是不管用什么借口，你一定要小心，因为你知道，卡罗尔医生一旦发现事实的真相，就完全有理由认为我们双方都违反了诚信。

我不能直接写信给他，因为我知道一旦这么做了，医院会马上剥夺你的休假权。所以这期间你不要用任何方式跟我联系，也不要拍电报。要联系，只通过医院的合法渠道吧。

这个不难理解吧，因为我最近跟他们关系不佳，所以公事公办吧。我是不能在医院不知情的情况下给你买衣服的，特别是你不配合医院规定的时候。我太知道一旦没有钱，人们是多么不愿意为你开方便之门。

这个秋天对斯科蒂来说非常重要，我希望她有足够多的衣服。有人送给她一个25美金的手袋，她把它换成了一件晚礼服。我发现，你可能也发现了，去年秋天她去你那里的时候，她开始节省着过日子了。

她今年在瓦萨大学表现很好，至少她给我的信上是这么写的。我可能无法给你寄更多的钱买衣服了，至少这个秋天不行，因为我的肺很难受，又犯病了，不能起床。

我以前也跟你说过，我确实有此打算，让你这个圣诞节去蒙哥马利，和斯科蒂一起。但是，如果你打算就此逃走，你不会成功的。医院迟早会把你抓回去。我跟你说的所有的事情都是再清楚不过的。简单言之，你丈夫是个病人，又穷得叮当响，如果你再试着“挑战”的话，医院对你的态度会在一分钟之内大转弯的。

最爱你的人

164. 致泽尔达（1939.12.15）

最亲爱的泽尔达：

明天再给你写长信吧。但是我没有什么自信两天以内就给派拉蒙公司开工。我已经离开斯旺森经纪公司了，没有什么比老朋友更能在关键时刻帮你一把的了。

最亲爱的爱

165. 致司各特（1939.12.31）

亲爱的司各特：

今天是一年的最后一天，天气真好，明亮的，永恒的，充满灵感的，让人在时间的流逝中有了短暂的喘息机会。

祝愿你在新的一年里，快乐、健康，挣很多很多的钱。也希望新年新气象，你能够灵感无限，美梦成真。

我的新年愿望是：希望能成为更完美的自己，能好好思考问题，有行动力。

能够满足眼前的小抱负总是让人感觉很好，知道自己还有价值也是好的。

如果能见到斯科蒂就太好了，让世界完成它的精彩亮相吧，虽然在这样一个不断变化的世界中成长也是残酷的。她们这一代一定可以利用她们所掌握的资源来达成心愿，相比较我们来说，她们的资源更多，我们这一代浪费了大把的时间，看着自己犯下的错误而目瞪口呆，除了痛苦没有给孩子们留下什么，她们只好各自为战了。

亲爱的，你可以跟医院商量一下让我走吗？我真的可以照顾自己了。对我们来说没有什么是永远的，现在我还有一个家可回，将来也许这个家就没有了。不要回避这个问题好吗，虽然没有钱是尴尬的，但是回避问题岂不更尴尬？

我现在不能去看电影，因为没有钱。在这种情况下，让我回家岂不是更明智更省钱吗？更别说我还可以更有效地规划自己的时间。我希望你不光要考虑你对我的基本义务——我是你的妻子，更要考虑你对我的社会义务——如果没有钱了，一个人应该适时而动，换一种生活方式。

我知道，我回家妈妈会高兴坏了的。

对了，我现在有一些特权了，信件只需要抽查，我相信会越来越好的。

除了这个之外，也没有别的了，你上次说的朋友我还没有去看，等过些时候吧。

悉心的

泽尔达

166. 致泽尔达（1940. 2. 6）

最亲爱的泽尔达：

我完全理解你的态度，也很大程度上同情你。但是只用才华去工作，这说服不了我，虽然我也承认，自己也常常犯下类似错误。

现在，我希望自己能进入共和国电影工作室工作。最低最低，可以付你医院的账单。任何你做的事情都将会体现在你的账单上，所以，你目前最需要的不是去希腊群岛旅游，而是跟我一起付清账单，这样说明白吗？

所以，我对你还是有些失望的，你应该让你的窗户吸引这个时代的拉斯金、艾琳·佛润斯和其他解剖艺术的大师们。但是我有一种感觉，等你收到我这封信的时候，你会改变主意的。当你决定把才华沉到黑暗的深渊时，是那些人保住了它们。这是非常微妙的事情，但是我已经伤痕累累，支离破碎，我开始惊诧，它们当初竟然如此清晰。（上帝啊，什么乱七八糟的比喻。）

最爱的人

167. 致司各特（1940. 2）

亲爱的司各特：

再次感谢你寄来的钱，我非常谨慎地花费它们，我购买了“时间”。

我给二姐买了一些情人节的花，她在圣诞节的时候心里惦记着我，让我深感快乐，所以我也想做点儿什么让她开心。我给斯科蒂寄了2美元，给妈妈买了一个礼物，所以你看，这些钱做了好多事情呢。

关于那些窗户，我们已经达成妥协，不用担心。

我其实心里是怨恨的，厌恶这种在医院被活埋的感觉，特别是根本就没有办法证明这么下去有什么必要。但是，我能怎么办呢？无能为力。

算了，天气不错，我只能假装平静地等待春天。

悉心的

泽尔达

168. 致泽尔达（1940. 3. 8）

最亲爱的泽尔达：

很高兴地告知你，卡罗尔医生终于同意了，你可以自己在医院外面找一个地方住。换句话说，你可以4月1日去蒙哥马利，然后就留在那里，或者一直待到你待腻了为止。

经历了4年卡罗尔医生的治疗，虽然之间零零碎碎被将近20个星期的旅行打断，但是，你终于可以成为自己的主人了。

我似乎已经感受到你的喜悦，我猜斯科蒂也感受得到。

我很抱歉，刚开始我似乎也帮不了你许多。我目前还没有真正的收入，我们必须靠那些《时尚先生》的小短篇活着，你也知道他们的稿费多低。斯科蒂说今年夏天她要去百货公司工作，但是我真的不希望她去。也许等你到家一切都会好起来了。

带着最亲爱的爱。

169. 致司各特（1940.4）

最亲爱的司各特：

恭喜你开始了新工作，如果不是为了挣钱养家，你一定会选择更有挑战性、更有趣的工作。

当然，见不到斯科蒂我很遗憾，但是不让她来也好，这里的生活沉闷，毫无生气。能在蒙哥马利见到她就好，我们可以一起游泳，一起打球，开心地在一起了。

我发自内心地感激你安排我回家，不管一个人要面对什么样的问题，没有压力的日子总好过有个虎视眈眈的权威管着你。

太阳尽职尽责地照耀着我们，我依旧沉浸在那些古老的故事里，花还没有开，梦想没有绽放。但是遥远的视野里有一丝绿色，也许可爱的夏天就要来了。

再次感谢你给的支票，还有你的慷慨，不要再通过哈伦夫人给我寄钱了，除非我跟你要求。我现在还在医院的监控下，他们要知道有朋友从中给我们转钱，会非常不高兴的。

悉心的

泽尔达

170. 致泽尔达（1940.4.19）

最亲爱的泽尔达：

你到蒙哥马利了吗？我希望你一切都好。这个星期的15美金我先附上，还有10美金以备他需。

前天开始，事情变得好起来，来了个薪水更高的工作，我想我可以把“巴比伦”那个剧本先放一放。

这个工作也不知道到底行不行，但是不管怎么说要好一些了，几个月前我几乎没有办法给你任何钱。

记得写信给我，刚收到斯科蒂的信，说了好多她新剧的事情。

最爱的人

171. 致泽尔达（1940.4.27）

最亲爱的泽尔达：

随信附上15美金用于生活，还有20美金用作其他费用。谢谢你来信鼓励我。收到支票后记得来信告知。我尽量星期五把信寄出了，风暴就要来了，如果星期六不到邮局的话，信件在路上会延迟。

我还在忙活“巴比伦”的剧本，现在还不清楚夏天住在哪里。出于对肺的考虑，找个山谷是最好，洛杉矶太城市化了，但也许高一点儿的地方也不错。

斯科蒂的话剧演出非常成功，比我想象得要好。她现在也约会一些男孩子，都是不错的孩子，家境也还好，我不用担心她会有朝一日跟花花公子私奔。她随便做什么，我不干涉，只要她先忙完正事。不管怎样，她们都比我们那一代更聪明。

我把你的手表寄过去了，你说过很多次，你想把它留给斯科蒂。当时你还在生病，我不想把你的东西拿走。如果你真的很喜欢它，还是留着吧。如果你想给女儿也好，我没有跟她透露。虽然这个表花费了500美金，但是几年前，我请一个当铺老板帮我看看，他说只给20美金！

祝愿家里一切都好。

最爱的人

172. 致司各特（1940.5）

亲爱的司各特：

这是三姐给我发来的《纽约时报》上的报道。我为斯科蒂感到骄傲，她在很多领域都做得这么优秀。你看完后能还给我吗？麦金尼太太想把它用在蒙哥马利的报纸上。

镇上鲜花盛开，这是最好的季节，即使流浪汉也受欢迎。我与6月，不知道为什么，总是莫名其妙地依偎在一起，无比融洽。

我希望自己能做点儿事情。回来一个月了，我打算找点儿工作，我可以尝试写短篇小说，也可以画杂志封面。以我现在这种情况，周围的人如果不知道我会做点儿什么，也许就很难找到工作了。

从医院的各种束缚中脱身出来真令人愉快啊，真美好，几乎不可能似的，一个人可以筋疲力尽成这样，但是，我依然活着。

谢谢拯救了我，将来我也会对你好的。

悉心的

泽尔达

173. 致泽尔达（1940. 5. 4）

最亲爱的泽尔达：

你想做点儿事情，这我很理解。为什么不找个好点儿的地方租个画廊呢，你只需要一个画架，一把椅子，一个沙发。我记得你自己就有一个画架是吧。

我想大姐可以帮你，你可以一分钱不花。过了下个礼拜，我就可能多寄些钱过去，这取决于我是不是发烧。如果到99度（华氏度，编者注）左右，我会感到很痒，有皮疹，如果一天下来平均温度高过这个，我就会很恐慌，生怕去年秋天的事情再次发生。我的计划是先把欠政府的钱付清，否则真不知道他们会再增加多少。

我星期一的时候会把剪报寄给你。斯科蒂是个非常温和的孩子（这点主要是遗传了我，除了她的嘴、腿和个人魅力之外，当然，还有从我们两个人这里遗传的智商），不管怎么说，她是我们两个最好的组合，她不像我或者你那么透明，但是也许是因为她没有什么东西需要隐瞒。

我希望你开心，我希望你可以多读些书（你知道，就是那些看起来好像是个大方块，但是从一面可以打开的东西），我的意思是广泛阅读，而不仅仅是早期的希伯来文形而上学。如果你乐意的话，我可以推荐一些短篇。你在处理情节冲突上总是不大好，你可以看看果戈理的《斗篷》，或者契诃夫的《亲爱的》。他们应该都在现代图书馆“最优秀俄罗斯短篇小说”那部分里，你看看当地的图书馆有没有。

不要把你可怜的一点儿钱浪费在电报上了，除非你急需钱。

对了，跟大家说我爱他们。很抱歉，我的口吻可能有点儿苦涩，那个该死的电影累死我了，今天在床上躺了一整天。

174. 致泽尔达（1940. 5. 11）

最亲爱的泽尔达：

对不起，上个星期给你写的信有点儿急躁，至今没有收到你的回信。

这边的情况好一些了，可怕的咳嗽慢慢下去了，温度也在下降。这个星期工作挺辛苦的，所以我很期待能有一个平静的星期天，可以躺在床上看丘吉尔的《生活在马尔伯勒》，真想不到，他竟然成了首相。

你还记得1920年，我们在他妈妈家吃午饭吗？丘吉尔一开始不讲话，后来慢慢放开了，是个特别愉快的人。丘吉尔夫人打电话给波恩伯爵夫人，后者带了一个男仆，活像《爱丽丝梦游仙境》里面的那个男仆。真是感谢上帝啊，他们终于摆脱了破抹布一样的张伯伦。我白天黑夜地想起往事，突然感到好悲伤。

目前我已经写出点儿感觉了，希望这是好莱坞扔给我的一条生命线。这是一条非常强大的生命线，希望我能在里面做出些名堂，现在是最关键的时候了。

关于普林斯顿的舞会，斯科蒂给我写了封愤世嫉俗的信。感谢上帝，我没有在她16岁的时候就放手让她去，否则的话，她现在已经是个老炮儿了。

跟我说说你那边的生活吧，你跟那些老朋友的关系怎么样？你母亲的身体怎么样？说些什么吧。这个夏天最热的时候你准备怎么度过？我上一封信里忘了说了，那些我推荐的小说，其实可以对你正在着手写的东西有所帮助，去买一本《俄罗斯最佳短篇小说》，从斯克利伯纳出版社现代系列里买，他们可以把账记在我这里。

下个星期，我应该就有固定住址了，我在城市的中心租了一个小小的公寓。如果到秋天还这么咳嗽的话，我可能会搬到干燥一点儿的内陆。

爱你们，特别是你

最爱的人

175. 致司各特（1940.5）

亲爱的司各特：

谢谢你寄来的钱，我真的很高兴，你的身体终于有起色了。我也在祈祷，祈祷有一天上帝对你公平一些。我自始至终都认为你的所得与贡献根本无法同日而语。

妈妈宠着我，家里的小房子好安稳。6月就要到了，空气中闻得到它的芳香，清晨阳光下是各种生机勃勃的生命。生命是如此的契合，人间生机勃勃，在草莓的香味里，在茂密的树林中，多么好的5月天。路上盛开着花毛茛，草地上好多野花，如繁星般；花园也绽放了呢，漂亮的罂粟花，这个夏天注定要繁花似锦啊，夏天呵。

每个星期我至少给你写一封信，上个星期我写了两封，你如果漏掉了，很可能是因为贝格先生添了新技能，吃信。

你为什么不试着把短篇再寄给邮报试试呢？也许他们想法变了呢。可以肯定的是，你发现并记录的那个时代依然没有过去。

感激的，忠实的

泽尔达

176. 致泽尔达（1940. 5. 18）

最亲爱的泽尔达：

《星期六晚邮报》的事情不是三言两语说得清楚的。我不是没试过，自从1935年洛里默退休之后，他们就麻烦得很。我给他们写了三个短篇，分别给了三个编辑，但是他们都不喜欢。最后他们用了一个，放在最后。后来，一个在里面工作的朋友告诉我，他们不想花大价钱买我的短篇，除非可以用在头版。这事都发生在我生病最厉害的那两年里——就是我肩膀坏了的那次——你当时也在一个坎儿上，我不知道为什么，那个时候非要亲自照顾斯科蒂，所以失去了跟他们合作的机会，慢慢也就越来越不会写他们需要的那类短篇了。

你也知道，那种稿费很高的商业杂志需要的都是一些非常标准化又匠气的东西。但是我想要放一些特殊的东西在里面：智慧、文学性，甚至激进主义。老洛里默很懂我，他自己也是作家，所以识货。而现在主管杂志的人是一个崭露头角的年轻共和党人，他根本不在乎文学不文学，他只喜欢拓荒者的故事，刺激的、惊险的，要么钓鱼，要么足球队长，不可能也不会去触碰更深刻的话题。他要的这类短篇，我真是写不来，不是我不肯，我都尝试了不下20次了。

一旦感觉到自己在给一个不入流的编辑写稿，我的笔就凝固了，所有的灵感也消失殆尽。但是说实话，我从来没有为此埋怨过他们，过去的三四年一次没有。他们的说辞是，之所以改变策略，是因为一个悲剧结尾的故事读者不买账（你也知道，我过去的小说大部分都不是大团圆），而目前来说，根据电影来创作小说的收益远远超过了单纯的纸媒，不管你信不信。

谢谢你的信，加州的天气实在是太单调了，住在这种无休无止的夏天里实在是厌烦透了。能做我喜欢做的事情还是不错的，也许过不了几个月，我就可以拿到说好的那部分奖金了，可以把去年欠的税付清，我们的生活也可以好一点儿。

爱大家，最甜蜜的爱给你。

另外，你寄给我的关于斯科蒂的那篇文章我寄回给你，你说你要给麦肯金太太用。

177. 致泽尔达（1940.5.26）

最亲爱的泽尔达：

我的支票到了后一定通知我。现在是剧本的最后一天了，我几乎是在全力以赴，还在发着漂亮的99.6度的高烧。如果这个本子成功了，那么一切都会好起来的。

过几天后好好跟你说。

最亲爱的爱

178. 致司各特（1940.5）

亲爱的司各特：

谢谢，钱收到了，它一到就带来了安心，我是只要有一点儿安心就快乐得不行。

花园开始盛开了，罂粟花开了，种子四处飘散，洒在大树底下，时间在薰衣草下面熟睡。我会非常珍惜她们，好好呵护她们，种下她们的时候可费了我不少力气。

几个朋友过来看我了。我认识的大部分的人都在拼命挣扎，只要活着就好，不论怎么活着。

目前我还没有被邀请参加派对，所以也不知道现在都流行什么舞曲了。以前在这种小镇上，浪荡青年是不可或缺的，现在他们好像都不见了。不久游泳池就要开放了，我要去买辆自行车。

妈妈建议说，等斯科蒂来了，我们就花上一个星期去佛罗里达，住海边。斯科蒂身边的小伙伴们都阳光灿烂，年轻可爱，我知道她会过得很愉快的。

事情一切都好，我心旷神怡。我祈祷你的才华得到应有的赞赏，我祈祷有更多人意识到你为美国的文学做出了努力。

悉心的

泽尔达

179. 致泽尔达（1940.5.31）

最亲爱的泽尔达：

我刚把手头的小说弄完，要休息一个星期了，也许去北面什么地方。我的经纪人菲尔·贝格会帮我转信的。终于找到一个小公寓了，这个夏天就住在这里吧，但是要等到6月中旬才能入住。从斯科蒂的信里，我感觉她也很想和你们一起去佛罗里达。

就像你在信里说的，目前最重要的是要“好好活着”，至少挺过这段时间再说，等这部电影出来就好了，反映好的话一定还会有别的工作。

最真挚的爱

180. 致泽尔达（1940.6.7）

最亲爱的泽尔达：

关于斯科蒂暑期的安排，能去哈佛最好，好过去弗吉尼亚。

你忘了你曾经的观点了？人应该生在苦寒的北海岸边，

然后再向南享受柔软的地中海。你还记得那年夏天，我们在法国南部结交的那些朋友吗？蒙塔古·那满，还有津尼斯、瓦兰博斯，他们现在都在人生的低谷中苦苦挣扎。我盼望斯科蒂坚强、敏锐，能够像个勇士一样直面生活。很显然弗吉尼亚不会对此有所帮助的，虽然这地方很迷人。

我会把临时地址告诉你的。

最亲爱的爱

181. 致泽尔达（1940. 6. 14）

最亲爱的泽尔达：

目前很多事情都悬而未决，斯科蒂会在20日到达南方，然后她将启程去哈佛。只要我能负担得起，我就希望她去。她需要更好的教育，目前来看，她也完全胜任。你见到她就知道了，她很成熟，颇有主见。

我的感觉是，我们之间已经有了10年的拉扯，可能还包括她在瓦萨大学的一年，这就是为什么哈佛大学的暑期特别吸引我。如果我有能力的话，我会安排你在8月的时候去海边待上一个月，躲开蒙哥马利的高温。这一切都取决于我的制片人是否会接受《重返巴比伦》的剧本，以及是否有新的工作进来。这里要的是快钱，每个人都忙得团团转，只求马上发财。

20年前，《人间天堂》非常畅销，我们定居在纽约的西港；10年之前，巴黎几乎是美国人的最后狂欢，当时我们离开了狂欢，去了瑞士；5年以前，我第一次严重中风，去了阿什维尔。人生对我们来说艰难起来，但是过去4个星期以来，似乎有些好转了。我希望蒙哥马利的气氛是宁静的，大家离疯狂的旋涡越远越好。

爱你们所有的人。

182. 致司各特（1940.6）

亲爱的司各特：

再次感谢你的钱，老乔最近快不行了，所以我非常高兴可以给他一点儿钱。他在我们家已经24年了，全家人对他的事情感到很难过。玛琳达一直都很好，斯科蒂也来了，这个家渐渐充满欢声笑语。

花园里开始生杂草了，浪漫凄美的诗意。每次看到恣意生长的藿香和剑兰都让我心生欢喜，让她们都在夏天里华丽地生长吧，除草的事以后再说。

人人都爱斯科蒂，她和朋友们在午夜篝火，烧烤，做好多好多有趣的事，都是我们小时候未曾经历过的。她那么漂亮、迷人，我真的希望她可以待得更久一些，因为妈妈也说，待得太短了，她舍不得。

虽然已经80了，但是妈妈看上去还是像个60岁的妇人。她积极生活，跟以前一样，给我们大家带来温暖快乐。

怀着感恩的心与奉献。

泽尔达

183. 致泽尔达（1940.6.29）

最亲爱的泽尔达：

听起来斯科蒂跟你们过得很愉快，我很抱歉，不能让她在你那边找工作。我还是觉得她应该集中精力让自己多受些教育才好，特别是在战争时期。

我不想让她去哥伦比亚大学，纽约的夏天太热闹了，根本没有办法静下心来做事情，弗吉尼亚也是。她可能觉得哈佛不大理想，因为那里朋友少，但是以她的性格，交朋友不是什么难事。我猜她走了，你会感觉很孤单。我也很想念她，也许等事情好起来之后，我们可以约在年底见面，这取决于今年我做得怎么样。

欧文斯太太会把巴比伦的剧本找出来给你，报纸上说秀兰·邓波儿可能要出演①。除此之外没有别的消息了，我这里很安静。

最亲爱的爱

184. 致司各特（1940.7）

亲爱的司各特：

这个你可能感兴趣：最近蒙哥马利好像被精灵附体，冒出各种可爱有趣的社会活动，真是让人心生愉悦。

我们非常愿意有斯科蒂守在身边，她比以前更漂亮了，而且处处帮忙。在瓦萨大学开学之前，我真的希望她能够回来跟我们待一待。虽然我一直以来都没有给她什么母爱，但是我还是愿意尽我所能讨好她，是为了弥补我，也为了她。

---

① 这件事后来没有谈拢。

虽然有那么多的痛苦和烦恼，但是如果在风雨飘摇之后，知道这世界上存在一个地方，那里有父母，有爱，有温暖的港湾，这是多么好的事情啊。

我为斯科蒂感到自豪，她很迷人，也很可爱。

这里，生活依然以它自己的方式波涛汹涌着，但是人们积极乐观，尽管这个世界不那么安生，每天都有一个新的国家在宣战。

真诚的，感激的

泽尔达

185. 致泽尔达（1940.7.6）

最亲爱的泽尔达：

我正在看蒙哥马利当地报纸对斯科蒂的采访，我很高兴她花时间考虑罢工、救济和饥饿的问题，对那些选择在乡村俱乐部谈恋爱的女孩们没有丝毫的羡慕和嫉妒。这说明我们的教育是对的，我们的孩子很优秀。我毫不怀疑，有一天，她会跟乔治·华盛顿一样，“为更好的人提供更好的社会”。

说真的，她跟报纸记者说的那些，虽然还很稚嫩，但是我很开心。她能从她读过的或者听过的书里挑出一些片段，不管是马克思还是约翰·斯图特·麦尔，她把它们整理出来、表达出来，比很多经济学家说得都好。这是一种学习方式，一开始是假装的，然后就慢慢理解了。

她很急迫地跟我要了100块钱，暑期大学需要这么多吗？比我想象的要多一些，这样我账上就剩下11块钱了。但是不要责备她，让我来处理好了，我会从她生活费里扣除的，但是你要告诉我她具体的学校费用。

但是这多少会影响到你，所以你星期一如果收到支票的话，先不要兑现，等到星期二，这样稳妥些。我手头上有一篇马上要完成了，到时候就有900块的收入了。这900块一到手，大部分要拿去完税，还有300块是以前借的债，剩下的用作我们接下来3个星期的生活费。所以如果你手头有闲钱的话，一定要留着，以备不时之需。我们一直是这样借钱过日子，要好好计划，看住我们的钱，别让它们飞走了。

跟我说说，你们都做些什么吧。表妹茜茜说，我姑姑伊丽丝去年4月去世了，享年90岁，那个姑姑很喜欢我，我心里很难过。

最亲爱的爱

186. 致泽尔达（1940. 7. 12）

最亲爱的泽尔达：

你没跟我说过你现在还画不画，或者你是不是在写什么。昨天我跟秀兰·邓波儿还有她一家度过了无聊的一天，她们到底想不想演出这部电影都跟我没有关系，这是制片人操心的事情。她是个可爱的小女孩，被万般宠爱着长大了。不知道她到十二三岁青春期会不会难搞。她让我想起了在拉佩兹时的斯科蒂，在她去布林摩尔寄宿学校之前，1934年，你是没看见，马里兰州亨特杯比赛的时候，斯科蒂从我母亲那里借来裙子和外套，一穿上它，她就变成了大姑娘，一下子跳到了青春期，你可能记得那件小外套，她一直穿到16岁。

这几天热到不能忍受，我不能工作，只收到了斯科蒂一封信，她看上去很喜欢波士顿。

最亲爱的

187. 致司各特（1940.7）

亲爱的司各特：

钱收到了，非常感谢。每个星期的薪资会让大家都士气满满。

天气虽然炎热，但是妈妈还好，她用风扇和碎冰缓解酷暑。你可能忘了，也许我也忘了，这个世界一旦热起来，人们是多么的烦躁不安。7月的街道好像闪电一样，到了中午，热气就会让人什么都看不见了。

我很高兴妈妈在80岁这样的高龄还可以去北卡罗来纳州，离开自己的日常是多么大的挑战。她现在一个月有50美金，虽然她总是很慷慨，但是这笔钱能够支付她在卡罗来纳州疗养院的生活了。

这个疗养院不大，很可爱，花园深深，充满浪漫的芳香，我想种点儿西红柿，因为我种下的那些花都很不礼貌地死掉了。还好我无利可图，不求回报。

素描，是的，我会再重新拾起画笔，我现在所做的一切都是比较散漫的。我在花园里忙活，每个星期会在红十字会待上两天。我现在依然在卡罗尔医生的监控下呢，我们签了一纸合约，我答应他，每天必须步行5英里，必须保持健康饮食，你觉得他会一直活下去吗?

我现在很好，如果斯科蒂能在回瓦萨大学之前来家一趟就好了，我会请她们俱乐部的女孩们一起吃顿午餐。不知道这是不是明智的建议。

简短截说，目前没有办法好好宠爱她。如果我们能租一辆卡车，倒是可以来一次野餐，只是这样的事情要精心安排，否则很容易搞砸。但是不管怎么说，看到她的恬静总是令人高兴的，将来有一天，我希望能够向她传达更多的家庭传统，这会让她的生活更平静、更体面。

跟我说说秀兰·邓波儿的电影吧，我觉得她很有趣，个性也引人注目。

悉心的

泽尔达

188. 致泽尔达（1940.7.20）

最亲爱的泽尔达：

谢谢写信告知你最近的情况，我希望你能接着画，哪怕仅仅是让自己的手不闲着呢。你还从来没有在阿拉巴马画过画呢，那里鸟语花香，与北卡的氛围完全不同，我觉得你应该把你的情绪、你的感受画下来。

等时局平静点儿吧，你还可以再来一次画展。也许，明年战争就会结束，斯科蒂就是筹备你画展的最好人选，就像盖瑞·罗斯六年前的工作一样。这个工作对她也好，可以遇到各种有趣的人。我有个想法，也许8月的时候她可以找一份类似的工作。因为战争的缘故，艺术品市场不大好，人们在动荡的局势下不愿意花钱买东西。

我把格特鲁德·斯坦因的新书《巴黎·法国》给你寄过去了，是帕金斯送我的。上面提到了我，我标注出来了。我在包装纸背后写好了日期，也贴好了邮票，你看完后可以寄给斯科蒂，她也想看看。这是一本忧郁的书，法国已经陷落，曾经是多么迷人的地方啊。

最亲爱的爱，

跟我说说你妈妈吧，她好吗？爱活动吗？我的意思是她还经常去镇上吗？或者只是坐在车里出去看看？跟我说说。你们今年为什么没有去卡罗来纳州度假，钱不够吗？还是她不适合长途跋涉？

189. 致司各特（1940.7.24）

最亲爱的司各特：

生日送的花好漂亮，一个巨大的漂亮盒子里，装满了大丽花、剑兰还有一整个花园。谢谢你一直想着我，待在蒙哥马利这一段时间里，老是让我想起我们刚刚认识的那些日子。咖啡店的时尚似乎已经消失了，现在年轻人的休闲方式更正式，更有趣。

南方，至少以我的观察来说，它经历了时代大潮，见证了浪漫的最后荣光。我真高兴斯科蒂在这里过得很快乐，真令人欣慰。一个人即使消失了很久，回来后惊喜地发现，大家依然记得她。

天空最近很兴奋、充满力量，以至于它们在头顶上如此坚定不移，而脚下的地面竟然努力地迎合着我们的脚。

一心一意

泽尔达

190. 致泽尔达（1940.7.29）

最亲爱的泽尔达：

秀兰·邓波儿的事情是这样的，她毕竟是年纪大了，已经失去了那种童真的吸引力，虽然他们把她所有的技巧都放在最后一部电影里：唱歌、跳舞还有小杂耍，但还是留不住观众。事实上，最后都有点儿让人厌烦了。

所以“独立”制片人考恩——他现在还在哥伦比亚，不久会去派拉蒙电影公司——有了一个很浪漫的想法，想为秀兰再拍一部电影。所以他们去年花了900块买了我的《重访巴比伦》的小说改编权。我也许可以要更多点儿钱，但是这部小说毕竟是10年前的。

所以出于一个精美的贪婪，在得知我生病可能很难恢复后，考恩先生雇佣我改写剧本，可能只改一部分。他给我一个星期几百美元的价格做一个飞快的剧本。我接受了，躺在床上一边养病一边改。

现在他希望我再做一个。我觉得这应该是个好事，因为我很久没做电影了，大家都觉得我不行了。如果你能面对那些人，跟他们谈上五分钟，你就会明白我所说的话，他们对我，有时仅仅保持表面的礼貌也是困难的。

总之，我觉得这是件好事，除了对健康不利之外。如果他能够说服邓波儿和派拉蒙公司的话，我手里的这个小剧本是可以挣点儿钱的。希望他不是心血来潮，仅仅想个法子要累死我。

好了，这就是电影的故事，跟我说说你的事，嗯，你的手表收到了吗？你从来没提起过。

最亲爱的爱

191. 致泽尔达（1940.8.3）

最亲爱的泽尔达：

今天很热，不是很舒服，剧本写得也不顺。地平线上毫无生机可言，除了斯科蒂的信，她说起她在哈佛的课程，似乎很顺利。

如果事情进展得好的话，我可能在9月的时候让她过去看你一个星期。这之前她自己也出去过几次，除了车票钱不花什么。我觉得9月初的时候，你应该回到南方了，这个星期没有收到你的信，我希望一切顺利。

最甜蜜的爱

192. 致司各特（1940.8）

亲爱的司各特：

再次感谢你寄钱来，真高兴。生活因此自由了，我也可以安排很多有趣的事情。我一直都在写信感谢你啊，你为什么总是收不到我的信？百思不得其解。

红十字会的场地设在一个凉爽的吹着风的谷仓里，我在里面缝标签，看对面国会大厅的表，时间不紧不慢地走着。虽然游泳对我来说过分风雅，但我还是享受把自己的身体长长地放在水里，在最炎热的午后，漂荡在水面上。

妈妈是最棒的，那么和蔼，我们在一起做了很多事情。桃子、无花果还有夏天慢慢退去了，空气中有浓郁的香气。等我重拾信心和精力吧，我会开始画画的。

真诚的，感激的

泽尔达

193. 致泽尔达（1940. 8. 10）

最亲爱的泽尔达：

直到上个星期，我还经常收到斯科蒂的信，也许是因为我想讨论瓦萨大学的课程安排，或者因为零用钱的问题，这个礼拜开始我就没有收到她的信了。我想可能是因为她需要考试。她已经长大了，这几年已经有了常识（上帝保佑，敲敲木头），担心也没有用，我也只能操心一些大事情，现在距离这么远，什么忙也是帮不上的。

邓波儿的剧本明天就完成了，我想之后休息一个星期，但是扎纳克那边还有点儿小活，我可能需要给他弄完。目前我还没跟他吵过架，但是让我们拭目以待。

你母亲给我写了一封非常和蔼的信，我这个星期争取回信。

最亲爱的爱

194. 致司各特（1940. 8. 14）

亲爱的司各特：

钱收到了，非常感谢。

麦斯威尔田野一如往常，越来越热，生活在愉快而平静的节奏中前行。我现在定期前往游泳池，虽然还没有完全晒出我需要的颜色，但是毕竟不再死白死白的了。

格特鲁德·斯坦因的书收到，我和妈妈都看了，喜欢，那些回忆真是惊心动魄。从此之后再无那样的法国了，真令人惋惜。

能见到斯科蒂总是非常令人欣喜的，我相信她会跟以前一样，享受在这里的日子的。

虽然这里没有那么多的年轻人，但是我想，如果在大白菜丛中找一找的话，可能会冒出来一些呢。

你知道我的星星项链在哪儿吗？我一直都很喜欢它，项链对我来说总是充满浪漫的吸引力，它讲述着故事，有时就是故事本身。不管怎么样，这些闪闪亮的东西让我开心，如果不麻烦的话，帮我回忆一下，它到底在哪儿呢？

人们经常问起你，我就跟他们说你是多么有魅力多么有声望。

我一直不大会存钱，所以手上没有积蓄，好害羞。

悉心的

泽尔达

195. 致泽尔达（1940. 8. 15）

最亲爱的泽尔达：

星星项链在我这里，我明天寄给你。你还没跟我说腕表的事，收到了吗？说到银饰，你还记得那个小镜子吗？放在你行李箱的帽盒里，1936 年 4 月我带到阿什维尔的，后来失窃了。我曾经到处找，但是没有找到。巴尔的摩总是有很多银饰，但是它们也所费不菲，我宁可等到非要不可的时候再买。你有没有什么特别想要的，我从这里买给你。

不知道斯科蒂有没有跟你说，她要南下了，先沿路拜访几个朋友。

电影还在拖拖拉拉中，我一分钱也没拿到，现在只能赌它卖得比较好。

我很高兴你喜欢《法国·巴黎》，这一切都结束了，真是可悲，至少对我们来说。

最亲爱的爱

196. 致泽尔达（1940. 8. 24）

最亲爱的泽尔达：

你收到这封信的时候，斯科蒂正悠闲地南下呢，沿路可能会停上一两站。这个夏天我没有办法见到她了，但是我们通了很长的信，交流生活和文学。她是个非常优秀的女孩，至少她没有钻进任何一个喝得醉醺醺的小伙子的车里。

下个星期开始，我可能会接手一个不错的工作。差不多要20个星期，20世纪福克斯公司的。我心里默默祷告，看来自从秀兰·邓波儿的那个剧本之后，我在过去一年里还是积累了名气的。

最亲爱的爱

197. 致泽尔达（1940.8.30）

最亲爱的泽尔达：

重新回到电影工作室的感觉很奇怪。星期一早上，他们打电话过来，说是需要我工作四个星期。给我的稿酬只有以前的一半，但是我欠下的账不少，政府、保险、医院，还有斯科蒂的学费 。四个星期的薪资至少可以保证我未来三个月的费用，如果我合理安排的话。

我会给自己添置一套正装，也会给你寄点儿钱过去买件礼服，我猜你也一定该添衣服了。

我现在还是在发烧，但是我办公室有个沙发，他们倒是照顾我，说可以让我躺躺，他们应该不会在我工作室安个窥视孔。总之这次回来我感觉很奇怪。

我想斯科蒂这个星期应该是和你在一起的。她跟我说起过，这个夏天她长大了。你一定要写信跟我说说她的事，越详细越好。我很遗憾错过了她人生的这个阶段，但是我待在这里保证她人生能顺利起航也一样重要。很奇怪，她的人生似乎在重演你的，她所有的朋友都在说上战场的事情，战争又要开始了。

最亲爱的爱

198. 致泽尔达（1940.9.5）

最亲爱的泽尔达：

我手上还有多出来的10美金，也许这次斯科蒂过去能用得上。我还给你寄去了一本卡温的《艺术杰作》，虽然是复制品，但是很好看，这书本身就是个小画廊。

不要为这突如其来的慷慨而欣喜，目前我还没有收到任何薪资，虽然手上已经有了新工作了。但是有了新工作，难免得意忘形，我把我的车拿去当了150美金。

最亲爱的爱

199. 致司各特（1940.9）

亲爱的司各特：

在一个风景如画的黄昏，斯科蒂到了，乘坐一辆苹果绿的汽车，从亚特兰大驶来。她在亚特兰大和二姐吃过早饭和午饭了，她的旅行总是那么兴致勃勃，但又很有条理。

她度过了一个美好的夏天，几乎完美，她整个人神采奕奕，对接下来的日子充满信心。

我们聊了挺长时间。斯科蒂希望能找一份工作，至少一年，我未置可否，这不是我的建议，所以如果你不同意的话，不要怪我。

她想去《巴尔的摩太阳报》工作，我记得你跟我聊起过这个事，所以我跟她说了，我们都希望她能完成瓦萨的学业再说，我还建议她好好跟你谈谈。我一直都认为，独立的经济带来独立的幸福，然而我也理解你，应该先把自己的教育完成。

蒙哥马利仍然热乎乎的，人们喘着粗气、摇着扇子，做好准备迎接秋天。我喜欢棉花田里渐渐逝去的夏日余晖，此处自有民间的规矩，所以时间慢慢成为传统，而过去，无比真实。

我很心疼，你怎么还发烧。别人得了肺结核似乎也没有多难受，你还有希望，也许过一段日子就好了。得知有了新工作真好，已经有两个人寄给我秀兰·邓波儿的剪报了。我觉得你们的合作将会非常成功，你已经活灵活现地表述了一代人，她是下一代人。

真诚的，感激的

泽尔达

200. 致泽尔达（1940.9.6）

最亲爱的泽尔达：

一个忙乱的星期六匆匆写下，只为了把钱寄过去。

你知道的，在某种程度上，我同意你在斯科蒂问题上的看法。在她10岁的时候，你那么坚持让她学芭蕾，14岁的时候，我几乎让她站上舞台。但是现在，我们已经决定了，让她接受文化教育。现在以她的条件，她会有更多的择偶选择，远远比她在巴尔的摩或者其他什么地方为好。就算说到报社的工作，一个报纸也宁可选择一个大学毕业生，而不是大三的学生。

最亲爱的爱

另，我的希望是，有了手上的这个工作后，我们的生活将会有所好转，会更加自由。

201. 致泽尔达（1940.9.14）

最亲爱的泽尔达：

随信寄去下个星期的支票，你可以用来买些你需要的东西，比方说冬天穿的大衣什么的。如果你已经有了，就攒起来，天冷的时候出门用。你还有没有额外的账单呢？牙医的，医生的？你一般都是会告诉我的，但是如果有遗漏的话，也不要自己扛，我不希望你从自己的30美金里面出，告诉我，我来处理好了。我也不希望你母亲替我们付额外的账单。她有付吗？

我的工作已经开始三个星期了，感觉不错，但是我经历过很多开始不错，之后糟糕的工作，所以我也只求好运吧，除非电影马上开机。

派拉蒙不想让秀兰·邓波儿独自担纲这部戏，想找另外一个大腕儿，但是一直没有合适的，所以我们目前是胶着状态。

就像我以前写信跟你说的，斯科蒂绝对应该把所有精力用于学习，我非常坚持这点，如果她一定要去工作的话，我就把她生活费断了。

我不明白，已经费了这么多的努力和时间要去完成一件事，结果在还有两年就大功告成的时候放弃了，这是什么逻辑？而且对大学教育来说，最后两年是最关键的。我当初在大学的时候，前两年几乎一无所得，之后我才突然产生了对诗歌和历史的浓厚兴趣，这随之而来的热情让我选择了作家这个职业。她们这一代总是太轻易得到东西了。

跟我写写你最近都做些什么吧。

最亲爱的爱

另，斯科蒂很可能会在一年之内结婚，那个时候我就永远无法影响她了。我已经花了那么多的时间在我不喜欢的工作上，所以再坚持一年吧。

电影公司最近让一个作家上手拍了自己的小说，这个作家干得不错，带来一些全新的感觉，所以，也许，我也会得到类似的机会，先慢慢来吧。

202. 致司各特（1940.9）

亲爱的司各特：

钱收到了，每个星期一我都小心拆开信封，看到里面藏着一张小支票就会好开心，日子追着我要钱，都要踩着脚后跟了。

你问我的追求，蒙哥马利的日子走得那样悠闲，几乎让我忘掉了这事。我现在感到无比幸福，妈妈那么柔和，让身边的日子充满慈悲。从早餐的休闲晨光，到晚餐的芳香黄昏，一切都那么宁静。我不写作，也不绘画，主要是因为我需要集中精力不让自己再回到医院。

在过去的十年里，我苦苦挣扎，现在我要努力让自己重新融入这个家，所以我要把自己尽量放进妈妈那个梦幻般的小花园里，不去操心明天会怎样。除此之外我不知道该做些什么，这个年纪的女人，还有过那样的病史，找工作几乎不可能，况且对我来说，好好活着比思考可能更重要。

我活着，我感恩，没有异议，虽然我内心呐喊着，只要可能，宁愿付出所有去换来谋生的手段。

我还是拍了电报给斯科蒂，不知道她的情况总是让我不心安。好像有那么个小伙子，有责任心，还很聪明，斯科蒂近期的信里模糊地提及，他们之间还有些承诺什么的，她无疑现在正处在一个令人羡慕的阶段，生活在眼前缓缓打开。

这里一切都很顺利，不用牵挂，大姐和大姐夫下个星期要去卡罗来纳，我负责留下来陪妈妈。我最近也不见什么人，除了李薇·哈特、艾米拉·罗森博格，当然还有麦金尼夫人，偶尔见见。但是我有一种感觉，古老的友谊和自由，看似随意平淡，但是穿过岁月，反而愈久愈浓。

深情的，感激的

泽尔达

203. 致司各特（1940.9）

亲爱的司各特：

书收到了，好大部头。谢谢你对我这么好，总是惦记着我。我以前很多漂亮的芭蕾书，还有油画和音乐的书，都是你买给我的，感谢你总是给我启发性的礼物。这本书就是我的学校，我会好好珍惜的。

今晚是入秋后的第一个夜晚，月亮很明亮，清冷，影子远远的。孩子们开学了，小路上又可以看到他们背着书包的身影。

斯科蒂走了之后我就开始想念她，但是每次她来，我也不忍心让她多待几天，因为我知道在巴尔的摩还有很多事在等着她。她真是个无比可爱的孩子，每次带来阳光，带来她新的兴趣。她说过她喜欢广告业，还喜欢纽约大都市，当然，她一直对自己的学业非常上心。

再次感谢，这本书太棒了。

悉心的

泽尔达

204. 致泽尔达（1940.9.21）

最亲爱的泽尔达：

得知你喜欢这本书，我也很开心。我其实是希望你能重拾画笔，明年战争结束的时候，你也许可以开画展。

斯科蒂去巴尔的摩是计划好了的，她终于百忙之中给我写了一封小短信，我猜她大部分时间和精力都花在年轻小伙子身上了。我希望她回来之后能收收心，少花点儿钱，多花点儿时间在学习上。

我不知道手头上的事要怎么继续下去，它有可能持续两个月，也有可能下个星期就结束了。这里牵一发而动全身，我不光要把自己的事情做好，还要知道什么时候妥协。有时会夹在两个想法完全不同的大老板之间，唉，我一直不擅长外交。

秀兰·邓波儿的剧本又在审了，而我最大的希望是从小说家的身份，转变成电影人。

最亲爱的爱

205. 致泽尔达（1940.9.28）

最亲爱的泽尔达：

秋天到了，我44岁了，除此之外，一切都没有改变。

斯科蒂回到瓦萨大学之后，我没有收到她的信。我推断她一定开心极了，什么也不需要，这是很明显的。没有消息就是最好的消息，我还希求什么呢？

我担心秀兰·邓波儿她妈再这么拖下去，这个孩子就长太大了，谁还愿意再看一个13岁的孩子演电影呢。

明天我要去参加一个茶会，是这几个月以来我第一次参加社交活动，是多提帕克（艾伦坎贝尔夫人的茶会）为丹·斯图尔特的前妻开的，他前妻就是托尔斯泰伯爵夫人。到时候不知道丹会不会在。

海明威的《丧钟为谁而鸣》是本月的最佳图书，你还记得他以前多么为自己的书小众而自豪吗？他和保利娜10年的婚姻正在瓦解，他准备和一个叫玛莎·盖尔霍恩的女孩结婚。我就知道这些，还有，斯科蒂似乎在诺福克爱上了什么人。

最亲爱的爱

206. 致司各特（1940年9月之后）

亲爱的司各特：

在这里，没有人知道时间走到了哪一天。这是梦幻的世界，每一天都迷失在乡愁的晨曦里，黄昏在忧郁的小街里徘徊不去。所以，很抱歉，你的生日过了我才想起。

生日快乐，我的爱人，我最爱的人，希望这一天你过得非常愉快。想起我们曾经度过的那些美好时光，总是心存感激，虽然那是好久之前的事情了。

很长时间了，我被隔离在生命之外，对时间的流逝毫无感觉。现在，我又回到正常的生活轨迹中来了，我目睹了同龄人，他们都来到生命的边缘，变成无关紧要的人了。

以前，我们都觉得好像优秀的人才可以成为领导者，聪明人比疯子更能带给我们慰藉。但是生活本身是多么富有戏剧性啊，根本不讲道理，谁也无法抵抗命运的翻云覆雨手，看看希特勒和墨索里尼吧。

好吧，我们只好在这个无奈的世界里，做我们能做的事情，不让自己惹上麻烦，在强者的社会里，自由意志无从谈起。

斯科蒂看起来很喜欢瓦萨大学，所有的父母都希望自己的孩子在良好的社会资源下，尽可能地保持自己的孩童期。我祈祷公平、仁慈和美，我期待更宽容的时代。我们经历了跌跌撞撞才发现了生命的价值，我们体会它们，描述它们，也许这是不够的，我们应该进一步找出人生的答案。

斯科蒂说你的小说有进展了，我好开心，你那么才华横溢，生活应该厚待你。

新长一岁，祝好运！

感谢你带给我的，所有美好的事情。

悉心的泽尔达

207. 致司各特（1940.10）

亲爱的司各特：

谢谢你的钱，收到了，20美元，天气都晴朗了。

头顶上的天空好像在发出噼啪的响声，上学的孩子们跑在小巷里，回声清脆。这里虽然平淡，反而比戏剧化的环境更需要敏感的眼睛。

我和妈妈不定时爆发扑克大战。我们傍晚的时候打桥牌，享受宁静的黄昏，梦幻般的小街幽深漫长，好像一直伸向往昔。

有个女士送给我一件深蓝色的套装，像地平线那样的蓝。我就在城里到处逛，希望能找到一顶相配的帽子。只要手里有点儿钱，人们总能找到花钱的理由。

星期天的时候，玛丽·古德温带我去了她天堂般的狩猎小屋，它坐落在阿拉巴马诗情画意的松林间，好像漂浮的梦，让人一见倾心。它让我想起很久很久之前的谢丽丹，那些好像从历史书里走出来的苍白夏天。

这场战争没有一点儿浪漫的气质，所有的梦想还有心意都被埋葬在松树香和小鸟的鸣唱中了。我想就是最感性的人，也无法粉饰这个崩溃时代的恐怖了。

是的，这个国家没有做错什么，日本没有理由入侵。让我们去丽兹酒店，给自己要上一碗上好的洋葱汤吧。

他们说他们是善良体面的人。

再次感谢

泽尔达

208. 致泽尔达（1940. 10. 5）

最亲爱的泽尔达：

读你的信乐死我了，特别是说日本人是善良体面的人。

说说我的茶会，来了好多认识的人，过往扑面而来。费·威尔来了，她丈夫约翰·芒克·桑德斯两个月前自杀了。还有以前电影协会认识的弗兰克·塔特尔。也来了一些年轻人，我感觉自己老气横秋的，想去买一套新衣服。

最真切的爱

209. 致泽尔达（1940. 10. 11）

最亲爱的泽尔达：

又一股热浪袭来，让我想起去年这个时候，一模一样的。这次高温天气非常干燥，跟蒙哥马利完全不同，大家都措手不及。每个人都很不开心，好像被轰炸了一样。

昨天杰拉尔德来了一封信，他除了叙旧之外也没提什么别的。对他来说，里维埃拉无疑是最好的时光。萨拉现在关注园艺了，所有能种活的东西她都感兴趣。

我希望能集中精力写我的小说，现在手上还有一个为期两个月的工作没完成。

时间过得好快，《夜色温柔》也是六年前的事情了。我觉得在《夜色温柔》和《了不起的盖茨比》之间横亘了九年，太长了，损害了我的声誉，几乎无法修复。因为这期间整整一代人成长起来了，在他们眼里，我不过是个小报作家。这次也一样，我不指望有人对我所要表达的东西还感兴趣，这也可能是我最后一本小说。但是，无论怎样，我都要写，因为过了51就不同了，无法再倾注感情了，除了我的童年，所幸，我现在还有倾吐的欲望。

我的身体好多了，好漫长的康复期，这期间损失的任何时间和精力，我都会加倍弥补的。连续好几个星期的发烧和咳嗽，但是只要心脏还在跳动，我就不能谢幕，继续努力。

我希望圣诞节的时候去东部，目前还不知道三个月之后的情况会是怎样，只要最近做的两项工作中有一件成功，日子就不会继续糟糕下去。想起一年前，好莱坞把我塑造成垮掉的作家，说实在的，我没有做什么事情值得他们这样无情。

最真切的爱

210. 致泽尔达（1940.10.19）

最亲爱的泽尔达：

我正在疯狂地写小说，希望能在12月中旬完成。这种感觉让我想起《夜色温柔》结尾的时候，什么都不想，脑子里只有我的小说。

秀兰·邓波儿那边还是没什么消息，如果她最终决定做了，对我们来说将会是个解脱。报纸上有消息称，她要和朱迪·加兰一起出演《小伊娃》，这让我想起我们在布朗德比见到的邓肯姐妹，一下子就变得那么胖，你还记得她们吗？和布莱斯子爵一起上船游玩那次，她们还带了狗。

我的房间里到处都是图表，跟当年我写《夜色温柔》一样，列出人物的性格和行为。然而，这一部小说将会很短，我两年前就计划好了的，但是应该比《了不起的盖茨比》卖得好一些。

最甜蜜的爱

211. 致司各特（1940.10）

亲爱的司各特：

钱收到，感谢，你想得真周到，总是记得生活所费不赀，总是记得赋予我们自由。我真的好开心，可以为斯科蒂做些事情了，尽管生活剥夺了我成为母亲的权利，但我心里依然惦记着她。

一如既往地，妈妈的小房子是最欢快的避难所，就像我们一直所知道的一样，她所有的孩子们都在这里感受到温暖和爱。

蒙哥马利迷失在安静但狂喜的秋天里，雨水槽里是沙沙作响的干树叶，清晨水晶一样，路基爆出小裂纹。每一天，我都在期待报纸的头版突然熊熊燃烧起来，烈火般，但是新闻里说的永远是人们在追求无情的政策，啊，我想远离这一切。

对了，瑞德叔叔去世了，留给我 283 美金。我想捐 29 美金给慈善机构，我还想买个套装（60 美金吧），我还要给妈妈买一吨煤。这样我还会剩下200或者150美金左右，我想卡罗尔医生那里是不是还有账单没有付清，要是还有，我就付清了吧。我跟你一样，最不喜欢欠无赖或者坏人的钱，只要一有可能，就马上把它们还清才心安。所以，我直接寄给他，或者我寄给你，你来处理？对我来说，终于可以帮上一点儿忙，心里好开心，所以不要拒绝我。

小说的计划听起来好棒，对你来说，是时候再次品尝名望了，我会祈祷的，祝你成功。

悉心的

泽尔达

212. 致泽尔达（1940.10.23）

最亲爱的泽尔达：

让你省着花钱几乎是不可能的任务，但是至少咱们在尽快还清卡罗尔医生账单这件事上保持了一致。但是，我还是觉得你把这件事留给我吧，你存着你的钱。

上个星期已经还给他们一小笔了。事实上，我已经安排好了，从这个星期到12月15日我应该不用为钱的事发愁，我希望能关注在小说上，至少应该出来个草图。

我现在深深陷在小说里，这让我很快乐。这是一部结构巧妙的小说，跟《了不起的盖茨比》类似，到了合适的情节下，会有很诗意的散文描写，但是不像《夜色温柔》那样有些沉思和旁支。每一件事都应该为戏剧化情节服务。

有时想想也是奇怪的，我以往短篇小说的才华不见了。

可能是因为时间变了，编辑也变了，主要还是因为我们变了。会是美好结局吗？当然，第三个故事，该有不一样的结局了，但是基本上，我也靠年轻的爱情故事为自己争取到了读者。

因为这个小说，我最近常常思绪联翩，老是回忆过去。

今天写了2000字，感觉很好。

予最爱的人

213. 致泽尔达（1940.10.26）

最亲爱的泽尔达：

海明威给我寄来了他的新书《丧钟为谁而鸣》，我正在看。这本书没有《永别了，武器》那么好。它没有什么紧张度，也不饱满，也没有什么让人深受启发的诗意时刻。但是我觉得这本书应该很适合中等口味的读者，喜欢辛克莱·刘易斯的那批人。

书里充满了一些哈克贝利·费恩似的冒险，当然，就像他一贯所为一样，文笔是高度智慧和文学性的。我猜生活如果曾经给过你好运，那就给了，不会再重复了。但是他还是幸运，这本书光卖电影版权就卖了超过10万美金，而且因为登上月销量冠军，他至少可以再赚5万美金。他再也不是那个在巴黎锯木厂小房间里哭泣的男人了。

除了努力工作之外，我别无新闻了，对了，斯科蒂的小说在这个星期的《纽约人》上发表了，这算新闻吗？

予最爱的人

214. 致司各特（1940. 10）

亲爱的司各特：

谢谢你的钱，这里呼吸都是昂贵的，我也总是发现好多值得去买的东西，虽然它们之间并不存在任何关系。

夏日的尾声还在，日子依然郁郁葱葱，沉浸在夏日的余晖里。

孩子们的声音飘荡在黄昏和星期天教堂开门之前的时间里。生活如此温柔，在岁月的痛苦和不确定中栖身。我满怀感激，能够远离战争，独善其身，还可以享受温暖。

虽然我内心隐约讨厌海明威的成功（他的作品既没有你的优美也没有你的有吸引力），但是我替他高兴。海明威至少还提供了一个基督徒的信仰，虽然他是不经意的。我想去镇上借一本他的书，但是50本都被借出去了，所以可能要等一下，直到有人还书才能看到。

邮报上的塔金顿的新小说我也看了，似乎也不过如此，没有什么时代意义。我希望我能够写一个小说，从宗教回归的角度来协调痛苦和勇气，信念和悲剧之间的关系，看这个世界上宗教是如何占据主导地位的。

我碰到人，大家会问起你，虽然除了教堂我很少去别的地方。斯科蒂也有很多人问起，好多人喜欢她。我不大参加派对，因为没有人邀请我。

布斯小姐邀请我去看秀，我今天和李·查尔斯在教堂吃的午饭。

妈妈，家庭，进城，这就是我最常做的事情。

你的书一定棒极了，加油。

悉心的

泽尔达

215. 致泽尔达（1940. 11. 2）

最亲爱的泽尔达：

收音机正在播放哈佛和普林斯顿的比赛，这让我想起过去，四分之一个世纪之前，我就像斯科蒂这么大。

我最近没有斯科蒂的消息，我猜她可能去剑桥了。

这部小说很难，写得很痛苦，像拔牙一样痛苦。因为现在还处在人物性格设定早期，我对人物刻画明显不如以前那么有热情了，好难。这意味着要把几百个零碎的印象和事件穿插起来，以形成整体人物结构。但是慢慢来吧，它会渐渐清晰的。

我希望你一切都好。

予最爱的人

216. 致泽尔达（1940. 11. 9）

最亲爱的泽尔达：

上个星期和斯科蒂生了顿气，最后没事了。她得流感了，去了医院。虽然我一直给院长写信，也给她写信，但是她好像把自己封闭起来了。她以前每周给我写封信，现在也不写了。正像我说的，后来事情解决了，她出了院，也可能出了城。但是我还是给她写了一封很强硬的信，她做什么，必须让我知道，并不是因为我有很强的控制欲，要全权管着她，也不是我不许她为自己的事情做主，而是这么多年了，这是一种习惯，你必须让我一个星期听到你的消息一次。

我依然沉浸在小说创作中，虽然我的笔早已没有过去那么灵巧，但是小说在慢慢露出端倪。

予最亲爱的人

217. 致司各特（1940.11）

亲爱的嘟嘟：

谢谢你的钱，我很高兴可以买一些邮票了，花点儿钱看看这明亮的秋日长空。后院渐露破败景象，到处都是干树叶，好多好多的夏天在这里缠绵过。如果下雨，我会种下一些罂粟种子，期待着明年花开，我还会给百合花田翻翻土，秋天也是可爱的季节。

知道你的书有了进展真开心，我在试图写一个短篇，它是突然跑到我的脑子里来的，我有点儿措手不及了。在寄给编辑之前，你愿意过过目吗？我想听你的意见。你可能不会喜欢它，会觉得它说教了，但是它传递了一个信息，是目前我最想表达的，那就是生命在宗教层面上有更深远的含义。

除此之外，我也不做什么，有时会打电话给鲁斯，她病得很重，我也会跟丽薇去看秀，偶尔会有陌生人出现，但是我已经在这里住了很长一段时间了，大多数朋友都已经被吞噬了，非彼即此。

我星期天的时候会去教堂，圣慰教堂，我就是在那里受的洗。如果有祈祷会，我也去。

妈妈在我身边，我真是充满感激，一个孤独的中年妇女，还有什么比躲进传统的温室更舒服的呢。对一个男人来说，可能生活充满挑战性才最重要，但是对一个女人来说，心酸的个人愿望才是逃不掉的宿命。

有时想到青春再也回不来了，我就感到很伤心，我们大部分人永远是孩子，需要一个大家庭的亲情和温暖。

悉心的

泽尔达

218. 致泽尔达（1940.11.16）

最亲爱的泽尔达：

我还在听普林斯顿和耶鲁的比赛，你会不会觉得我把所有的时间都放在收音机上了？

必须戒掉可口可乐了，我本来就缺乏维生素，身体已经糟糕得像块破抹布了，还必须辛苦工作，就好像在你肩膀和手臂上加了千斤重担。

我当然愿意看你写的东西了，所以别犹豫，寄过来吧。我收到医生的账单了，今天就开始支付了。我喜欢斯科蒂的素描，你喜欢吗？

予最爱的人

219. 致司各特（1940.11）

亲爱的嘟嘟：

谢谢你的钱，冬天到了，要买煤还有气，还有别的账单。妈妈的小房子阳光明媚，薄雾轻尘，让我想起25年前，那时生活充满各种可能性，但是现在都化作回忆了。

我们经历了战争，现在战争又回来了，人们似乎明白了，在真相面前，我们别无选择。

我不知道斯科蒂发表文章的事，还是听你说才知道呢，你手上有复件吗？给我看看好吗？她的文章名字叫《就这么结束吧》，是吗？干吗起这么消沉的名字？我觉得她上个夏天过得很愉快啊。但是能写小说总是好的，不失为一个赚钱之道。

二姐和二姐夫23日要过来给妈妈过生日，我满心期待着全家团圆。

悉心的

泽尔达

220. 致泽尔达（1940.11.23）

最亲爱的泽尔达：

随信附上斯科蒂写的小短篇，我刚刚推荐她阅读了格特鲁德·斯坦因的书，你可以明显看出她受到影响。

奇怪的是，这个小短篇刊登在《纽约人》东岸的版面上，西岸版没有。我现在看杂志也有问题，女儿经常笑我，可能我的视力下降得厉害吧。

《科利尔》的编辑希望我给他们写稿（他恰巧在这边），我跟他说，必须等我完成手头的小说，但是我答应可以帮他看看。

我现在深陷在自己的小说中，无法自拔，就好像一盎司的铀竟然有一吨的重量一样。这是本福楼拜风格的小说，只是没有那么多心理活动，只有人物的行为，我希望通过这个来表现真实的情绪。

这种感觉更像是当初写盖茨比的感觉，得知你过得愉快，我也很开心。予最亲爱的人。

司各特

另，斯科蒂的小说看完之后记得寄回来，我没有留副本，而且我也很想跟编辑和朋友炫耀一下。

1403 劳雷尔北方大道

好莱坞，加利福尼亚

221. 致司各特（1940. 12）

亲爱的司各特：

钱收到了。现在开销越来越大，谢谢你，我也不知道怎么会需要这么多钱，也许是我自己的问题，坏习惯。

妈妈说谢谢你的祝贺，生日就这样悄悄溜走了。在这个阳光灿烂的日子里，伴随着祝贺声、随处可见的小礼物，还有满屋子的鲜花。一个人到了 80 岁，一定非常有主见，有成就感，并且只享受过程，不问结果，那么一以贯之。斯科蒂的小说《我自己的结局》依然让我有种深远的感觉。

斯科蒂看起来过得不错，我们都期待着圣诞节和她见面。如果我们有一所小房子那该会多好啊，她可以把最后几年的论文放在里面，还有明年的毕业帽。

悉心的

泽尔达

222. 致泽尔达（1940.12.6）

最亲爱的泽尔达：

没有什么特别的事情，最近又病了，这让我比较生气。我以前心脏就不好，但主要是小毛病，这次心梗虽然不大，但是比以往严重，好在心电图捕捉到了它。我可能需要从三楼搬到一楼去了，但是目前还好，还能工作，只要别太心急。

斯科蒂跟我说，她会在圣诞节那一天到达南方，看着你们在一起，我好羡慕，我思念你们。

现在对我来说，小说就是一切，我在其中的兴趣越来越大，希望能在2月之前完成。

最深沉的爱

1403 劳雷尔北方大道

好莱坞，加利福尼亚

223. 致泽尔达（1940.12.13）

最亲爱的泽尔达：

卖掉手表这件事太蠢了，我记得一年多前我跟你提起过，那个时候我们特别需要钱，我几乎打算拿它去当了，希望能得到200美金。结果当铺只给我20，我转身就走，不可能，我记得当时花了差不多600美金，据说是因为人们对珠宝的品位变了，所以价格大跳水。这实际上是说辞而已，决定价值的应该是珠宝本身，就好像我们1927年卖掉的别克车一样，当时卖了200美金，我们1931年回到了美国，又买了一辆，几乎一模一样，就花了400美金。

如果你确实不需要这块表，那么我觉得可以送给斯科蒂作为礼物。她身上几乎没有值钱的东西，所以一定会格外珍惜。更别说，她从来不丢东西。

这部小说已经完成四分之三了，如果我不用写任何短篇，或者去电影工作室的话，明年1月12日就能写完。以我现在的身体状况也不适合回到工作室，我大部分时间都在床上，一年半以前我做了个小木头桌子，我现在就在上面写。心电图表示我的心脏正在慢慢恢复中，但是这是一个渐进的过程，怎么都要几个月的时间。听起来也很奇怪，心脏竟然能自我修复。

前两天我收到凯瑟琳·泰雅的信，恍若隔世。还有哈里·米切尔，他还是我以前在广告公司工作的朋友。还有麦克斯·帕金斯的信，他很热衷看小说。威尔逊也突然冒头了，他现在娶了一个叫玛丽·麦卡锡的女孩，是个编辑。他们现在住在纽约州，有了个一岁大的孩子。

关于圣诞的事，我下个星期再给你写信。

最爱的人

另，我把麦克斯的信给你附上，事实上有两封信，但是我只找到一封，你可以看看，也许他可以帮你跟出版社的朋友联系上。

224. 致泽尔达（1940.12.19）

最亲爱的泽尔达：

圣诞节总是要有礼物的，虽然今年可能买不到大礼物，我想，斯科蒂的礼物也是你的礼物。

斯科蒂今年就大学毕业了，我有些紧张，但是不要把我的紧张情绪传递给她，这样只会打扰她。我一直很感激父母把我送进普林斯顿，让我在那里待了四年。如果我不能也给我的下一代提供这样的教育，我会脸红的，所以斯科蒂必须坚持，不能放弃。这个要跟她讲。

我希望你们能有一个愉快的圣诞节，请转告家里人，我爱他们。

最深的爱

1403 劳雷尔北方大道

好莱坞，加利福尼亚

1940 年 12 月 22 日，弗朗西斯·司各特·基·菲茨杰拉德因心脏病发作在好莱坞去世。

1948 年，泽尔达·赛尔·菲茨杰拉德死于阿什维尔高地医院的一场大火。